LOUISA MAY ALCOTT

ADORÁVEIS MULHERES

Tradução
UBK Publishing House

ubook UBK Publishing House

COORDENAÇÃO Alessandra Brito
EDIÇÃO Nikita Sigrist
COPIDESQUE Eduarda Rimi
REVISÃO Kamila Wozniak e Nádia Maia
CAPA E PROJETO GRÁFICO Clarissa Duarte
DIAGRAMAÇÃO Cristiano Marques
IMAGEM DE CAPA Ludmila Ivashchenko | Shutterstock | Freepik
IMAGEM DO MIOLO vat2522 | Adobe Stock

Dados Internacionais de Catalogação na Publicação (CIP)
(Câmara Brasileira do Livro, SP, Brasil)

Alcott, Louisa May, 1832-1888
Adoráveis mulheres / Louisa May Alcott ; [tradução UBK Publishing House]. -- Rio de Janeiro : Ubook Editora, 2022.

Título original: Little women

ISBN 978-85-9556-321-6

1. Ficção norte-americana I. Título.

22-104211 CDD-813

Índices para catálogo sistemático:
1. Ficção : Literatura norte-americana 813
Cibele Maria Dias - Bibliotecária - CRB-8/9427

Ubook Editora S.A
Av. das Américas, 500, Bloco 12, Salas 303/304,
Barra da Tijuca, Rio de Janeiro/RJ.
Cep.: 22.640-100
Tel.: (21) 3570-8150

"O amor extingue o medo, e a gratidão supera o orgulho."

Sumário

CAPÍTULO UM

Brincando de peregrinas

O Natal não é Natal sem presentes – resmungou Jo, deitada no tapete.

– É tão horrível ser pobre! – suspirou Meg, olhando para o vestido velho que usava.

– Eu não acho justo que algumas meninas tenham um monte de coisas bonitas e outras meninas nada – acrescentou a pequena Amy, ressentida.

– Nós temos pai e mãe e umas às outras – disse Beth alegremente do canto onde estava.

Os quatro rostos jovens nos quais a luz do fogo cintilava brilharam com essas palavras animadoras, mas se anuviaram novamente quando Jo disse, com tristeza:

– Não temos pai, e não teremos por muito tempo. – Ela não disse "talvez nunca", mas cada uma silenciosamente assim refletiu, pensando no pai, que estava longe, onde acontecia a guerra.

Por um minuto, ninguém falou. Meg então disse, em um tom abalado:

– Vocês sabem que a razão pela qual nossa mãe propôs não trocarmos presentes neste Natal foi porque vai ser um inverno difícil para todos. Ela acha que não devemos gastar dinheiro por prazer, quando nossos soldados sofrem tanto na guerra. Não podemos fazer muito, mas há esses pequenos sacrifícios, e deveríamos fazê-los de bom grado. Só não sei se consigo ser grata. – Meg sacudiu a cabeça com pesar ao pensar em todas as coisas bonitas que desejava.

– Ainda assim, não acho que o pouco que gastaríamos teria alguma serventia. Cada uma de nós tem um dólar, e não seria de muita ajuda para o exército se doássemos esse tanto. Concordo em não esperar nada de nossa mãe ou de vocês, mas quero comprar *Ondina* para mim. Quero esse livro há tanto tempo – disse Jo, que adorava ler.

– Eu planejava gastar com partituras – disse Beth, com um suspiro sutil, que ninguém ouviu a não ser o escovão e a chaleira mais próximos.

– Eu compraria uma boa caixa de lápis para desenho da marca Faber. Realmente preciso deles – disse Amy, resoluta.

– Nossa mãe não disse nada sobre nosso dinheiro, e ela não quer que desistamos de tudo. Vamos cada uma comprar o que queremos e nos divertir um pouco. Trabalhamos duro o suficiente para merecê-lo! – exclamou Jo, examinando o salto dos sapatos tal como um cavalheiro.

– Sem dúvida eu trabalho duro… Dar aula para aquelas crianças exaustivas quase todos os dias, quando o que eu queria era estar em casa descansando – começou Meg, novamente em tom de queixa.

– Você não enfrenta metade das dificuldades que eu enfrento – disse Jo. – Iria gostar de ficar trancada por horas a fio na companhia de uma velha nervosa e exigente, que nos faz andar como mulas, nunca está satisfeita e nos atormenta até dar vontade de chorar ou pular da janela?

– É injusto reclamar, mas acho que lavar pratos e manter as coisas arrumadas é o pior trabalho do mundo. Me deixa zangada, e minhas mãos ficam tão rígidas que não consigo tocar de jeito algum. – Beth olhou para as mãos ásperas com um suspiro que todas puderam ouvir daquela vez.

– Não acredito que nenhuma de vocês sofra como eu – reclamou Amy –, pois não precisam ir à escola na companhia de garotas impertinentes, que atormentam você se não entende as lições, riem do seu vestido, *praticam* seu pai se ele não for rico e te insultam quando seu nariz não é bonito.

– Se você quis dizer "*criticam*", eu concordo. Não fale que nosso pai é "praticado" como se ele fosse um esporte – advertiu Jo, rindo.

– Eu sei o que quis dizer, e não precisa ser sarcástica. É apropriado usar boas palavras e melhorar o vocabulário – retorquiu Amy, com dignidade.

– Parem de se provocar, crianças. Não gostaria que tivéssemos o dinheiro que o papai perdeu quando éramos pequenas, Jo? Minha nossa! Como seríamos felizes e tranquilas se não tivéssemos tantas preocupações! – disse Meg, que se lembrava de tempos melhores.

– Outro dia você falou que achava que éramos mais felizes que os filhos do Rei, pois eles estão sempre brigando e discutindo, apesar do dinheiro.

– Falei mesmo, Beth. Bem, realmente acho que somos, porque, embora tenhamos de trabalhar, brincamos umas com as outras e somos uma família bastante alegre, *para cima*, como diria Jo.

– Jo usa muitas gírias! – observou Amy, lançando um olhar reprovador para a figura comprida, esticada no tapete.

Jo imediatamente se sentou, colocou as mãos nos bolsos e começou a assobiar.

– Não faça isso, Jo. Isso é coisa de menino!

– E é por isso que eu faço.

– Detesto meninas rudes e pouco femininas!

– E eu odeio mocinhas requintadas e cheias de frescura!

— Os passarinhos em seu ninho não podem discutir — cantarolou Beth, a pacificadora, com uma expressão tão engraçada que ambas as vozes agudas suavizaram em uma risada, e as provocações terminaram por hora.

— As duas estão erradas — disse Meg, dando broncas com seu jeito de irmã mais velha. — Você já tem idade suficiente para largar mão de trejeitos de menino e se comportar melhor, Josephine. Não tinha muito problema quando era uma garotinha, mas agora que cresceu e até já usa o cabelo em coque, deve se lembrar de que é uma jovem dama.

— Não sou! E se usar um coque em meu cabelo faz de mim uma dama, vou amarrá-lo em marias-chiquinhas até os vinte anos! — exclamou Jo, soltando o cabelo e sacudindo as madeixas. — Detesto pensar que preciso ser adulta, ser chamada de srta. March, usar vestidos longos e ser tão elegante como um áster-da-china! Já é péssimo ser menina de qualquer forma, gosto mais dos esportes, dos trabalhos e dos comportamentos dos meninos! Não consigo superar a decepção por não ser um garoto. E está pior do que nunca, porque morro de vontade de lutar na guerra ao lado do papai, mas a única coisa que posso fazer é ficar aqui, sentada, tricotando como uma velhinha inútil!

E Jo sacudiu a meia azul-marinho que tricotava até que as agulhas retinissem como castanholas e o novelo de lã rolasse pela sala.

— Pobre Jo! É uma pena, mas não há nada que possamos fazer. Você deveria tentar usar um nome de menino e fingir ser nosso irmão — disse Beth, acariciando as madeixas desgrenhadas com a mão, cujo toque nem mesmo toda a lavagem de louça e limpeza de poeira conseguiam tornar grosseiro.

— Quanto a você, Amy — continuou Meg —, é ao mesmo tempo muito meticulosa e empertigada. É engraçado agora, mas quando crescer ficará parecendo um pavãozinho, se não tomar cuidado. Gosto dos seus modos agradáveis e da maneira refinada de falar, quando não força. Mas as palavras absurdas que usa são tão ruins quanto as gírias de Jo.

— Se Jo é um rapaz e Amy um pavão, o que eu sou, por gentileza? — perguntou Beth, pronta para participar daquele sermão.

— Você é um amor, e nada mais — respondeu Meg calorosamente, e ninguém a contradisse, pois a "Ratinha" era a favorita da família.

Como os jovens leitores gostam de saber a aparência das pessoas, vamos tomar um momento para lhes dar um pequeno vislumbre das quatro irmãs, que estavam sentadas, tricotando ao cair da noite, enquanto a neve de dezembro caía calmamente do lado de fora e o fogo crepitava alegremente do lado de dentro. A sala era confortável, embora o tapete estivesse desbotado e os móveis fossem muito simples; uma ou duas belas pinturas enfeitavam as paredes, livros preenchiam os recantos, os crisântemos e as rosas-de-natal floresciam nas janelas e uma atmosfera agradável de paz doméstica prevalecia.

Margaret, a mais velha das quatro, tinha 16 anos. Era muito bonita, robusta e de pele alva, tinha olhos grandes, cabelos castanhos macios e volumosos, uma boca adorável e mãos delicadas, das quais se envaidecia. Jo, de 15 anos, era muito alta, magra, de pele amorenada e tinha os trejeitos de um cervo filhote, pois parecia não saber o que fazer com seus longos membros, com os quais se atrapalhava constantemente. Tinha uma boca bem-desenhada, um nariz engraçado e olhos astutos e acinzentados, que pareciam ver tudo e, expressivos como eram, podiam lançar olhares afiados, divertidos ou contemplativos. Seu cabelo comprido e grosso era o único traço bonito, mas geralmente era amarrado ou guardado em uma redinha, para não incomodar. Jo tinha ombros arredondados, mãos e pés grandes, vestia roupas largas e sua aparência demonstrava o desconforto de uma garota que rapidamente se transformava em mulher e não gostava disso. Elizabeth, ou Beth, como todos a chamavam, era uma garota de 13 anos, de pele rosada, cabelos lisos e olhos brilhantes, de voz e modos tímidos e uma expressão pacífica que raramente era perturbada. Seu pai a chamava de "Senhorita Tranquilidade", e o apelido caía como uma luva, já que a menina parecia viver em um mundo feliz, aventurando-se apenas a buscar a companhia dos poucos em quem confiava e daqueles que amava. Amy, embora fosse a mais nova, era uma pessoa muito importante, pelo menos de acordo com sua própria opinião. Uma típica donzela, com olhos azuis e cabelos louros e encaracolados na altura dos ombros, pálida e esbelta, sempre com postura de dama atenta aos modos. O caráter de cada uma das quatro irmãs será revelado em breve.

O relógio bateu seis da tarde e, depois de ter varrido as cinzas da lareira, Beth colocou um par de pantufas próximo ao calor para aquecê-lo. De alguma forma, a visão daqueles sapatos velhos causou um bom efeito nas meninas, pois era sinal de que a mãe estava chegando, e todas se alegraram para recebê-la. Meg parou de dar broncas e acendeu a lamparina, Amy saiu da poltrona sem que precisassem pedir e Jo se esqueceu de como estava cansada enquanto se sentava para segurar as pantufas mais perto do fogo.

– Elas estão bastante surradas. A mamãe precisa de um novo par.

– Pensei em comprar um com o meu dinheiro – disse Beth.

– Não, eu que vou! – exclamou Amy.

– Sou a mais velha... – começou Meg, mas Jo a interrompeu, decidida:

– Sou o homem da família, agora que o papai está fora, e devo providenciar as pantufas, pois ele me disse para tomar conta da mamãe enquanto não estivesse por perto.

– Eu digo o que vamos fazer – falou Beth. – Vamos cada uma comprar um presente para ela no Natal, mas nada para nós mesmas.

– Isso é muito sua cara, querida! O que vamos comprar? – exclamou Jo.

Todas pensaram seriamente por um minuto, e, então, Meg proclamou, como se a ideia tivesse surgido pela visão de suas próprias belas mãos:

– Vou presenteá-la com um belo par de luvas.

– Coturnos são a melhor coisa! – exclamou Jo.

— Alguns lenços decorados — disse Beth.

— Vou comprar um frasco de água-de-colônia. Ela gosta, e não vai custar muito, então vai sobrar um pouquinho para comprar os meus lápis — acrescentou Amy.

— Como vamos dar os presentes? — perguntou Meg.

— Vamos colocar tudo na mesa, trazer a mamãe até aqui e vê-la abrir os embrulhos. Você não se lembra como fazíamos nos nossos aniversários? — falou Jo.

— Eu ficava tão assustada quando era minha vez de me sentar na cadeira com a coroa na cabeça e vê-las marchando à minha volta para dar os presentes com um beijo. Eu gostava dos presentes e dos beijos, mas era horrível abrir os embrulhos enquanto vocês me encaravam — disse Beth, que aquecia o rosto e o pão para o chá ao mesmo tempo.

— Vamos deixar a mamãe pensar que estamos comprando coisas para nós, e assim podemos surpreendê-la. Temos de ir às compras amanhã à tarde, Meg. Há tanto a organizar para a peça da noite de Natal — disse Jo, marchando para um lado e para o outro, com as mãos atrás das costas e o nariz empinado.

— Não quero mais participar de uma peça, essa será a última. Estou ficando velha demais para tais coisas — observou Meg, que era a mais criança quando se tratava de brincadeiras de faz de conta.

— Eu sei que você não vai parar enquanto puder colocar o vestido branco, com o cabelo solto, e usar joias de papel dourado. Você é a melhor atriz que temos, e não conseguiremos mais encenar se deixar de atuar — disse Jo. — Devíamos ensaiar hoje à noite. Venha cá, Amy, e ensaie a cena do desmaio. Sua interpretação está tão rígida quanto uma pá.

— Não posso evitar. Nunca vi alguém desmaiar e não consigo ficar toda roxa e cair desacordada como você faz. Se eu conseguir cair suavemente, então assim farei. Se não, vou me limitar a cair graciosamente numa cadeira. Não me importa se Hugo apontará uma pistola para mim – retrucou Amy, que não era dotada de um talento dramático, mas foi escolhida porque era pequena o suficiente para ser carregada pelo vilão da peça.

– Então faça assim: bata as mãos e saia cambaleando pela sala, gritando freneticamente: "Roderigo! Salve-me! Salve-me!" – disse Jo e imitou o gesto que sugeria, com um grito melodramático verdadeiramente emocionante.

Amy tentou imitá-la, mas projetou as mãos diante de si rigidamente e se chacoalhou toda como se fosse uma máquina, e seu "Ai!" parecia mais um grito de dor do que de medo e angústia. Jo soltou um suspiro desesperançoso, Meg riu e Beth deixou o pão queimar enquanto observava a galhofa com interesse.

– Não tem jeito! Faça o melhor que puder quando chegar a hora, e se o público rir, não me culpe. Vamos, Meg.

Depois as coisas correram bem, pois Dom Pedro desafiou o mundo em um discurso de duas páginas sem uma única pausa. Hagar, a bruxa, entoou um horrível encantamento sobre o caldeirão cheio de sapos fervendo em fogo baixo, com estranho efeito. Roderigo quebrava as correntes ao meio de forma máscula e Hugo morria de agonia por remorso e arsênico, soltando um insano "Há, há, há!".

– É a melhor versão que já fizemos – disse Meg, enquanto o vilão morto se sentava e esfregava os cotovelos.

– Não entendo como consegue escrever e atuar de forma tão esplêndida, Jo. Você é um Shakespeare de dar gôsto! – exclamou Beth, que acreditava piamente que as irmãs eram dotadas de talentos maravilhosos de todos os tipos.

– Não é bem assim – respondeu Jo modestamente. – Eu acho que *A maldição das bruxas: uma tragédia em ópera* é boa, mas queria mesmo era tentar *Macbeth*, se tivéssemos um alçapão para Banquo. Eu sempre quis fazer a parte da matança. "É um punhal que vejo diante de mim?" – murmurou Jo, virando os olhos e agarrando-se ao ar, como vira um famoso ator fazer.

— Não, é o garfo de tostar, espetando o sapato da mamãe em vez do pão. Beth entrou de vez na atuação! — exclamou Meg, e o ensaio terminou com uma explosão de risos.

— Estou contente por encontrá-las tão felizes, minhas meninas — disse uma voz alegre à porta, e as atrizes e o público viraram-se para receber uma dama alta e de trejeitos maternais, cujo olhar permanentemente indagava "posso ajudar em algo?" e era verdadeiramente encantador. Ela não estava vestida de forma elegante, mas era uma mulher de aparência nobre, e as meninas achavam que o manto cinza e o gorro fora de moda tinham a sorte de vestir a mãe mais esplêndida do mundo.

— Bem, meus amores, como foi o dia hoje? Havia tanto para fazer, tantas caixas para arrumar para amanhã, que não voltei a tempo do horário do jantar. Alguém veio aqui hoje, Beth? Como está o resfriado, Meg? Jo, você parece morta de cansaço. Venha e me dê um beijo, querida.

Enquanto fazia essas perguntas típicas de uma mãe preocupada, a sra. March retirava as roupas molhadas, calçava as pantufas quentinhas, sentava-se na poltrona, colocava Amy no colo e preparava-se para desfrutar da hora mais feliz do seu tão ocupado dia. As meninas passavam para lá e para cá, tentando deixar tudo confortável, cada uma à sua maneira. Meg arrumou a mesa de chá, e Jo trouxe lenha e cadeiras, deixando cair tudo, esbarrando nas coisas e batendo os objetos. Beth andava de um lado para o outro, entre a cozinha e a sala, quieta e ocupada, enquanto Amy dava instruções a todas, sentada com as mãos dobradas sobre o colo.

Quando se reuniram ao redor da mesa, a sra. March disse, com uma expressão particularmente feliz:

— Tenho uma surpresa para vocês depois do jantar.

Sorrisos instantâneos se abriram, iluminados como raios de sol. Beth bateu palmas, não se importando com o biscoito que segurava, e Jo atirou o guardanapo para cima, gritando:

— Uma carta! Uma carta! Viva o papai!

— Sim, uma bela e longa carta. Ele está bem e pensa que vai passar o inverno melhor do que temíamos. Ele envia todos os votos mais amorosos para o Natal, além de uma mensagem especial para vocês, garotas — disse a sra. March, batendo no bolso como se tivesse um tesouro lá.

— Depressa, andem logo com isso! Não pare para erguer o mindinho e sorrir para o prato, Amy! — exclamou Jo, engasgando-se com o chá e deixando cair o pão no tapete, com a manteiga virada para baixo, na pressa de receber o presente.

Beth não comeu mais, foi até um cantinho pouco iluminado, sentou-se e ficou na expectativa do prazer que viria depois que as outras acabassem.

— Acho que foi grandioso o papai ter ido à guerra como capelão, já que estava velho demais para ser convocado e não era forte o bastante para ser um soldado — disse Meg calorosamente.

— Gostaria tanto de poder ir como baterista ou como vivandeira...[1] Ou como enfermeira, para poder estar perto dele e ajudá-lo! — exclamou Jo, com um suspiro.

— Deve ser muito desagradável dormir em uma tenda, comer todo tipo de coisas ruins e beber de canecas feitas de latas reutilizadas — suspirou Amy.

— Quando ele volta para casa, mamãe? — perguntou Beth, com a voz um pouco tremida.

— Demorará muitos meses, querida, a menos que fique doente. Ele ficará e cumprirá seu trabalho fielmente enquanto puder, e não pediremos que volte nem um minuto mais cedo que o necessário. Agora, venham e ouçam a carta.

---

1 Os bateristas foram figuras importantes na Guerra Civil Americana. Parte essencial das bandas militares, regulavam a marcha dos soldados em desfiles e também comunicavam tarefas através de chamados ritmados dos tambores. Já as vivandeiras eram mulheres encarregadas de levar, distribuir ou vender mantimentos às tropas. [N.E.]

Todas se aproximaram do fogo: a mãe estava na grande poltrona, com Beth a seus pés; Meg e Amy, empoleiradas, uma em cada braço do móvel; e Jo, encostada na parte de trás, de costas para as outras, assim, ninguém veria qualquer sinal de emoção se a carta fosse tocante. Poucas cartas escritas naqueles tempos difíceis não eram emocionantes, especialmente em meio àquelas que os pais mandavam para casa. Na carta do sr. March, pouco se falou das dificuldades sofridas, dos perigos enfrentados ou da saudade de casa. Era uma carta alegre e esperançosa, cheia de descrições animadas da vida no acampamento, marchas e notícias militares, e só ao final o coração do escritor transbordou de amor paternal e saudade das meninas em casa:

Transmita-lhes todo o meu amor mais querido e um beijo. Diga-lhes que penso nelas de dia, rezo por elas à noite e encontro o meu melhor conforto no seu carinho em todos os momentos. Um ano parece muito, mas lembre-as que, enquanto esperamos, podemos nos esforçar para que estes dias difíceis não sejam desperdiçados. Sei que se lembrarão de tudo o que eu lhes disse, que serão filhas amorosas para você, cumprirão fielmente seus deveres, combaterão corajosamente os inimigos e terão evoluído tão belamente que, quando eu voltar, estarei mais afeiçoado e orgulhoso do que nunca de minhas adoráveis mulheres.

Todas fungaram nessa parte. Jo não teve vergonha da grande lágrima que escorreu até a ponta do nariz, e Amy não se importou com as madeixas bagunçadas ao esconder o rosto no ombro da mãe e chorar copiosamente:

– Sou uma garota egoísta! Mas vou realmente tentar melhorar, para que ele não fique desapontado comigo.

— Todas nós vamos! — exclamou Meg. — Penso demais na minha aparência e odeio trabalhar, mas não farei mais isso, se puder evitar.

— Vou procurar ser aquilo que ele sempre gosta de nos chamar, "uma adorável mulher". Não serei mais bruta e rude e cumprirei meu dever, em vez de querer estar em outro lugar — disse Jo, pensando que manter a calma em casa era uma tarefa muito mais difícil do que enfrentar um ou dois rebeldes no Sul.[2]

Beth não disse nada, apenas enxugou as lágrimas com a meia azul-marinho e começou a tricotar com todo seu ímpeto, não perdendo tempo em cumprir o dever que estava mais próximo dela, enquanto decidia, em seu coraçãozinho quieto, tornar-se tudo aquilo que o pai desejava até que o fim daquele período proporcionasse a tão esperada e feliz volta para casa.

A sra. March quebrou o silêncio que se seguiu às palavras de Jo, dizendo com sua voz alegre:

— Vocês se lembram de como costumavam brincar de encenar *O peregrino*[3] quando eram criancinhas? Nada lhes alegrava mais do que quando eu amarrava pedaços de pano nas suas costas para imitar os fardos do peregrino e arrumava chapéus e galhos para que andassem pela casa, desde o porão, que era a Cidade da Destruição, até o andar de cima, onde reuniam coisas bonitas para fazer uma Cidade Celestial.

— Era muito divertido, especialmente escapar dos leões, lutar contra Apoliom e passar pelo Vale dos Duendes — disse Jo.

— Gostava quando os fardos caíam e tombavam escada abaixo — disse Meg.

---

2 A narrativa se passa no período da Guerra Civil Americana (1861–1865), travada entre os estados do Sul (escravistas) e os estados do Norte (abolicionistas). [N.E.]

3 A obra *O peregrino — A viagem do Cristão à Cidade Celestial*, do escritor e pregador britânico John Bunyan, é considerada uma das maiores referências de ficção teológica em língua inglesa. Trata-se de uma alegoria cristã, na qual é narrada os percalços de um homem em busca da salvação, posto à prova contra todo tipo de dificuldade e tentações mundanas. É reiteradamente citada como um paralelo para a jornada das irmãs March, com alusões aos locais e situações pelos quais o Cristão passa em comparação à realidade das meninas. [N.E.]

— Não me lembro muito disso, só que eu tinha medo do porão e da entrada escura e que sempre gostei do bolo e do leite que encontrávamos lá em cima. Se eu não fosse muito velha para essas coisas, gostaria de brincar assim de novo — disse Amy, que começara a falar em renunciar a coisas de criança aos 12 anos de idade.

— Nunca estaremos velhas demais para isso, minha querida, porque é uma peça em que sempre atuamos, de uma forma ou de outra. Nossos fardos existem, temos um caminho a trilhar e o desejo de bondade e de felicidade é o guia que nos conduz em meio aos muitos problemas e erros que tentamos superar para encontrar a paz, que é a verdadeira Cidade Celestial. Agora, minhas pequenas peregrinas, que tal começar de novo, não como brincadeira, mas de verdade, e ver até onde podem chegar antes que o papai volte para casa?

— De verdade, mamãe? Onde estão nossos fardos? — perguntou Amy, que levava tudo no sentido literal.

— Cada uma de vocês mencionou qual era seu respectivo fardo agorinha mesmo, exceto Beth. Penso que ela não tem nenhum — disse a mãe.

— Tenho, sim. O meu são os pratos e os espanadores, além da inveja que sinto das garotas com pianos bonitos e do medo que tenho das pessoas.

O fardo de Beth era tão engraçado que todas quiseram rir, mas ninguém o fez, porque isso a teria magoado ao extremo.

— Vamos fazer isso — disse Meg, pensativa. — É apenas outra maneira de dizer que tentaremos ser boas, e o passado pode nos ajudar, porque, embora queiramos mudar para melhor, é um trabalho duro e podemos nos esquecer de nos esforçarmos ao máximo.

— Estávamos no Pântano do Desânimo esta noite, e a mamãe veio e nos puxou para fora, assim como fez a Ajuda, um dos personagens do livro. Devíamos ter nosso guia de direções, assim como o protagonista do livro, o Cristão. O que faremos a respeito disso?

— perguntou Jo, encantada com o modo como a imaginação dava um pouco de magia à tarefa muito monótona de cumprir seus deveres.

— Procurem debaixo dos travesseiros na manhã de Natal e encontrarão o seu guia — respondeu a sra. March.

Conversaram sobre o novo plano enquanto a velha Hannah limpava a mesa e depois pegaram as quatro cestinhas de costura. As agulhas trabalharam intensamente enquanto as meninas faziam lençóis para a tia March. Era um trabalho de costura chato, mas naquela noite ninguém resmungou. Elas adotaram o plano de Jo de dividir as longas costuras em quatro partes e de chamar cada quarto de Europa, Ásia, África e América. Assim, as meninas se saíram muito bem, conversando sobre os diferentes países enquanto costuravam o caminho através deles.

Às nove, pararam de costurar e cantaram, como sempre faziam, antes de ir para a cama. Ninguém além de Beth conseguia tocar alguma coisa no velho piano. Só ela tinha uma maneira suave de tocar as teclas amareladas e de fazer um acompanhamento agradável para as canções simples que entoavam. A voz de Meg era como uma flauta, e ela e a mãe lideravam o pequeno coral. Amy chilreava como um grilo, e Jo cantava à sua própria maneira, sempre saindo do ritmo, desafinando ou perdendo o fôlego, estragando até a melodia mais solene. Sempre fora assim, desde que começaram a balbuciar "*Bilha, bilha, istelinha...*" e tornara-se um costume doméstico, já que a mãe era uma cantora nata. O primeiro som da manhã era a voz dela enquanto andava pela casa cantando como uma cotovia, e o último som da noite era o mesmo, porque as meninas nunca estariam velhas demais para uma ou outra canção de ninar familiar.

CAPÍTULO DOIS

Um feliz Natal

Jo foi a primeira a acordar na manhã cinzenta de Natal. Sem meias penduradas na lareira, por um momento, ela se sentiu desapontada. No passado, sua meia chegou a cair certa vez porque estava muito abarrotada de docinhos. Então, lembrou-se da promessa da mãe e, enfiando a mão debaixo do travesseiro, tirou um pequeno livro de capa vermelha. Ela o conhecia muito bem: o livro continha a bela e antiga história da melhor vida já vivida, e sabia que era um verdadeiro guia para qualquer peregrino que fizesse uma longa viagem. A menina acordou Meg com um "feliz Natal" e lhe pediu que verificasse debaixo do travesseiro. Havia ali um livro de capa verde, com a mesma imagem dentro, e algumas palavras escritas pela mãe, o que tornou o único presente muito precioso aos olhos delas. Naquele momento, Beth e Amy acordaram e procuraram seus livrinhos também: um branco, outro azul. Sentaram-se para falar deles, enquanto, ao leste, surgiam os tons rosados do dia que nascia.

Apesar das pequenas vaidades, Margaret tinha uma natureza doce e piedosa, que inconscientemente influenciava as irmãs, Jo em especial, que a amava muito ternamente e a obedecia, porque seus conselhos eram dados com muita gentileza.

— Meninas — disse Meg, correndo o olhar da cabeça de madeixas desarrumadas ao seu lado para as outras duas cabecinhas envoltas em toucas de dormir —, a mamãe quer que a gente leia e ame estes livros. Devemos começar já. Éramos leais a esse hábito, mas desde que o papai se foi, e todo o problema da guerra nos afetou, passamos a negligenciar muitas coisas. Podem fazer o que quiserem, mas manterei meu livro em cima da mesa e lerei um pouco todas as manhãs assim que acordar. Sei que isso me fará bem e me ajudará durante o dia.

Então, ela abriu o livro novo e começou a ler. Jo a abraçou e, aproximando-se do rosto dela, leu também, com uma expressão calma raramente vista em seu rosto inquieto.

— Como a Meg é boa! Venha, Amy, vamos fazer como elas. Vou te ajudar com as palavras difíceis, e elas podem explicar as coisas que não entendermos — sussurrou Beth, muito impressionada com os livros bonitos e com o exemplo das irmãs.

— Estou feliz que o meu seja azul — disse Amy, e depois os quartos caíram em silêncio enquanto as meninas viravam suavemente as páginas. O sol de inverno iluminava os cabelos brilhantes e os rostos concentrados, como uma saudação de Natal.

— Onde está a mamãe? — perguntou Meg quando ela e Jo foram atrás da sra. March para agradecer pelos presentes, meia hora depois.

— Só Deus sabe. Algum pobre coitado apareceu pedindo dinheiro, e sua mãe foi logo resolver as necessidades dele. Nunca houve uma mulher assim, que doasse comida, bebida, roupas e lenha dessa forma — respondeu Hannah, que morava com a família desde que Meg nascera e era considerada por todas mais como uma amiga do que uma criada.

— Acho que ela estará de volta em breve, então asse os bolinhos e deixe tudo pronto — disse Meg, olhando para os presentes reunidos em uma cesta sob o sofá, prontos para serem retirados na hora certa. – Ora, onde está o frasco de água-de-colônia de Amy? – acrescentou, já que o frasquinho não estava lá.

– Ela acabou de pegá-lo para colocar uma fita, ou alguma coisa do tipo – respondeu Jo, dançando pela sala para amolecer as novas pantufas.

– Meus lenços não ficaram lindos? Hannah os lavou e passou para mim. Eu mesma os bordei – disse Beth, olhando com orgulho para as letras um tanto irregulares que deram um tremendo trabalho.

– Deus, ilumine essa menina! Ela bordou "Mamãe" em vez de "Sra. M.". Que engraçado! – Jo riu enquanto pegava um dos lenços.

– Mas não era assim? Achei melhor, porque a letra inicial de Meg também é "M.", e eu não quero que ninguém os use além da mamãe – disse Beth, confusa.

– Está tudo bem, querida. Foi uma ideia brilhante e sensata, ninguém confundirá os lenços agora. A mamãe vai amar, tenho certeza – disse Meg, com a testa franzida para Jo e um sorriso para Beth.

– Aí vem a mamãe. Esconda a cesta, rápido! – exclamou Jo, enquanto uma porta batia e passos soavam no corredor.

Amy entrou na sala depressa e pareceu um pouco envergonhada quando viu as irmãs esperando por ela.

– Por onde andou? O que está escondendo aí atrás? – perguntou Meg, surpreendida por ver, pelos agasalhos, que a preguiçosa Amy havia saído tão cedo.

– Não ria de mim, Jo! Não queria que ninguém soubesse até o momento certo. Só queria trocar o frasquinho por um grande. Gastei cada centavo para isso, porque estou tentando de verdade não ser mais egoísta.

Enquanto falava, Amy mostrou o belo frasco que substituiu o frasquinho barato de antes. Ela parecia tão sincera e humilde naquele esforço sutil para deixar a si mesma de lado que Meg a abraçou na hora, e Jo proclamou que aquilo era um triunfo. Beth correu para a janela para escolher a melhor rosa a fim de ornamentar o frasco imponente.

— Vejam bem, senti vergonha do meu presente depois de ler e de falar sobre como devemos ser boas hoje mais cedo, então corri até a loja e troquei o vidro assim que me levantei. Estou tão contente, porque agora está muito mais bonito.

Outra batida na porta da frente fez a cesta retornar para debaixo do sofá, e as meninas foram até a mesa, ansiosas pelo café da manhã.

— Feliz Natal, mamãe! E que todos sejam felizes! Obrigada pelos livros. Nós lemos um pouquinho e pensamos em lê-los todos os dias — disseram as meninas em uníssono.

— Feliz Natal, minhas filhinhas! Ainda bem que já começaram. Espero que continuem, mas quero dizer uma coisa antes de nos sentarmos. Não muito longe daqui mora uma mulher pobre com um bebezinho recém-nascido. Além disso, há mais seis crianças que se amontoam em uma cama para evitar que congelem, pois não têm lareira. Eles não têm nada para comer, e o menino mais velho veio me dizer que estavam passando fome e frio. Minhas meninas, vocês lhes presenteariam com nosso café da manhã neste Natal?

Por terem esperado quase uma hora a mais, estavam todas com uma fome descomunal. Durante um minuto, ninguém falou, mas apenas por um minuto, já que Jo exclamou impetuosamente:

— Estou tão contente por você ter chegado antes de começarmos a comer!

— Posso ajudar a levar as coisas para as pobres criancinhas? — perguntou Beth ansiosamente.

— Vou levar o creme e os bolinhos — acrescentou Amy, desistindo heroicamente de sua comida favorita.

Meg cobriu as panquecas e empilhou os pães em um grande prato.

— Eu tinha certeza de que vocês fariam isso — disse a sra. March, sorrindo de satisfação. — Vamos todas comigo e, quando voltarmos, comeremos pão puro e leite no café da manhã, mas compensaremos no jantar.

Logo estavam prontas e, assim, partiram. Felizmente era bem cedo. Caminharam pelas ruas secundárias, de modo que poucas pessoas as viram, e ninguém riu daquela estranha procissão.

O local era um quartinho pobre, miserável e vazio, com janelas quebradas, sem lareira, com roupa de cama esfarrapada, uma mãe doente, um bebê aos prantos e um grupo de crianças pálidas e famintas, abraçadas sob uma velha colcha, tentando se manter aquecidas.

Os grandes olhos encararam as meninas, e como os lábios arroxeados sorriram diante daquela visão!

— *Ach, mein Gott*! São uns anjos por virem até nós! — disse a pobre mulher, chorando de alegria.

— Anjos engraçados de capuz e luvas — disse Jo, fazendo-os rir.

Em poucos minutos, parecia mesmo que espíritos bondosos estavam trabalhando por lá. Hannah, que carregara a lenha, acendeu um fogo como pôde e cobriu os painéis quebrados com chapéus velhos e seu próprio manto. A sra. March deu à mãe chá e mingau, consolando-a com promessas de ajuda, e vestiu o bebezinho tão ternamente como se fosse seu próprio filho. As meninas, enquanto isso, arrumaram a mesa, colocaram as crianças ao redor do fogo e as alimentaram como se fossem passarinhos famintos, rindo, falando e tentando entender o inglês engraçado e rudimentar.

— *Das ist gut*! *Die Engel-kinder*! Crianças-anjo! — exclamaram os pobrezinhos enquanto comiam e aqueciam as mãos arroxeadas nas chamas aconchegantes. As meninas nunca haviam sido chamadas de anjo e acharam muito amável, especialmente Jo, que fora considerada um “Sancho” desde que nasceu.

Foi um café da manhã muito feliz, apesar de não terem comido nada, e, quando foram embora, deixando aquela família mais confortável do que antes, creio que não havia em toda a cidade quatro pessoas mais alegres do que as menininhas famintas que abriram mão de sua refeição e se contentaram em fazer o bem na manhã de Natal.

— Isso é amar o próximo mais que a nós mesmas, e estou feliz por nossa atitude — disse Meg, pegando os presentes enquanto a mãe estava no andar de cima juntando roupas para os pobres Hummel.

Não eram nada de extravagante, mas havia muito amor nos poucos pacotinhos, e o vaso alto de rosas vermelhas, crisântemos brancos e videiras no meio dos presentes deu um ar bastante elegante à mesa.

— Ela está vindo! Venha, Beth! Abra a porta, Amy! Viva a mamãe! — gritou Jo, pulando pela sala enquanto Meg conduzia a mãe ao lugar de honra.

Beth tocou sua música mais alegre, Amy abriu a porta e Meg escoltou a matriarca com muita dignidade. A sra. March foi surpreendida e se emocionou, sorrindo com os olhos marejados enquanto examinava os presentes e lia os bilhetinhos que os acompanhavam. Calçou imediatamente as pantufas, colocou um dos novos lenços no bolso, perfumado com a água-de-colônia de Amy, prendeu uma das rosas como um broche e colocou as belas luvas novas, que lhe serviram muito bem.

Houve uma boa dose de risos, beijos e explicações, da forma simples e amorosa que torna essas comemorações caseiras tão agradáveis no momento e tão doces de se lembrar muito tempo depois. Logo em seguida, todas colocaram mãos à obra.

As cerimônias e caridades matinais levaram tanto tempo que o resto do dia foi dedicado aos preparativos para as festividades da noite. Sendo ainda muito jovens para ir frequentemente ao teatro, e não sendo ricas para gastar com apresentações privadas, as meninas usaram sua criatividade. Como a necessidade é a mãe da invenção, fizeram o que precisava ser feito. Suas criações foram muito inteligentes: instrumentos musicais de papelão, candeeiros antigos feitos de embalagens velhas de manteiga cobertas com papel prateado, lindas vestes feitas com pano velho, que luziam, decoradas com restos de metal de uma antiga fábrica, e armaduras cobertas com pedaços de latas de conserva recortadas.

A entrada de cavalheiros não era permitida, por isso Jo desempenhou papéis masculinos à vontade e teve imensa satisfação em vestir um par de botas de couro vermelho dadas por uma amiga, que conhecia uma senhora que conhecia um ator. Aquelas botas, um florete antigo e um gibão certa vez usado por um artista, que posou para alguns quadros, eram os principais tesouros de Jo.

O número limitado de participantes fez com que as duas atrizes principais tivessem que pegar vários outros papéis, então certamente mereciam crédito pelo trabalho árduo de aprender as partes de três ou quatro personagens diferentes, trocar de traje várias vezes e administrar o palco. Era um exercício excelente para a memória e uma diversão inofensiva, ocupando muitas horas que, de outra forma, teriam sido ociosas, solitárias ou passadas com companhias menos interessantes.

Na noite de Natal, uma dúzia de meninas se amontoaram na cama, que era como um mezanino, e sentaram-se diante das cortinas de algodão azuis e amarelas, em uma expectativa agradável. Havia muito barulho e sussurros atrás da cortina, um pouco de fumaça de lamparina e uma risada ocasional de Amy, que estava quase histérica pela excitação do momento. Naquele instante, um sino tocou, as cortinas se abriram e a tragédia em ópera começou.

"Um bosque sombrio", de acordo com o roteiro, era representado por algumas plantas em vasos, baeta verde cobrindo o chão e uma caverna, armada com um varal, com mesinhas dos lados para imitar as paredes. Havia lá dentro um forninho trabalhando sem parar, com uma panela preta sendo aquecida e uma bruxa velha curvada sobre ela. O palco estava escuro e o brilho do forninho tinha um ótimo efeito, especialmente com o vapor de verdade que saiu da panela quando a bruxa tirou a tampa. Esperou-se um momento para que a comoção inicial se acalmasse. Depois, Hugo, o vilão, entrou em cena com sua espada tinindo ao lado do corpo, chapéu amarrotado, barba preta, capa misteriosa e botas. Depois de andar de um lado para o outro muito agitado, bateu na testa e explodiu em fúria, cantando seu ódio por Roderigo, seu amor por Zara e sua agradável decisão de matar um e conquistar a outra. Os tons roucos da voz de Hugo, com um grito ocasional em meio às emoções que transbordavam, foram muito impressionantes, e o público aplaudiu no momento em que ele fez uma pausa para respirar. Curvando-se com o ar de alguém habituado aos elogios do público, ele foi até a caverna e ordenou a Hagar que saísse:

– Ó, tu, minha serva! Eu preciso de ti!

De lá saiu Meg, com uma cabeleira grisalha, feita de crina de cavalo, caindo sobre o rosto, um manto vermelho e preto, decorado com emblemas cabalísticos, e um cajado. Hugo exigiu uma poção para fazer Zara apaixonar-se por ele e outra para destruir Roderigo. Hagar, em uma bela melodia dramática, prometeu ambos e entoou o chamado do espírito que traria a poção do amor.

Aqui te chamo, em frente à tua casa,
Espírito do ar, rogo que dê sua graça!
Nascido das rosas, alimentado com orvalho,
Encantos e poções, mostre-me seu trabalho.
Traz-me aqui a chave para a felicidade,
A perfumada poção de que tenho necessidade.
Torne-a doce e forte, irresistível e veloz,
Espírito, responda agora ao som da minha voz!

Uma suave nota musical soou e, na parte de trás da caverna, apareceu uma pessoa diminuta em trajes brancos, com asas cintilantes, cabelos dourados e uma guirlanda de rosas na cabeça. Acenando com uma varinha, cantava...

Aqui estou, atendo ao chamado
Daquele que me invoca em ultimato
Sob o brilho da lua prateada.
Tome aqui, eis o mágico feitiço,
Mas alerto: faça bom uso disso,
Ou o poder esvanecerá em uma lufada!

Deixando cair uma garrafinha dourada aos pés da bruxa, o espírito desapareceu. Outro cântico de Hagar produziu mais uma aparição, não tão adorável, pois, com um estrondo, apareceu um demônio muito feio. Com um som animalesco em resposta, atirou uma garrafa preta a Hugo, desaparecendo com um riso zombeteiro. Após agradecer e guardar as poções na bota, Hugo partiu, e Hagar informou ao público que, como ele havia matado alguns dos amigos dela em tempos passados, ela o amaldiçoara e pretendia frustrar seus planos e se vingar dele. Então, a cortina se fechou, e a plateia teve um intervalo para comer doces e discutir os méritos da peça.

Uma barulheira semelhante a marteladas soou antes de a cortina subir novamente. Quando se tornou evidente a obra-prima de carpintaria no palco, ninguém reclamou do atraso. Era verdadeiramente magnífica: uma torre subia até o teto; na metade, havia uma janela com uma lamparina queimando, e, por detrás da cortina branca, Zara apareceu, com um lindo vestido azul e prateado, esperando por Roderigo. Ele surgiu em belos trajes, com um chapéu de plumas, capa vermelha, madeixas encaracoladas e castanhas, um violão e, é claro, as botas. Ajoelhado aos pés da torre, ele cantou uma serenata em tons melódicos. Zara respondeu e, depois de um diálogo musical, consentiu em fugir com ele. Depois, veio o auge da peça: Roderigo pegou uma escada feita de corda, com cinco degraus, jogou uma das pontas e convidou Zara a descer. Timidamente, ela passou pelo parapeito, colocou a mão no ombro de Roderigo e estava prestes a saltar graciosamente para baixo, quando, de repente:

– Ai de mim! Ai de Zara!

Ela havia se esquecido da cauda do vestido, que ficou presa na janela. A torre cambaleou, inclinou-se para a frente, caiu com um estrondo e enterrou os infelizes amantes nas ruínas.

Um alvoroço ecoou quando as botas vermelhas se mexeram loucamente sob os destroços e uma cabeça emergiu, exclamando:

– Eu avisei! Eu avisei!

Com maravilhosa presença de espírito, Dom Pedro, o cruel senhor, apressou-se a entrar, arrastou a filha e disse, à parte do roteiro:

– Não riam! Atuem como se estivesse tudo bem! – Ordenando que Roderigo se levantasse, baniu-o do reino com raiva e desprezo. Embora decididamente abalado pela queda da torre sobre ele, Roderigo desafiou o velho cavalheiro e não se mexeu. Esse exemplo destemido instigou Zara: ela também desafiou o senhor, e ele ordenou que ambos fossem para as masmorras mais profundas do castelo. Um escudeiro robusto entrou em cena portando correntes e os levou embora, muito assustado e evidentemente esquecendo o discurso que deveria fazer.

O terceiro ato era no salão do castelo. Hagar reapareceu, para libertar os amantes e matar Hugo. Ouvindo-o chegar, ela se esconde, observa-o colocar as poções em duas taças de vinho e ordenar a um tímido servo:

– Leva-as aos cativos nas celas e diz-lhes que estarei lá em breve.

Ferdinando, o servo, puxa Hugo para o lado a fim de lhe dizer algo, e Hagar troca as taças por duas outras inofensivas. O lacaio então as leva, e Hagar devolve a taça que contém o veneno destinado a Roderigo. Com sede depois de uma longa conversa, Hugo bebe o líquido, perde a consciência e, com uma boa dose de tremeliques e cambaleios, cai e morre, enquanto Hagar lhe informa o que fez por meio de uma canção de força e melodia poderosas.

Foi uma cena bastante emocionante, embora algumas pessoas possam ter pensado que a repentina aparição dos longos cabelos tenha arruinado um pouco o efeito da morte do vilão. Ele foi chamado à frente da cortina e, com grande propriedade, apareceu, conduzindo Hagar, cujo canto foi considerado mais maravilhoso do que todo o resto da encenação.

O quarto ato mostrou Roderigo desesperado ao ponto de se esfaquear porque lhe foi dito que Zara o abandonara. Assim que a adaga entra em seu coração, uma linda canção é entoada sob a janela, informando-o de que Zara está em perigo e que ele pode salvá-la se quiser. A chave para abrir a porta das masmorras lhe é arremessada, e, eufórico, ele quebra as correntes e se apressa, a fim de encontrar e resgatar sua amada.

O quinto ato começou com uma cena tempestuosa entre Zara e Dom Pedro. Ele deseja que a moça vá para um convento, mas ela não quer nem saber disso e, depois de apelar misericordiosamente, está prestes a desmaiar, quando Roderigo entra e exige a mão dela em casamento. Dom Pedro recusa, pois Roderigo não é um homem rico. Eles gritam e gesticulam muito, mas não entram em um acordo; o rapaz estava prestes a tomar a exausta Zara e levá-la para longe, quando o tímido servo entra com uma carta e uma bolsa, enviadas por Hagar, que desaparecera misteriosamente àquela altura da história. A bruxa informa a todos ali presentes que rogaria riquezas incalculáveis ao jovem casal e uma terrível desgraça a Dom Pedro, caso ele escolhesse se interpor à felicidade dos dois. A bolsa é aberta, e várias moedas de lata imitando dinheiro caem sobre o palco, que fica iluminado pelo brilho. Tal ato amolece por completo o intransigente senhor, e ele enfim consente com a união sem mais reclamações. Todos se unem em um coro alegre, e a cortina se fecha diante dos amantes ajoelhados para receber a bênção de Dom Pedro, com gestos delicados e românticos.

Seguiram-se aplausos entusiasmados, que cessaram inesperadamente, porque a cama dobrável sobre a qual fora construído o mezanino de repente se fechou e silenciou o público arrebatado. Roderigo e Dom Pedro correram em socorro, e todos foram resgatados sem ferimentos, embora muitos tenham ficado sem palavras de tanto rir. A agitação mal tinha diminuído quando Hannah apareceu, para enviar os cumprimentos da sra. March e para saber se as senhoritas gostariam de descer para jantar.

O anúncio foi uma surpresa até para as atrizes. Quando viram a mesa, entreolharam-se com espanto alegre. Era mesmo o estilo da mamãe mimá-las um pouco, mas algo à altura daquela ceia magnífica era desconhecido desde os dias de abundância passada. Havia sorvete em duas cumbucas cheias – uma rosa e outra branca –, bolo, frutas, lindos bombons e, no meio da mesa, quatro grandes buquês de flores de estufa.

Ficaram sem fôlego. Encararam a mesa por um tempo e depois olharam para a mãe, que parecia transbordar de satisfação.

– Foram as fadas? – perguntou Amy.

– Foi o Papai Noel – respondeu Beth.

– Foi a mamãe – e Meg deu o sorriso mais doce, apesar da barba grisalha e das sobrancelhas brancas.

– A tia March se inspirou e nos mandou o jantar! – gritou Jo, com uma inspiração repentina.

– Estão todas erradas. Foi o velho sr. Laurence – respondeu a sra. March.

– O avô daquele menino de sobrenome Laurence! Mas por que ele teve essa ideia? Nós não o conhecemos! – exclamou Meg.

– Hannah contou a um de seus criados sobre o café da manhã. Ele é um cavalheiro bem velho e esquisito, mas se alegrou com a história. Ele conheceu meu pai anos atrás e me enviou um bilhete educado nesta tarde, dizendo que esperava que eu lhe permitisse expressar seu sentimento de carinho por minhas filhas, enviando algumas guloseimas em homenagem ao dia de hoje. Não pude recusar, então vocês terão um pequeno banquete esta noite para compensar o café da manhã com apenas pão e leite.

— O garoto o convenceu disso, sei que sim! Ele é um bom rapaz, e gostaria que pudéssemos conhecê-lo. Tenho a impressão de que ele gostaria de nos conhecer, mas é tímido, e Meg é tão certinha que não me deixa falar com ele quando nos trombamos por aí — disse Jo, conforme os pratos passavam de mãos em mãos e o sorvete desaparecia entre as risadas de satisfação.

— Você se refere às pessoas que vivem na casa enorme aqui do lado, não é? — perguntou uma das meninas. — Minha mãe conhece o velho sr. Laurence e diz que ele é muito orgulhoso e não gosta de se misturar com os vizinhos. Ele mantém o neto trancado lá dentro quando o garoto não está cavalgando ou caminhando com o tutor, além de fazê-lo estudar muito. Nós o convidamos para nossa festa, mas ele não veio. A mamãe diz que ele é muito simpático, embora nunca fale com meninas.

— Nossa gata fugiu certa vez, e ele a trouxe de volta. Nós conversamos por cima da sebe e estávamos nos dando bem, falando sobre críquete e afins. Quando ele viu Meg chegando, se afastou. Quero conhecê-lo melhor um dia, porque ele precisa se divertir, tenho certeza disso — disse Jo, decidida.

— Gosto da maneira educada como ele se comporta, parece um jovem cavalheiro, por isso não me oponho a essa amizade, se uma oportunidade adequada surgir. Ele mesmo trouxe as flores, e eu deveria tê-lo convidado a entrar. Parecia tão triste quando foi embora, porque ouviu a algazarra de vocês e, evidentemente, isso não é comum em seu dia a dia.

— É uma pena que não o tenha convidado, mamãe! — riu Jo, olhando as botas. — Mas vamos fazer outra peça um dia desses, uma que ele possa ver. Talvez ele nos ajude a encenar uma. Não seria uma alegria?

– Nunca ganhei um buquê tão chique! Como é bonito! – disse Meg, examinando as flores com grande interesse.

– São adoráveis. Mas as rosas de Beth são as mais lindas para mim – disse a sra. March, cheirando o ramalhete meio ressecado que colocara em seu cinto.

Beth se aninhou próximo à mãe e sussurrou suavemente:

– Queria tanto mandar meu buquê para o papai. Receio que ele não esteja tendo um Natal tão feliz quanto o nosso.

CAPÍTULO TRÊS

O jovem Laurence

Jo! Jo! Cadê você?! – gritou Meg ao pé da escada do sótão.

– Aqui! – respondeu uma voz rouca vinda do andar de cima, para onde Meg correu.

Encontrou a irmã comendo maçãs e chorando com *The Heir of Redclyffe*, enrolada em um cobertor e sentada em um velho sofá de três pés, junto à janela ensolarada. Esse era o refúgio favorito de Jo, onde ela adorava se recolher com meia dúzia de maçãs e um bom livro, para desfrutar da tranquilidade e da companhia de um ratinho de estimação que vivia por ali e não se incomodava nem um pouco com ela. Quando Meg apareceu, Scrabble se meteu em seu buraquinho no rodapé da parede. Jo limpou as lágrimas das bochechas e ouviu as novidades.

– Que alegria! Ouça isso: recebemos um convite da sra. Gardiner para amanhã à noite! – exclamou Meg, acenando com o precioso papel e depois continuando a leitura com felicidade pueril. – "A sra. Gardiner ficaria feliz em ver as srtas. March e Josephine no baile na véspera de Ano Novo." A mamãe está disposta a nos deixar ir. Agora, o que vamos vestir?

— Mas por que você perde tempo com essa pergunta, quando sabe que vamos usar nossos vestidos de popelina por não termos nenhum outro? — respondeu Jo de boca cheia.

— Se ao menos eu tivesse um de seda! — suspirou Meg. — A mamãe diz que talvez eu ganhe um quando completar 18 anos, mas dois anos de espera é tempo demais.

— Tenho certeza de que os nossos parecem de seda e estão de bom tamanho para nós. O seu está praticamente novo, mas me esqueci da queimadura e do rasgo no meu. O que devo fazer? A queimadura está bem visível, e não há como escondê-la.

— Você precisa ficar sentada bem quietinha e não deixar as costas à vista. A frente dele está boa. Comprarei um laço novo para o meu cabelo, e a mamãe pode me emprestar o broche de pérolas. Meus sapatos novos são uma graça, e minhas luvas servirão, embora não sejam tão bonitas como eu gostaria.

— As minhas estão manchadas de limão, e não posso comprar novas, por isso terei de ir sem — disse Jo, que nunca se preocupou muito com roupas.

— Você deve usar luvas, ou eu não vou! — exclamou Meg, muito certa de sua decisão. — Luvas são mais importantes do que qualquer outra coisa, não se pode dançar sem elas e, se não dançar, ficarei envergonhada.

— Então vou ficar parada. Não gosto muito de danças que envolvem companhia. Não é divertido dançar para lá e para cá no mesmo passo. Prefiro pular e me remexer.

— Não pode pedir luvas novas à mamãe, porque são caras e você é uma descuidada. Ela disse, quando você estragou os outros pares, que não compraria outras neste inverno. Não consegue consertá-las?

— Posso segurá-las nas mãos, escondidas, assim ninguém saberá o quanto estão manchadas. Só posso fazer isso, mais nada. Não, tenho outra ideia melhor ainda! Podemos fazer assim: cada uma usa uma boa e carrega a ruim com a outra mão. Entende?

— Suas mãos são maiores que as minhas, você vai esticar demais minha luva. — Meg se assustou, porque suas luvas eram um objeto de afeição.

— Então eu vou sem. Pouco me importa o que as pessoas dizem! — exclamou Jo, pegando o livro mais uma vez.

— Fique com as minhas, então! Só não as manche, e se comporte. Não ponha as mãos atrás das costas, não encare as pessoas, nem diga palavrões, certo?

— Não se preocupe comigo. Serei tão certinha quanto puder e não me meterei em confusão, se puder evitar. Agora vá e responda ao bilhete, deixe-me acabar esta história esplêndida.

Meg se retirou para responder ao convite com um "Aceitamos, com gratidão", dar uma olhada no vestido e cantar alegremente enquanto ajeitava os babados de renda. Jo terminou a história e as maçãs, e o rato saiu novamente para brincar.

Na noite de Ano Novo, a sala de estar estava deserta, pois as duas meninas mais novas brincavam de damas de companhia e as duas mais velhas estavam absortas na importantíssima tarefa de "se preparar para a festa". Houve muita correria para cima e para baixo, risos e conversas e, em dado momento, um forte cheiro de cabelo queimado invadiu a casa. Meg queria alguns cachos pendendo ao redor do rosto, e Jo se comprometeu a moldar as mechas embrulhadas em papel alumínio com pinças quentes.

— Era para as mechas estarem cheirando assim? — perguntou Beth, empoleirada na cama.

— É a umidade que está secando — respondeu Jo.

— Que cheiro esquisito! Parece pena queimada — observou Amy, alisando os próprios cachos bonitos com ar de superioridade.

— Pronto, agora vou tirar os papéis e você verá uma cascata de cachinhos — disse Jo, colocando as pinças de lado.

Ela tirou os papéis, mas não apareceu nenhuma cascata de cachinhos, pois o cabelo saiu junto com os papéis. A cabeleireira, horrorizada, mostrou à sua vítima as mechas queimadas.

– Oh, meu Deus! O que você fez? Estou arruinada! Não posso ir! Meu cabelo, ai, meu cabelo! – Meg se lamentava, olhando com desespero para a franja desigual na testa.

– Sou uma azarada! Não deveria ter me pedido para arrumar seu cabelo. Eu estrago tudo. Me desculpe, a pinça estava muito quente, e por isso fiz essa besteira – murmurou a pobre Jo, olhando os cabelos tostados com olhos marejados de arrependimento.

– Não está arruinado. Apenas tente frisá-lo e amarre uma fita no alto para que as pontas fiquem um pouco sobre a testa, assim parecerá que está na última moda. Já vi muitas garotas fazerem isso – disse Amy em tom de consolo.

– Isso é bem feito para mim por tentar ficar elegante. Ah, se eu tivesse simplesmente deixado meu cabelo quieto! – exclamou Meg, mal-humorada.

– Também acho. Era um cabelo tão sedoso e bonito. Mas logo ele crescerá de novo – disse Beth, indo em direção à ovelhinha tosada para beijá-la e confortá-la.

Depois de vários contratempos menos importantes, Meg ficou pronta e, pelo esforço conjunto de toda a família, Jo prendeu o cabelo em um coque e colocou o vestido. Estavam lindas em seus trajes simples: Meg em um vestido prateado, com uma fita de veludo azul, babados de renda e o broche de pérolas; Jo em seu vestido marrom, com um colarinho de linho rígido e um tanto masculino, e um ou dois crisântemos brancos como único adereço. Cada uma vestiu uma luva boa e carregou uma manchada, e o efeito geral do visual era de duas moças "despreocupadas e elegantes". Os sapatos de salto de Meg eram muito apertados e a machucavam, embora ela não admitisse, e os dezenove grampos espetados no cabelo de Jo pareciam perfurar sua cabeça, o que não era exatamente confortável, mas, minha nossa, é preciso ficar elegante ou morrer tentando.

– Divirtam-se, meus amores! – disse a sra. March, enquanto as irmãs desciam delicadamente pelo caminho. – Não comam muito no jantar e venham embora às onze, quando eu mandar a Hannah lhes buscar.

Enquanto o portão se fechava atrás delas, uma voz gritou de uma janela:

– Meninas, meninas! Vocês estão com os lenços bonitos?

– Sim, sim, bonitos de morrer, e o da Meg tem cheiro de colônia! – gritou Jo, acrescentando com uma gargalhada enquanto continuavam: – Acredito que a mamãe perguntaria exatamente isso mesmo que a ocasião fosse a fuga de um terremoto.

– É um dos seus gostos aristocráticos, e é muito apropriado, pois uma verdadeira dama é sempre conhecida por ter sapatos, luvas e lenços impecáveis – respondeu Meg, que tinha uma série de "gostos aristocráticos" próprios. – Agora, não se esqueça de esconder o lado feio da roupa, Jo. Minha fita está certa? Meu cabelo está muito feio? – perguntou, enquanto se olhava um tempão no espelho do vestiário da sra. Gardiner.

– Sei que vou me esquecer disso. Se me vir fazendo algo de errado, dê uma piscadela para que eu perceba, certo? – disse Jo, ajeitando o colarinho e dando uma arrumada rápida no cabelo.

– Não, piscar o olho não é coisa que uma dama faça. Levantarei as sobrancelhas se alguma coisa estiver errada; e, se você estiver se saindo bem, acenarei com a cabeça. Agora, mantenha a postura ereta, ande devagar e não dê nenhum aperto de mão se for apresentada a alguém. Não é assim que se faz.

– Como você aprende todas as regras de etiqueta? É impossível para mim. Esta música tocando não é alegre?

Elas desceram, sentindo-se um tanto tímidas, pois raramente iam a festas e, por mais informal que aquela pequena reunião fosse, era um grande evento para elas. A sra. Gardiner, uma idosa, saudou-as amavelmente e as deixou com a mais velha de suas seis filhas. Meg conhecia Sallie e ficou à vontade bem depressa, mas Jo, que não gostava muito de meninas ou de fofocas, ficou de pé, mantendo as costas contra a parede, sentindo-se tão deslocada quanto um peixe fora d'água. Meia dúzia de rapazes falavam sobre patins em outra parte da sala, e ela ansiava por se juntar a eles, pois patinar era uma das alegrias de sua vida. Ela transmitiu seu desejo a Meg, mas as sobrancelhas da irmã subiram de um modo tão alarmante que não ousou se mexer.

Ninguém falou com ela, e um a um o grupo próximo foi diminuindo, até que ficou sozinha. Jo sabia que não podia perambular e se divertir, pois a extensão da queimadura no vestido ficaria à mostra, então, ficou parada, observando as pessoas de uma forma bastante desanimada até a dança começar. Meg foi convidada a participar imediatamente, e seus pés, enfiados naqueles sapatos apertados, dançaram tão rapidamente que ninguém teria adivinhado a dor que ela sofria sorrindo. Jo viu um jovem de madeixas ruivas se aproximar de onde ela estava e, temendo que ele quisesse convidá-la, deslizou para um canto protegido com cortinas, com a intenção de espiar e se divertir em paz. Infelizmente, outra pessoa tímida havia escolhido o mesmo refúgio, e, quando se virou, percebeu que estava cara a cara com o "jovem Laurence".

– Minha nossa, não sabia que já tinha alguém aqui! – balbuciou Jo, preparando-se para recuar tão depressa quanto deslizara para dentro.

Mas o rapaz riu e disse de modo gentil, apesar de parecer um pouco assustado:

– Não se incomode comigo; fique, se quiser.

– Não vou incomodar?

— Nem um pouco. Eu só vim aqui porque não conheço muita gente e me senti um tanto deslocado a princípio, sabe?

— E eu também. Não vá embora, por favor, a menos que prefira.

O rapaz se sentou novamente e olhou para os sapatos, até que Jo disse, tentando ser educada e amigável:

— Acho que já tive o prazer de vê-lo antes. Mora perto de nós, não mora?

— Na casa ao lado. — Ele olhou para cima e riu, achando o jeito polido de Jo muito engraçado comparado à lembrança de como conversaram sobre críquete no dia em que ele resgatara a gatinha.

Aquilo deixou Jo à vontade. Ela também riu e disse, do seu jeito mais caloroso:

— Seu belo presente de Natal levou muita diversão para nós.

— O vovô que enviou.

— Mas você o convenceu, não foi?

— Como está sua gatinha, srta. March? — perguntou o rapaz, tentando parecer sério enquanto seus olhos escuros brilhavam de alegria.

— Muito bem, obrigada, sr. Laurence. Mas eu não sou a srta. March, sou apenas Jo — retrucou a jovem.

— Eu não sou o sr. Laurence, sou apenas Laurie.

— Laurie Laurence, que nome estranho.

— Meu primeiro nome é Theodore, mas eu não gosto, pois os meninos me chamavam de Dora, então fiz com que mudassem para Laurie.

— Eu também odeio o meu nome, é tão sentimental! Gostaria que todos me chamassem de Jo, em vez de Josephine. Como fez para que os meninos parassem de chamar você de Dora?

— Eu bati neles.

– Não posso bater na tia March, então, suponho que precisarei suportar – resignou-se Jo, com um suspiro.

– Não gosta de dançar, srta. Jo? – perguntou Laurie, pensando que o nome combinava com ela.

– Gosto bastante, se houver muito espaço e todos estiverem animados. Num lugar como este, tenho certeza de que vou causar problemas, pisar no pé das pessoas ou fazer algo terrível, por isso, não me meto em confusão e deixo Meg se encarregar de dançar. Você não dança?

– Às vezes. Estive fora do país por muitos anos e ainda não fiz muitos amigos para saber como as coisas funcionam aqui.

– Esteve fora? – perguntou Jo. – Ah, me conte tudo! Gosto tanto de ouvir as pessoas descreverem suas viagens.

Laurie não sabia por onde começar, mas as perguntas ansiosas de Jo logo o direcionaram. Ele contou sobre a escola em Vevey, onde os rapazes nunca usavam chapéu; havia uma frota de barcos no lago, e eles se divertiam nas férias fazendo passeios a pé pela Suíça com os professores.

– Gostaria tanto de estar lá! – exclamou Jo. – Foi a Paris?

– Passamos o inverno passado lá.

– Sabe falar francês?

– Não podíamos falar outra língua em Vevey.

– Fale um pouquinho! Sei ler em francês, mas não sei falar.

– *Quel nom a cette jeune demoiselle en les pantoufles jolis?*

– Como você fala bem! Deixe-me pensar... você disse: “Como se chama aquela moça de sapatos bonitos”, não foi?

– *Oui, mademoiselle.*

– É minha irmã Margaret, e você sabia disso! Você a acha bonita?

– Sim, ela me lembra as garotas alemãs. Parece tão feliz e tranquila, e dança como uma dama.

Jo se iluminou de satisfação com esse elogio à irmã bem à moda dos meninos e guardou-o para repetir a Meg. Os dois espiaram, criticaram e conversaram até parecerem velhos conhecidos. A timidez de Laurie logo se esvaneceu, já que o comportamento um tanto masculino de Jo o divertia e o deixava à vontade, e Jo ficou feliz por aquela companhia, pois seu vestido fora esquecido e ninguém levantou mais as sobrancelhas para ela. Gostou do "jovem Laurence" mais do que nunca e o observou atentamente, para que pudesse descrevê-lo às meninas. Elas não tinham irmãos, apenas alguns poucos primos, então os meninos eram criaturas quase desconhecidas para elas.

"Cabelo preto encaracolado, pele morena, olhos pretos e grandes, nariz bonito, dentes bem-cuidados, mãos e pés pequenos, mais alto que eu, muito educado para um rapaz, e alegre no geral. Quantos anos será que ele tem?", pensou.

Jo estava com a pergunta na ponta da língua, mas se conteve a tempo e, com um tato incomum, tentou descobrir de forma indireta.

— Suponho que vá para a faculdade em breve? Sempre vejo você com o nariz enfiado em livros... não, quero dizer... estudando muito. — Jo enrubesceu ao ouvir a expressão "com o nariz enfiado" lhe escapar.

Laurie sorriu, mas não pareceu chocado, e respondeu com um dar de ombros.

— Não nos próximos um ou dois anos. Não antes dos 17, de qualquer maneira.

— Mas você não tem 15 anos ainda? — perguntou Jo, olhando para o rapaz alto, que pensara já ter 17 àquela altura.

— Farei 16 no mês que vem.

— Como eu gostaria de ir para a faculdade! Você não parece estar animado com a ideia.

— Eu odeio essa perspectiva! Nada além de estudar ou ser obrigado a participar das bobeiras dos universitários. E também não gosto da maneira como os rapazes se comportam por aqui, neste país.

— E você gosta de quê?

— De morar na Itália e de me divertir do meu jeito.

Jo queria muito perguntar como ele gostava de se divertir, mas o rapaz franziu as sobrancelhas escuras de um jeito um tanto assustador, então ela mudou de assunto, dizendo, conforme batia o pé ao ritmo da música:

— Mas que polca maravilhosa! Por que não tenta dançar?

— Só se você me acompanhar — respondeu ele, com uma reverência um tanto galanteadora.

— Não posso, disse a Meg que não dançaria porque... — Jo parou, parecendo indecisa se devia contar ou rir.

— Porque... o quê?

— Promete que não vai contar para ninguém?

— Nunca!

— Bem, eu tenho um péssimo hábito de ficar perto de lareiras, e por isso queimo meus vestidos. Foi assim que queimei este. Embora esteja bem-remendado, dá para ver o estrago, então Meg mandou que eu ficasse quietinha para que ninguém notasse. Pode rir, se quiser. É engraçado, eu sei.

Mas Laurie não riu, ele só olhou para baixo por um instante, e a expressão de seu rosto intrigou Jo quando ele disse muito gentilmente:

— Não se preocupe, sei como podemos resolver o problema: há um salão comprido lá fora, bastante espaçoso para dançarmos, ninguém vai nos ver. Por favor, venha.

Jo agradeceu e foi de bom grado, desejando que estivesse com duas luvas boas quando viu que seu parceiro usava um par impecável, de um branco perolado. O salão estava vazio, então dançaram polca livremente; Laurie dançava bem e ensinou a Jo o passo alemão, que a encantou, porque ela podia pular e girar. Quando a música parou, eles se sentaram nas escadas para respirar, e Laurie estava no meio do relato de um festival de estudantes em Heidelberg quando Meg apareceu em busca da irmã. Ela acenou, e Jo relutantemente a seguiu para uma outra sala. Encontrou a irmã em um sofá, pálida, e segurando o pé.

– Torci o tornozelo. Este salto idiota se virou e torceu meu pé. Dói tanto que mal consigo ficar de pé, e não sei como voltaremos para casa – disse Meg, balançando o corpo para a frente e para trás, sentindo muita dor.

– Eu sabia que esses sapatos ridículos machucariam seus pés. Sinto muito, mas não vejo o que fazer, exceto pedir uma carruagem, ou ficar aqui a noite toda – respondeu Jo, esfregando suavemente o tornozelo da pobre irmã enquanto falava.

– Não tem como pedir uma carruagem sem gastar muito. Inclusive, acho que não conseguiria arranjar nenhuma, porque a maioria das pessoas veio nas próprias carruagens, é um longo caminho até o estábulo e não há ninguém para enviar.

– Eu vou.

– Não, de maneira alguma! Já passa das nove, e está um breu. Não posso ficar aqui, a casa está cheia. Sallie tem algumas hóspedes. Vou descansar até Hannah chegar e depois farei o que estiver ao meu alcance.

– Vou pedir a Laurie. Ele irá – disse Jo, parecendo aliviada quando a ideia lhe ocorreu.

– Por Deus, não! Não peça nem diga nada a ninguém. Pegue minhas galochas e guarde estes sapatos em nossas coisas. Não consigo mais dançar, mas, assim que o jantar acabar, fique atenta à chegada de Hannah e me avise.

– As pessoas estão se sentando para jantar agora, mas prefiro ficar aqui com você.

– Não, querida, vá e me traga um café. Estou tão cansada que não consigo me mexer.

Então Meg se recostou, com as galochas escondidas, e Jo perambulou até a sala de jantar, a qual encontrou depois de entrar por engano em um armário de porcelanas e abrir a porta de uma sala onde o velho sr. Gardiner descansava um pouquinho. Correndo em direção à mesa, ela pegou o café, derramando-o imediatamente sobre si mesma e fazendo com que a frente de seu vestido ficasse tão ruim quanto as costas.

– Ah, minha nossa, que estabanada eu sou! – exclamou Jo, arruinando a luva boa de Meg ao esfregá-la no vestido.

– Você precisa de ajuda? – disse uma voz amigável.

Lá estava Laurie, com uma xícara em uma mão e uma tigelinha de gelo na outra.

– Estava pegando um café para Meg, que está muito cansada, e alguém me empurrou, e aqui estou eu neste estado maravilhoso – respondeu Jo, correndo o olhar da saia do vestido até a luva, ambas manchadas de café.

– Que pena! Estava à procura de alguém a quem dar este café. Posso levá-lo à sua irmã?

– Oh, obrigada! Eu lhe mostro onde ela está. Não me ofereço para levar, pois apenas causaria mais confusão.

Jo guiou o caminho e, como se estivesse acostumado a servir senhoritas, Laurie arrumou uma mesinha, trouxe uma segunda porção de café e gelo para Jo e foi tão prestativo que até mesmo a meticulosa Meg disse que ele era um "bom garoto". Eles se divertiram com bombons e bolos, e estavam no meio de um jogo de palavras com outros dois ou três jovens que haviam se refugiado ali, quando Hannah apareceu. Meg esqueceu o tornozelo machucado e levantou-se tão rápido que foi obrigada a se apoiar em Jo, com uma exclamação de dor.

– Xiu! Não diga nada! – sussurrou ela, acrescentando, em voz alta: – Não é nada. Virei um pouco o pé, só isso. – A garota foi mancando até o andar de cima para buscar seus pertences.

Hannah dava broncas, Meg chorava e Jo estava ficando sem paciência, até que decidiu resolver as coisas sozinha. Dando uma fugidinha, correu ao andar de baixo e, encontrando um criado, perguntou se ele poderia arranjar uma carruagem. Aquele, porém, era um garçom contratado que não sabia nada sobre o bairro. Jo procurava ajuda quando Laurie, que ouvira o que ela disse, ofereceu a carruagem do avô, que havia acabado de chegar para buscá-lo.

– É tão cedo! Você não está pensando em ir embora, está? – indagou Jo, aliviada, mas hesitante em aceitar a oferta.

– Eu sempre vou mais cedo... é sério, de verdade! Por favor, deixe que eu as leve até em casa. É caminho, como sabe, e está chovendo.

Assim ficou resolvido. Depois de contar o contratempo de Meg, Jo aceitou com gratidão a oferta de Laurie e correu para buscar o restante das pessoas. Hannah, que odiava chuva tanto quanto um gato, não viu problemas, e elas foram embora na carruagem luxuosa e protegida, sentindo-se muito festivas e elegantes. Laurie foi na boleia para que Meg pudesse manter o pé para cima, e as garotas conversaram sobre a festa à vontade.

– Eu me diverti à beça. E você? – perguntou Jo, desarrumando o cabelo a fim de ficar confortável.

– Sim, até me machucar. Uma amiga de Sallie, Annie Moffat, gostou de mim e pediu que eu passasse uma semana com ela quando Sallie for visitá-la também. Ela vai na primavera, quando acontece a temporada de ópera, e vai ser maravilhoso, perfeito, se a mamãe me deixar ir – respondeu Meg, animada com a ideia.

– Eu vi você dançando com um ruivo de quem fugi. Ele era simpático?

– Ah, muito! O cabelo dele é castanho-avermelhado, não ruivo. Ele era muito educado e dançamos uma maravilhosa redova.

— Ele parecia um gafanhoto dançando de terno. Laurie e eu não conseguimos não rir. Você nos ouviu?

— Não, mas foi muito rude. O que esteve aprontando escondida o tempo todo?

Jo contou as aventuras e, quando terminou, elas já estavam em casa. Com muitos agradecimentos, despediram-se e entraram, esperando não incomodar ninguém, mas, no instante em que a porta rangeu, duas cabecinhas envoltas em toucas de dormir surgiram e suas vozes sonolentas e ansiosas clamaram:

— Contem sobre a festa! Contem sobre a festa!

Com o que Meg chamou de "uma grande falta de educação", Jo havia pegado alguns bombons para as meninas, e elas logo se acalmaram depois de ouvir os acontecimentos mais emocionantes da noite.

— Confesso que me sinto uma verdadeira dama por voltar da festa em uma carruagem e ter uma criada para me servir em meu quarto — disse Meg, enquanto Jo envolvia seu pé com arnica e escovava seu cabelo.

— Não acredito que as damas se divirtam mais do que nós, apesar dos cabelos queimados, vestidos velhos, um par de luvas dividido para duas pessoas e sapatos apertados que torcem os tornozelos por sermos tolas o suficiente para usá-los.

Acho que Jo estava coberta de razão.

CAPÍTULO QUATRO

Fardos

Ah, minha nossa, como é difícil carregar nossos fardos e tocar a vida – suspirou Meg na manhã seguinte à festa, pois o recesso havia acabado, e a semana de festejos não lhe dera ânimo algum para dar continuidade às tarefas de que nunca gostou.

– Quem me dera fosse sempre Natal ou Ano Novo. Não seria divertido? – respondeu Jo, bocejando desanimada.

– Não teríamos metade da diversão que temos. Mas é bom mesmo ter pequenos banquetes, ganhar flores, ir a festas, voltar para casa de carruagem, ler, descansar e não trabalhar. É o que fazem as outras pessoas, sabe, e eu sempre invejei as garotas que fazem essas coisas. Gosto tanto de luxo – disse Meg, tentando decidir qual dos dois vestidos maltrapilhos que tinha em mãos era o menos surrado.

– Bem, não podemos ter essa vida, então não vamos reclamar. Temos que carregar nossos fardos e penar alegremente como a mamãe faz. A tia March, por exemplo, é um fardo para mim, mas suponho que, quando aprender a tolerá-la sem me queixar, ela ficará tão invisível que não me importarei.

Essa ideia instigou a imaginação de Jo, animando-a, ao contrário de Meg, cujo fardo, composto de quatro crianças mimadas, parecia mais pesado do que nunca. Ela não tinha ânimo nem mesmo para se arrumar de forma que ficasse bonita, como de costume, colocando uma fita azul no pescoço e arrumando o cabelo da maneira mais elegante.

— De que adianta estar bem-arrumada quando ninguém me nota a não ser aquelas criancinhas mal-humoradas, que nem ligam se estou bonita ou não? — murmurou ela, fechando a gaveta com um baque. — Terei de me esforçar e trabalhar todos os dias, apenas com pequenos momentos de diversão vez ou outra, e ficar velha, feia e ranzinza, porque sou pobre e não posso desfrutar da vida como as outras garotas. É uma vergonha!

Meg desceu as escadas, com um olhar magoado e foi uma companhia pouco agradável para o café da manhã. Todas pareciam um pouco fora de si e inclinadas a resmungar.

Beth sentia dor de cabeça e se deitou no sofá, tentando se confortar com a gata e seus três filhotinhos. Amy estava preocupada porque não aprendera as lições de casa e não conseguia encontrar suas galochas. Jo assobiava e fazia uma barulheira enquanto se arrumava.

A sra. March estava muito ocupada tentando terminar uma carta, que deveria postar imediatamente, e Hannah reclamava pelos cotovelos, porque acordar atrasada não lhe agradava.

— Nunca houve uma família tão rabugenta! — exclamou Jo, perdendo a paciência quando esbarrou em um tinteiro, arrebentou os cadarços de ambas as botas e sentou-se em cima do próprio chapéu.

— E você é a pessoa mais rabugenta de todas! — retrucou Amy, limpando a conta que fazia em uma lousa, toda borrada por causa das lágrimas que haviam caído.

— Beth, se não deixar esses gatos asquerosos no porão, eu os afogarei — exclamou Meg com raiva enquanto tentava se livrar do gatinho que havia escalado suas costas e estava pendurado que nem um carrapicho em sua roupa, fora de alcance.

Jo riu, Meg repreendeu, Beth implorou e Amy lamentou porque não se lembrava quanto era nove vezes doze.

— Meninas, meninas, fiquem quietas um minuto! Tenho que enviar esta carta no correio da manhã, e vocês estão me distraindo com suas reclamações! — gritou a sra. March, riscando a terceira frase errada na carta.

Houve uma pausa momentânea, quebrada por Hannah, que entrou, colocou duas tortinhas quentes sobre a mesa e saiu de novo. Essas tortinhas eram uma tradição, e as meninas as chamavam "regalinhos", pois não tinham luvas do tipo e achavam as tortas quentinhas muito reconfortantes para as mãos nas manhãs frias.

Hannah nunca se esquecia de assá-las, por mais ocupada ou mal-humorada que estivesse, pois o caminho que as meninas precisavam trilhar era longo e sinuoso. As pobrezinhas não tinham outra coisa para comer no almoço e raramente estavam em casa antes das duas da tarde.

— Faça carinho nos gatos e supere a dor de cabeça, Beth. Adeus, mamãe. Fomos um bando de diabinhos nesta manhã, mas voltaremos para casa como os anjinhos de sempre. Vamos, Meg, vamos! — Jo foi embora, sentindo que as irmãs-peregrinas não estavam se comportando como deveriam.

Elas sempre olhavam por cima do ombro antes de virar a esquina para ver a mãe, que sempre estava à janela para acenar e sorrir. De alguma forma, era como se não pudessem passar o dia sem aquele gesto, pois, qualquer que fosse o humor do momento, o último vislumbre daquele rosto maternal certamente as aqueceria como o sol.

— Se a mamãe nos mostrasse punhos cerrados em vez de gestos carinhosos, seria bem feito para nós, porque somos um bando de ingratas como nunca se viu! — exclamou Jo, com sentimentos de remorso conforme andavam pela neve, contra o vento cortante.

— Não diga palavras tão terríveis — respondeu Meg, das profundezas do véu em que se escondera como se fosse uma freira cansada do mundo.

— Gosto de palavras fortes com algum significado — respondeu Jo, agarrando o chapéu que se preparava para voar para longe.

— Diga o que quiser de si mesma, mas eu não sou um diabinho ou uma ingrata, e não quero ser chamada assim.

— Você é azarada, e com certeza está muito mal-humorada hoje só porque não pode estar cercada de luxo o tempo todo. Pobrezinha, espere só até eu ficar rica. Você vai se regozijar com carruagens, sorvetes, sapato de salto alto, buquês e moços ruivos para dançar.

— Como você é ridícula, Jo! — Meg riu do absurdo e se sentiu melhor involuntariamente.

— Sorte a sua que sou ridícula, porque, se eu me deixasse abalar e me permitisse ter esse desânimo que você tem, veríamos de que isso adianta. Graças a Deus, sempre encontro algo engraçado para me manter de pé. Não reclame mais e tente voltar para casa alegre, minha querida.

Jo deu à irmã um tapinha animador no ombro, e assim elas se separaram para o dia, cada uma seguindo um caminho diferente, cada uma abraçando sua tortinha e tentando se alegrar apesar do clima de inverno, do trabalho duro e dos desejos não realizados de jovens que só querem se divertir.

Quando o sr. March perdeu sua propriedade ao tentar ajudar um amigo desafortunado, as duas meninas mais velhas imploraram para que lhes fosse permitido fazer algo para ajudar. Acreditando que não era cedo demais para cultivar energia, determinação e independência, os pais consentiram, e ambas começaram a trabalhar arduamente com todo o ímpeto que, apesar de qualquer obstáculo, garante o sucesso.

Margaret arrumou trabalho como preceptora para cuidar de crianças e se sentiu rica com seu salário baixo. Como ela disse, gostava de luxo, e seu principal problema era a pobreza. Achava mais difícil de suportar do que as irmãs, pois lembrava-se dos tempos em que a casa era bonita, a vida, cheia de facilidades e prazer, e não passavam necessidade de nenhum tipo. Tentava não sentir inveja ou insatisfação, mas era muito natural que uma jovem ansiasse por coisas bonitas, amigos alegres, realizações e uma vida feliz. Na casa dos King, ela via diariamente tudo o que mais desejava: as irmãs mais velhas das crianças sempre passeavam, e Meg tinha vislumbres frequentes de vestidos e acessórios delicados, ouvia as fofocas animadas sobre teatros, concertos, festas e alegrias de todos os tipos, e via como gastavam dinheiro em trivialidades que teriam sido tão preciosas para ela. A pobre Meg raramente se queixava, mas um sentimento de injustiça a deixava amargurada com todos, pois ainda não havia aprendido o quão rica ela era pelas bênçãos que tinha, o tipo de bênção que torna a vida verdadeiramente feliz.

Jo se encarregava da tia March, que precisava de uma pessoa ativa para fazer as coisas por ela. A velha senhora, que não tinha filhos, oferecera-se para adotar uma das meninas quando os problemas vieram, e ficou muito ofendida porque a oferta foi recusada. Outros amigos disseram aos March que eles haviam perdido todas as chances de serem lembrados no testamento da rica velhinha, mas os March simplesmente disseram:

– Não podemos desistir das nossas meninas por dinheiro algum. Ricos ou pobres, vamos ficar juntos e ser felizes por termos uns aos outros.

A velha senhora não falou com eles por um tempo, mas, ao encontrar Jo na casa de uma amiga, algo naquele rosto engraçado e nos trejeitos desajeitados a fizeram gostar da menina. Assim, propôs que fosse sua dama de companhia. Isso não era em nada a cara de Jo, mas ela aceitou a proposta, já que nada melhor apareceu e, para a surpresa de todos, ela se deu muito bem com sua parente rabugenta. Havia brigas ocasionais, e, certa vez, Jo voltou para casa furiosa, declarando que não aguentava mais; tia March sempre acabava se desculpando rapidamente e pedia que ela voltasse com tanta urgência que Jo não conseguia recusar, afinal, em seu coração, ela gostava da velhinha temperamental.

Suspeito, entretanto, que o verdadeiro atrativo era a grande biblioteca de belos livros, que fora deixada às traças e ao pó desde o falecimento do tio March. Jo se lembrava do gentil e velho cavalheiro, que a deixava construir ferrovias e pontes com seus grandes dicionários, que lhe contava histórias sobre as imagens esquisitas em seus livros de latim e que comprava biscoitos de gengibre para ela sempre que a encontrava na rua. O cômodo escuro e empoeirado, com bustos observando a movimentação do alto das estantes, as cadeiras aconchegantes, os globos e, o melhor de tudo, a imensidão de livros pelos quais podia vagar à vontade faziam da biblioteca um lugar de êxtase para ela.

Nos momentos em que tia March tirava sua sonequinha, ou se ocupava com a companhia de alguém, Jo corria para aquele refúgio tranquilo e se encolhia na cadeira aconchegante para devorar poesia, romance, histórias, narrativas de viagens e fotos como a boa viciada em livros que era. Mas, como toda felicidade, não durava muito, pois quando alcançava o coração da história, o verso mais doce de uma composição ou a aventura mais perigosa de um personagem, ouvia uma voz estridente chamando "Josi-phine! Josi-phine!" e, assim, precisava deixar seu paraíso para enrolar carretéis de lã, dar banho no poodle ou ler os *Ensaios* de Belsham por horas a fio.

A ambição de Jo era fazer algo bastante esplêndido. O que seria, ela ainda não tinha ideia. Esperava que o tempo lhe dissesse. Encontrou sua maior agonia no fato de que não conseguia ler, correr e cavalgar tanto quanto gostaria. Seu temperamento explosivo, sua língua afiada e seu espírito inquieto sempre a metiam em confusões, e sua vida era uma série de altos e baixos, tanto cômicos quanto patéticos. Mas o aprendizado que recebera frequentando a casa da tia March era exatamente o que ela precisava, e o pensamento de que estava fazendo algo para se sustentar a deixava feliz, apesar dos incansáveis gritos "Josi-phine!".

Beth era tímida demais para ir à escola. Haviam tentado, mas ela sofreu tanto que desistiram, e ela estudava em casa com o pai. Mesmo quando ele partiu, e a mãe foi chamada para dedicar suas habilidades e energia à Sociedade de Ajuda aos Soldados, Beth continuou estudando sozinha, fazendo o melhor que estava ao seu alcance. Ela tinha bom desempenho em atividades domésticas e ajudava Hannah a manter a casa limpa e confortável para as demais trabalhadoras, nunca pensando em recompensa alguma além do amor de sua família. Passava dias longos e tranquilos, sem se sentir solitária nem ociosa. Seu mundo particular era povoado por amigos imaginários, e ela era, por natureza, uma abelha-operária. Colecionava seis bonecas que precisavam ser cuidadas e vestidas todas as manhãs; Beth ainda era uma criança que amava seus brinquedos tanto quanto antes. Não havia uma boneca inteira ou bonita, todas estavam esquecidas até que Beth as acolheu, quando suas irmãs superaram aqueles brinquedos, que passaram a ser todos dela (Amy não aceitava nada feio ou velho). Beth as amava ainda mais ternamente por essa razão e montou um hospital para bonecas enfermas. Nenhum alfinete era espetado em seus órgãos vitais de algodão, não falava com elas de maneira ríspida, nenhuma negligência jamais entristeceu o coração nem mesmo das mais feias, porque todas eram alimentadas, vestidas, amamentadas e afagadas com carinho. Um fragmento esquecido de boneca pertencera a Jo e, tendo levado uma vida difícil, estava abandonado aos farrapos em um saco, do qual fora resgatado por Beth e levado para seu refúgio. Não tendo o topo da cabeça, ela amarrou um chapeuzinho ajeitado e, como os braços e as pernas haviam desaparecido, ela escondeu essas falhas enrolando a boneca em um cobertor, além de conceder a melhor cama à inválida crônica. Se alguém soubesse dos cuidados que aquela boneca recebia, seria tocado na alma, mesmo que achasse graça. Beth trazia flores, lia para ela, levava-a para respirar ar puro, protegia-a debaixo do casaco, cantava canções de ninar e nunca ia para a cama sem beijar aquele rostinho sujo e sussurrar ternamente: "Espero que tenha uma boa noite, minha pobrezinha."

Beth tinha seus problemas assim como as irmãs e, não sendo uma santa, mas uma menina muito humana, ela muitas vezes "chorava um chorinho", como dizia Jo, porque não podiam bancar aulas de música e um bom piano para ela. Beth amava tanto música, esforçava-se tanto para aprender e praticava tão pacientemente no velho instrumento que tinham em casa que era praticamente o dever de alguém (não que seja uma indireta para tia March) ajudá-la. No entanto, ninguém o fez, e ninguém via Beth enxugar as lágrimas que caíam nas teclas amareladas, que não eram de modo algum afinadas, quando estava sozinha. Ela cantava como um pássaro enquanto fazia seu trabalho, nunca estava cansada demais para a mãe e as irmãs, e dia após dia dizia a si mesma com esperança: "Sei que vou conseguir me dedicar à música algum dia, se eu for boa."

Há muitas Beths no mundo, tímidas e silenciosas, escondidas nas sombras, revelando-se apenas quando precisam delas, vivendo para os outros tão alegremente que ninguém vê os sacrifícios, até que o grilinho na lareira pare de chilrear e a presença aconchegante e radiante desapareça, deixando silêncio e sombra para trás.

Se alguém tivesse perguntado à Amy qual era o maior desafio de sua vida, ela teria respondido imediatamente "meu nariz". Quando era bebê, Jo a derrubara acidentalmente no cocho de carvão, e Amy insistia que a queda arruinara seu nariz para sempre. Não era grande nem vermelho, como o da pobre Petrea de Bremer, era apenas um pouco amassado, e apertá-lo constantemente não proporcionou o ar aristocrático desejado. Ninguém se importava com isso a não ser ela mesma. O nariz fez o melhor que pôde, mas Amy sentia profundamente a falta de um nariz grego e desenhava folhas inteiras de narizes bonitos para se consolar.

A "Pequena Rafael", como suas irmãs a chamavam, tinha talento nato para desenhar, e nada a deixava tão feliz quanto copiar flores, desenhar fadas ou ilustrar histórias com formas peculiares de arte. Seus professores reclamavam que, em vez de fazer suas contas de adição, ela cobria a lousa com animais; as páginas em branco dos atlas eram usadas para copiar mapas; e caricaturas com os traços mais ridículos caíam de seus livros nas horas mais inapropriadas. Ela passava pelas lições da melhor forma que podia e conseguia escapar de reprimendas sendo um exemplo de comportamento. Era muito querida pelos colegas por seu bom humor e tinha o dom de agradar sem esforço algum. Seus modos e delicadeza eram admirados, assim como suas habilidades, pois, além do desenho, sabia tocar doze músicas, fazia crochê e lia em francês sem pronunciar errado mais de dois terços das palavras. Às vezes, Amy dizia coisas como "Quando o papai era rico, nós fazíamos tais e tais coisas", o que era comovente, e as palavras difíceis que usava eram consideradas "perfeitamente elegantes" pelas meninas.

Amy estava no caminho certo para se tornar mimada. Todos faziam suas vontades, e sua vaidade e egoísmo cresciam. Uma coisa, no entanto, colocava seus pés no chão: ela tinha que usar as roupas doadas de uma prima. A mãe de Florence não tinha bom gosto, e Amy sofria profundamente por ter que usar um gorro vermelho em vez de um azul, vestidos que não combinavam com nada e outras vestes que não ficavam bem nela. Tudo era de boa qualidade, bem-feito e pouco usado, mas o olhar artístico de Amy sofria, especialmente naquele inverno, em que o vestido separado para ir à escola era de um roxo sem graça, com bolinhas amarelas e sem adornos.

— Meu único conforto — disse Amy a Meg, com lágrimas nos olhos —, é que a mamãe não faz a barra dos meus vestidos quando me comporto mal, como faz a mãe da Maria Parks. Minha nossa, é realmente horrível, porque às vezes ela é tão malcomportada que seu vestido chega aos joelhos, e ela não pode ir à escola. Quando penso nessa *degaradação*, sinto que posso suportar até meu nariz achatado e meu vestido roxo com essas manchas amarelas.

Meg era a confidente e conselheira de Amy e, por alguma estranha atração de opostos, Jo desempenhava tal papel para a amável Beth. A tímida menina só revelava seus pensamentos para Jo, e, sobre a irmã destrambelhada, Beth inconscientemente exercia mais influência do que qualquer outra na família. As duas moças mais velhas se importavam muito uma com a outra, e cada uma levava uma das irmãs mais novas debaixo da asa e a vigiava à sua maneira, "brincando de mamãe", como chamavam; Beth e Amy eram como bonecas que precisavam do instinto materno daquelas adoráveis mulheres.

– Alguém tem alguma novidade para contar? Tem sido um dia tão tedioso que estou doida por alguma distração – comentou Meg, enquanto costuravam juntas naquela noite.

– Houve um momento estranho com a titia hoje, mas, como correu tudo bem para mim, vou contar para vocês – respondeu Jo, que adorava contar histórias. – Eu estava lendo aquele Belsham infindável, murmurando as palavras daquele jeito arrastado que sempre faço, porque a titia logo pega no sono, e assim consigo arranjar um livro bom de verdade para ler com vontade até que ela acorde. No entanto, eu mesma acabei ficando sonolenta e, antes que ela começasse a cair em sono profundo, bocejei tão alto que ela me perguntou o que eu pretendia ao abrir a boca o suficiente para engolir o livro. "Quem me dera eu pudesse, para acabar com isso de uma vez", respondi, tentando não ser atrevida.

"Então ela palestrou sem parar sobre meus pecados e disse para eu me sentar e pensar sobre eles enquanto ela 'refletia' um pouquinho. É comum que ela demore para 'refletir', então, no instante em que a touca dela começou a subir e descer pesadamente, eu tirei O *Vigário de Wakefield* do bolso e comecei a ler, com um olho no livro e outro na titia. Eu havia acabado de chegar à parte em que todos caíram na água quando me esqueci de onde estava e ri alto. A titia acordou e, sendo mais gentil depois da soneca, pediu que eu lesse um pouco do livro em minhas mãos e mostrasse que bobeira frívola eu preferia ao digno e instrutivo Belsham. Fiz o meu melhor, e ela gostou, embora só tenha dito 'Não entendo do que se trata. Volte e recomece, criança'.

"Recomecei e tentei fazer os Primrose parecerem a coisa mais interessante possível. Fui bem maldosa ao interromper a leitura em uma parte extremamente emocionante e disse docilmente: 'Receio que isso a canse, minha senhora. Não prefere que eu pare?' Ela apanhou o tricô, que tinha caído de suas mãos, olhou-me furiosa através dos óculos e disse, do seu jeito curto e grosso: 'Termine o capítulo, e não seja insolente, mocinha.'"

— Ela admitiu que gostou? — perguntou Meg.

— Ah, mas é claro que não! Porém, por uma vez, deixou o velho Belsham descansar e, quando voltei lá porque havia esquecido minhas luvas, lá estava ela, tão absorta no *Vigário* que nem sequer me ouviu rir enquanto eu saltitava no corredor, por causa dos sinais de bons tempos que viriam. Que vida agradável ela poderia ter, se ao menos quisesse! Eu não a invejo muito, apesar do dinheiro, afinal, os ricos têm tantas preocupações quanto os pobres, eu acho — acrescentou Jo.

— Isso me faz lembrar — disse Meg — de que tenho algo para contar. Não é engraçado, como a história da Jo, mas pensei muito sobre isso no meu caminho para casa. Hoje, quando cheguei na casa dos King, encontrei um verdadeiro alvoroço. Uma das crianças me explicou que o irmão mais velho havia feito algo horrível, e o pai o enviara para longe. Ouvi a sra. King chorando, o sr. King falando muito alto, e Grace e Ellen viraram o rosto quando passaram por mim, para que eu não notasse como seus olhos estavam vermelhos e inchados. Não fiz pergunta alguma, é claro, mas senti muita pena deles e fiquei muito feliz por não ter nenhum irmão descompensado para fazer coisas ruins e desgraçar a família.

— Acho que se desgraçar na escola é um bom tanto *mais pior* que qualquer coisa ruim que os meninos possam fazer — disse Amy, balançando a cabeça, como se tivesse vasta e profunda experiência de vida. — Susie Perkins foi à escola hoje com um lindo anel de cornalina vermelha. Quis tanto aquele anel e desejei ser ela com todas as minhas forças. Bem, ela fez um desenho do sr. Davis, com um nariz monstruoso, uma corcunda e a frase "Meninas, estou de olho em vocês!" saindo da boca dele num balãozinho. Estávamos rindo quando, de repente, ele estava mesmo de olho em nós, ordenando que Susie lhe mostrasse sua lousa. Ela ficou *parelisada* de medo, mas teve que mostrar e, nossa, o que acham que ele fez? Ele deu um puxão de orelha nela! Pensem que coisa terrível! E depois ele a deixou no palco de recitação e a mandou ficar ali meia hora segurando a lousa para que pudéssemos ver.

– As garotas não riram do desenho? – perguntou Jo, que adorava uma confusão.

– Rir? Ninguém riu! Ficamos sentadas e imóveis que nem pedra, enquanto Susie chorava. Sei que estava chorando. Eu não a invejei mais, pois sabia que nem mesmo milhões de anéis de cornalina teriam me deixado feliz depois disso. Nunca que eu superaria uma humilhação tão agonizante. – Amy continuou com o trabalho de costura, orgulhosa de suas próprias virtudes e de ter conseguido falar duas palavras difíceis de uma vez.

– Bem, presenciei algo nesta manhã que me agradou, e eu queria contar no jantar, mas esqueci – disse Beth, arrumando a cesta bagunçada de Jo enquanto falava. – Quando fui comprar ostras para Hannah, o sr. Laurence estava na peixaria, mas ele não me viu, porque fiquei atrás do barril de peixe, e ele estava ocupado com o sr. Cutter, o peixeiro. Uma mulher pobre entrou com um balde e um esfregão, perguntando ao sr. Cutter se ele a deixaria limpar o lugar em troca de um pouco de peixe, pois ela não tinha comida para dar aos filhos e não tinha arranjado trabalho algum no dia. O sr. Cutter estava com pressa e disse "não", de um jeito bem grosseiro. Ela estava prestes a ir embora, parecendo faminta e triste, quando o sr. Laurence fisgou um peixão com a ponta retorcida de sua bengala e estendeu na direção dela, que ficou tão contente e surpresa que o abraçou e lhe agradeceu infinitas vezes. Ele a mandou ir embora de uma vez para que pudesse cozinhá-lo, e ela saiu correndo, muito feliz! Não foi gentil da parte dele? Ah, foi tão engraçado ela abraçando o peixão escorregadio e desejando que o lugar do sr. Laurence no céu estivesse garantido.

Depois de rirem da história de Beth, pediram que a mãe contasse uma e, depois de um momento de reflexão, ela disse, séria:

– Hoje, enquanto eu remendava os casacos de flanela azul, senti uma ansiedade por causa do pai de vocês e pensei no quanto ficaríamos solitárias e necessitadas se algo acontecesse com ele. Não foi uma coisa sensata a se fazer, mas continuei a me preocupar até que chegou um velhinho com um pedido de roupas. Ele se sentou perto de mim, e comecei a conversar com ele, porque o pobre senhor parecia estar cansado e ansioso. "O senhor tem filhos no exército?", perguntei, porque o bilhete que ele trouxera não era para mim. "Sim, senhora. Eu tinha quatro, mas dois foram mortos, um foi feito prisioneiro, e estou indo ver o outro, que está muito doente num hospital em Washington", respondeu ele, com calma. "O senhor fez muito pelo seu país", eu disse, olhando-o com respeito, em vez de pena. "Nem uma gota a mais do que eu deveria ter feito, madame. Eu mesmo iria, se fosse de alguma utilidade. Como não sou, entrego meus rapazes, de graça." Ele falou com tanta alegria, parecia tão sincero e tão feliz em dar tudo de si que eu me envergonhei de mim mesma: eu havia entregado um único homem e me lamentava por isso, enquanto aquele cidadão entregara quatro sem guardar rancor. Eu, que tenho todas as minhas meninas para me consolar em casa, e ele, com seu último filho esperando, a quilômetros de distância, para dizer adeus, talvez! Senti-me tão afortunada, tão feliz pensando nas minhas bênçãos, que fiz um belo pacote, dei-lhe algum dinheiro e lhe agradeci de coração pela lição que me ensinara.

– Conte outra história, mamãe, uma com moral, igual a essa. Gosto de pensar nelas depois, se forem reais e não moralizantes demais – disse Jo, depois de um minuto de silêncio.

A sra. March sorriu e começou imediatamente. Contava histórias àquela pequena plateia havia muitos anos e sabia como agradá-la.

— Era uma vez quatro meninas, que tinham o suficiente para comer, beber e vestir, uma quantidade considerável de conforto e prazeres, amigos gentis e pais que as amavam muito, e que ainda assim não estavam contentes.

As ouvintes dirigiram olhares maliciosos umas às outras e começaram a costurar diligentemente.

— Essas meninas, ansiosas para serem boas, fizeram muitas promessas excelentes, mas não as mantinham muito bem e diziam constantemente coisas como "Se tivéssemos isto", ou "Se pudéssemos fazer aquilo", esquecendo-se completamente do quanto elas já tinham e de quantas coisas realmente podiam fazer. Então, perguntaram a uma mulher idosa que feitiço usar para ser feliz, e ela disse: "Quando se sentirem tristes, pensem em suas bênçãos e sejam gratas."

Jo olhou para cima rapidamente, como se estivesse prestes a falar, mas mudou de ideia, vendo que a história ainda não acabara.

— Sendo meninas sensatas, decidiram tentar o conselho e logo ficaram surpresas ao ver como funcionava bem. Uma descobriu que o dinheiro não conseguia manter a vergonha e a tristeza fora das casas dos ricos; outra notou que, apesar de pobre, era muito mais feliz, com sua juventude, saúde e bom humor, do que uma certa velhinha mal-humorada e fraca que não conseguia desfrutar de seu conforto; a terceira percebeu que, por mais desagradável que fosse ajudar a colocar o jantar na mesa, era mais difícil ainda sair por aí implorando por ele; e a quarta compreendeu que mesmo os anéis de cornalina não eram tão valiosos quanto o bom comportamento. Daí, as quatro mocinhas concordaram em parar de reclamar, em desfrutar das bênçãos que já possuíam e em tentar merecê-las, com medo de que as perdessem, em vez de tentar ter mais, e acredito que nunca ficaram desapontadas ou arrependidas por terem seguido o conselho daquela sábia senhora.

— Ora, mamãe, é muito esperto de sua parte colocar nossas próprias histórias contra nós e nos dar um sermão em vez de narrar um bom romance! — exclamou Meg.

— Eu gosto desse tipo de sermão, porque é do tipo que o papai costumava passar — disse Beth, pensativa, colocando as agulhas na almofada de Jo.

— Não me queixo tanto quanto as outras, e agora serei mais cuidadosa do que nunca, pois tive um presságio com a humilhação de Susie — disse Amy, com ares moralizantes.

— Precisávamos dessa lição e não vamos esquecê-la. Se esquecermos, você precisa nos avisar, como a velha Chloe fez em *A cabana do pai Tomás*: "Pensem em suas bênçãos, crianças! Pensem em suas bênçãos!" — acrescentou Jo, que não conseguiria não fazer alguma piadinha com o sermão, embora o tenha levado tão a sério quanto as outras.

CAPÍTULO CINCO

Bons vizinhos

O que você está aprontando agora, Jo? – perguntou Meg em uma tarde de neve, enquanto a irmã trotava pelo corredor, vestindo galochas, roupas velhas e capuz, segurando uma vassoura e uma pá.

– Vou me exercitar – respondeu Jo, com um brilho travesso nos olhos.

– Achei que duas longas caminhadas esta manhã seriam o suficiente! Está frio e nublado lá fora, e eu aconselho que fique quentinha e seca perto da lareira, como eu – disse Meg, sentindo um calafrio.

– Nunca sigo conselhos! Não posso ficar parada o dia todo e, como não sou um gatinho, não gosto de ficar dormindo perto da lareira. Gosto de aventuras e vou em busca de alguma.

Meg voltou a aquecer os pés e a ler *Ivanhoé*, e Jo começou a trilhar seu caminho com grande entusiasmo. A neve estava leve e, com a vassoura, ela logo abriu passagem por todo o jardim, para que Beth caminhasse quando o sol aparecesse e as pacientes do hospital de bonecas precisassem de ar. O jardim separava a casa das March da residência do sr. Laurence. Localizavam-se em um subúrbio da cidade, cujo aspecto era ainda bastante campestre, com bosques e gramados, grandes jardins e ruas sossegadas. Uma sebe baixa separava as duas propriedades. De um lado, ficava uma casa antiga, marrom, sem graça e desgastada, sem as videiras que no verão cobriam suas paredes e as flores que as rodeavam. Do outro lado, havia uma majestosa mansão de pedra maciça, que se destacava por todo tipo de conforto e luxo, desde a grande cocheira e o terreno bem-conservado até a estufa e os vislumbres de objetos encantadores que apareciam entre as cortinas chiques.

No entanto, parecia uma casa solitária e sem vida, pois nenhuma criança brincava no gramado, nenhuma mãe sorria nas janelas e poucas pessoas entravam e saíam, exceto o velho senhor e seu neto.

Para a imaginação fértil de Jo, aquela bela casa parecia uma espécie de palácio encantado, cheio de esplendores e maravilhas que ninguém apreciava. Havia muito que ela queria ver as glórias ali escondidas e conhecer o jovem Laurence, que parecia querer se tornar mais conhecido, embora não soubesse como dar o primeiro passo. Desde a festa, ela estava mais ansiosa do que nunca e planejara muitas maneiras de estabelecer uma amizade, mas ele não fora mais visto, e Jo começou a pensar que ele havia ido para o exterior novamente quando, certo dia, ela viu um rosto moreno em uma janela superior, olhando melancolicamente em direção ao jardim, onde Beth e Amy jogavam bolas de neve uma na outra.

"Aquele menino está doido para fazer amigos e se divertir", disse a si mesma. "O avô não sabe o que é bom para o neto e o mantém trancado, sozinho. Ele precisa de um grupo de meninos felizes para brincar, ou de alguém jovem e animado. Minha vontade é ir lá e dizer isso ao velho cavalheiro."

A ideia divertiu Jo, que gostava de fazer coisas ousadas e sempre deixava Meg horrorizada por suas condutas estranhas. O plano de ir até lá não foi esquecido. Ao entardecer, Jo resolveu colocar em prática o que estivesse a seu alcance. Quando viu o sr. Laurence sair, ela trilhou o caminho até a sebe, onde fez uma pausa e observou. Tudo estava calmo, cortinas fechadas nas janelas inferiores, criados fora de vista e nenhum humano à vista a não ser um punhado de cabelos pretos e encaracolados que repousavam em uma mão delicada na janela superior.

"Lá está ele", pensou Jo. "Pobrezinho! Sozinho e doente neste dia chato. Mas que vergonha! Vou atirar uma bola de neve para que ele olhe para cá, e aí vou falar algumas coisas legais."

E ao ar lançou o punhado de neve fofa. A cabeça do rapaz se virou imediatamente, mostrando um rosto que logo perdeu o olhar apático. Os grandes olhos brilhavam e a boca sorria. Jo acenou com a cabeça e riu, enquanto sacudia a vassoura e gritava:

– Como vai? Você está doente?

Laurie abriu a janela e respondeu tão rouco quanto um corvo:

– Estou melhor, obrigado. Peguei um tremendo resfriado, por isso estou trancafiado há uma semana.

– Sinto muito. E como está se distraindo?

– Não estou. É tão chato quanto um cemitério aqui em cima.

– Mas você não lê?

– Não muito. Eles não deixam.

– Alguém lê para você?

– O vovô, às vezes, mas meus livros não são interessantes para ele, e detesto ter que pedir para o sr. Brooke o tempo todo

– Arranje alguém para lhe fazer companhia, então.

– Não há ninguém que eu queira ver. Os meninos são muito barulhentos, e minha cabeça dói.

– Não há nenhuma garota amável que possa ler para você e também te animar? Garotas são silenciosas e gostam de cuidar dos doentes.

– Não conheço nenhuma.

– Você nos conhece – respondeu Jo, depois riu e parou.

– É mesmo! Você pode vir, por favor? – pediu Laurie.

– Não sou silenciosa e amável, mas irei, se a mamãe deixar. Vou perguntar. Feche a janela, como um bom menino, e me espere.

Com isso, Jo pegou a vassoura e voltou para casa, perguntando-se o que diriam. Laurie ficou animado com a ideia de ter companhia e correu para se preparar, pois, como disse a sra. March, ele era "um pequeno cavalheiro" e, em honra à convidada, penteou os cabelos, trocou de roupa e tentou arrumar o quarto, que, apesar das tentativas de meia dúzia de criados, era tudo menos arrumado. Naquele momento, soou um barulho alto e uma voz categórica, chamando o "sr. Laurie", e um criado surpreso apareceu correndo para anunciar a chegada de uma jovem senhorita.

– Tudo bem, peça para ela entrar, é a srta. Jo – disse Laurie, indo até a entrada de seu quarto para receber a moça, que apareceu, corada e bem à vontade, com um prato coberto em uma mão e os três gatinhos de Beth na outra.

– Aqui estou eu, de mala e cuia – disse, animada. – A mamãe mandou lembranças e ficou feliz por eu poder fazer alguma coisa por você. Meg quis que eu trouxesse um pouco de manjar, que ela faz muito bem, e Beth achou que os gatinhos seriam reconfortantes. Eu sabia que riria deles, mas não pude recusar, ela estava muito ansiosa por ajudar.

Acontece que o empréstimo de Beth foi certeiro. Ao rir dos gatinhos, Laurie esqueceu a timidez e ficou bastante sociável de imediato.

– Isso está bonito demais para comer – disse ele, sorrindo de alegria, enquanto Jo mostrava o manjar, rodeado por uma guirlanda de folhas verdes e pelas flores escarlate do gerânio de Amy.

– Não é nada demais. Elas estavam se sentindo generosas e quiseram mostrar. Peça à criada que guarde para quando for a hora do seu chá. É bem suave, você pode comê-lo sem que machuque sua garganta. Que quarto aconchegante este!

– Seria, se estivesse arrumado, mas as criadas são preguiçosas, e eu não sei como fazer com que se importem. E isso me preocupa.

– Vou dar um jeito nisso em dois minutos. Basta varrer o pó da lareira, endireitar as coisas no peitoril, colocar os livros aqui, as garrafas ali, o sofá contra a luz, e afofar um pouco os travesseiros e as almofadas. Pronto, está feito.

E estava mesmo! Enquanto ria e falava, Jo colocara as coisas no lugar e dera um ar bem diferente ao cômodo. Laurie observou em respeitoso silêncio e, quando ela pediu para que se sentasse no sofá, ele o fez com um suspiro de satisfação, dizendo, com gratidão:

– Como você é gentil! Sim, era isso que eu queria. Agora, por favor, sente-se na poltrona grande e deixe que eu entretenha minha companhia.

– Não, *eu* vim para entretê-lo. Devo ler em voz alta? – Jo olhou carinhosamente para alguns livros convidativos ali por perto.

– Não, obrigado! Eu já li todos esses e, se não se importar, prefiro conversar – respondeu Laurie.

– Nem um pouco. Posso falar o dia todo se você deixar. Beth diz que nunca sei quando parar.

– Beth é aquela de pele rosada, que fica em casa bastante tempo e às vezes sai com uma cestinha? – perguntou Laurie com interesse.

– Sim, é a Beth. Ela é minha protegida, uma das melhores pessoas.

– Meg é a mais bonita, e a de cabelo encaracolado é Amy, certo?

– Como descobriu?

Laurie enrubesceu, mas respondeu com sinceridade:

– Bem, escuto com frequência vocês conversando uma com a outra e, quando fico sozinho aqui, não consigo evitar de olhar para sua casa, porque vocês parecem sempre se divertir tanto. Peço desculpas por ser tão rude, mas às vezes esquecem de fechar a cortina da janela onde estão as flores. Quando as luzes estão acesas, é como olhar para uma pintura: o fogo aceso, e vocês ao redor da mesa com sua mãe. O rosto dela fica bem de frente e parece tão amável atrás das flores que não consigo deixar de observar. Não tenho mãe. – Laurie cutucou a lenha para esconder um pequeno tremor dos lábios que ele não conseguia controlar.

O olhar solitário e desolado do menino entrou diretamente no coração generoso de Jo. Ela tivera uma educação tão simples que não pensava besteiras e, aos 15 anos, era tão inocente e sincera como qualquer criança. Laurie estava doente e solitário, e Jo, sentindo como era abastada e feliz em casa, tentou de bom grado compartilhar isso com ele. Com expressão amigável e uma voz gentil que era rara, disse:

– Nunca mais vamos fechar aquela cortina, e dou permissão para você olhar o quanto quiser. Só gostaria, no entanto, que, em vez de espiar, nos visitasse. A mamãe é tão gentil que ficaria muito feliz, Beth cantaria ao menor pedido meu, e Amy dançaria. Meg e eu faríamos você rir por causa de nossas habilidades como atrizes, e todos nós nos divertiríamos muito. O seu avô não daria permissão?

– Acho que sim, se sua mãe pedisse. Ele é muito gentil, embora não pareça, e me deixa fazer as coisas de que gosto, basicamente. Ele só tem medo de que eu seja um incômodo para pessoas estranhas – disse Laurie, ficando cada vez mais animado.

– Não somos estranhos, somos vizinhos, e não precisa pensar que nos incomodaria. Queremos conhecê-lo, e tenho tentado fazer isso. Não estamos aqui há muito tempo, como sabe, mas conhecemos todos os vizinhos, menos você.

– Veja, o vovô vive entre livros e não se importa muito com o que acontece lá fora. O sr. Brooke, meu tutor, não fica aqui, e eu não tenho ninguém para sair comigo, por isso, fico em casa e vivo como posso.

– Isso é péssimo. Você precisa se esforçar e visitar todos os lugares aos quais for convidado, assim, terá muitos amigos e locais agradáveis para ir. Não se preocupe com a timidez. Não vai durar muito se persistir.

Laurie ficou vermelho novamente, mas não se ofendeu por ser acusado de ser tímido, pois havia tanta boa vontade em Jo que era impossível não aceitar suas palavras gentis da maneira como eram proferidas.

– Gosta da escola? – perguntou o rapaz, mudando de assunto, após uma pequena pausa, durante a qual ele olhou para o fogo e Jo observou os arredores, bem contente.

– Não frequento a escola, eu sou um homem... digo, mulher de negócios. Ajudo minha tia-avó, que é uma velhinha querida e rabugenta – respondeu Jo.

Laurie abriu a boca para fazer outra pergunta, mas, lembrando a tempo que não era educado perguntar demais sobre assuntos pessoais, calou-se novamente e pareceu incomodado.

Jo gostou daquela demonstração de boa educação da parte dele, mas não se importava de rir às custas de tia March, por isso deu uma descrição animada da velhinha nervosa, de seu poodle gorducho, do papagaio que falava espanhol e da biblioteca onde ela se refugiava.

Laurie se divertiu imensamente. Quando ela contou sobre um velho cavalheiro empertigado que, certa vez, cortejou tia March, e, no meio de seu belo discurso, o papagaio, que se chamava Polly, arrancara a peruca dele, para seu grande desgosto, o menino rolou de rir até que lágrimas lhe corressem pelas bochechas e uma criada aparecesse para ver o que se passava.

– Ah, isso é muito bom! Por favor, continue – disse ele, tirando o rosto da almofada do sofá, corado e resplandecente de alegria.

Muito contente por seu sucesso, Jo obedeceu e continuou. Contou ao garoto tudo sobre as peças e as brincadeiras, as esperanças e os temores pelo pai e os acontecimentos mais interessantes do mundinho em que as irmãs viviam. Depois, começaram a falar de livros e, para o deleite de Jo, descobriu que Laurie os amava tanto quanto ela e que lera ainda mais.

– Se gosta tanto de ler, venha e veja nossos livros. O vovô está fora, por isso não precisa ter medo – disse Laurie, levantando-se.

– Não tenho medo de nada – devolveu Jo, com um gesto despreocupado.

– E eu acredito que não tenha mesmo! – exclamou o rapaz, olhando para ela com muita admiração, embora achasse, em particular, que Jo teria boas razões para ter um pouco de medo do velho cavalheiro se o conhecesse durante seus momentos de mau humor.

A atmosfera da casa era de clima veranil. Laurie guiou o caminho de cômodo em cômodo, deixando Jo examinar o que tivesse vontade. Finalmente chegaram à biblioteca, onde ela bateu palmas e deu pulinhos, como sempre fazia quando ficava especialmente encantada. Estava repleta de livros, e havia quadros, estátuas, pequenos armários cheios de moedas e curiosidades, divãs, mesas peculiares, coisas de bronze e, o melhor de tudo, uma grande lareira aberta decorada com belos azulejos ao redor.

– Mas que preciosidade! – suspirou Jo, afundando-se em uma cadeira de veludo e contemplando os arredores com um ar de intensa satisfação. – Theodore Laurence, você deve ser o garoto mais feliz do mundo – acrescentou, impressionada.

– Um sujeito não pode viver de livros – disse Laurie, sacudindo a cabeça enquanto se empoleirava sobre uma mesa em frente.

Antes que fizesse qualquer outra coisa, a campainha tocou, e Jo deu um pulo, exclamando com alarde:

– Misericórdia! É seu avô!

– Bem, e se for? Você não tem medo de nada – devolveu o rapaz, com um ar de zombaria.

– Acho que tenho um pouco de medo dele, mas não sei por quê. A mamãe disse que eu poderia vir, e não acho que você esteja pior por minha causa – disse Jo, recompondo-se, embora mantivesse os olhos na porta.

– Estou muito melhor, e muito grato. Só tenho medo de que esteja cansada de conversar comigo. Tem sido tão agradável que não consegui parar – disse Laurie, agradecido.

– O médico está aqui para lhe ver, senhor – disse a criada, chamando a atenção dele.

– Você se importa se eu me ausentar por um minuto? Acho que devo ir – disse Laurie.

– Não se preocupe comigo. Estou feliz como um pintinho aqui – respondeu Jo.

Laurie se retirou, e a convidada se divertiu à sua maneira. Ela estava diante de um belo retrato do avô do garoto quando a porta se abriu novamente e, sem se virar, ela disse com convicção:

– Agora sei que não devo ter medo dele; seus olhos são bondosos, apesar do semblante um tanto sério, e parece ser tremendamente assertivo. Ele não é tão bonito quanto meu avô, mas eu gosto dele.

– Obrigado, senhorita – disse uma voz rouca atrás dela. Para sua grande consternação, lá estava o velho sr. Laurence.

A pobre Jo corou até não conseguir ficar mais vermelha, e seu coração começou a bater desconfortavelmente rápido enquanto pensava no que dissera. Por um minuto, um desejo insano de sair correndo tomou conta dela, mas isso seria uma demonstração de covardia, e as meninas ririam dela, então resolveu ficar e contornar o problema da melhor forma que pudesse. Um segundo olhar lhe mostrou que os olhos vívidos sob as sobrancelhas grossas eram até mais gentis do que os do quadro, e havia um brilho escondido neles que diminuía muito o sentimento de medo que ela sentiu de primeira. A voz rouca estava mais rouca do que nunca quando o velho senhor disse abruptamente, após a terrível pausa:

– Então, quer dizer que não tem medo de mim, é isso mesmo?

– Não muito, senhor.

– E você não me acha tão bonito quanto seu avô?

– Não exatamente, senhor.

– E eu sou assertivo, não sou?

– Apenas disse o que passou por minha cabeça.

– Mas gosta de mim apesar disso?

– Sim, senhor, eu gosto.

Essa resposta agradou o velho sr. Laurence. Ele deu uma risada breve, apertou a mão de Jo e, colocando o dedo debaixo do queixo dela, virou seu rosto, examinou-o com seriedade e o largou, dizendo, com um aceno:

– Talvez você não seja parecida com ele fisicamente, mas em essência é igual. Seu avô era um bom homem, minha querida, mas, melhor do que isso, era corajoso e honesto, e eu sentia orgulho de ser amigo dele.

– Obrigada, senhor. – Jo se sentiu bem à vontade depois disso, porque aquele comentário sobre seu avô foi muito agradável.

– E o que você anda fazendo com o meu querido neto? – foi a pergunta seguinte, direta.

– Estou apenas tentando ser uma boa vizinha, senhor. – Jo explicou como começou a visita.

– Acha que ele precisa se animar um pouco, não acha?

– Sim, senhor, ele parece um pouco solitário, e a companhia de pessoas jovens talvez lhe fizesse bem. Somos apenas garotas, mas ficaríamos felizes em ajudar se pudéssemos, pois não esquecemos o esplêndido presente de Natal que o senhor nos enviou – disse Jo ansiosamente.

– Ah, ora essa! Foi ideia do garoto. Como vai aquela pobre mulher?

– Melhorando, senhor. – Jo desatou a falar muito depressa, enquanto contava tudo sobre os Hummel e sobre como a sra. March procurou ajuda para eles em meio a seus amigos abastados.

– Ela age com a bondade que o pai dela agiria. Preciso visitar sua mãe algum dia desses. Diga-lhe isso. Ah, aí está o aviso de que o chá está pronto. Por causa do garoto, estamos tomando mais cedo. Venha e continue a ser uma boa vizinha.

– Se não for incômodo, senhor.

– Não lhe convidaria se fosse. – O sr. Laurence lhe estendeu o braço cordialmente à moda antiga.

"O que diria Meg se visse isso?", pensou Jo, enquanto caminhava e seus olhos cintilavam de alegria ao se imaginar contando a história em casa.

– Ora, mas que bicho te mordeu, garoto? – disse o velho cavalheiro enquanto Laurie descia as escadas correndo e pulava de susto diante da visão espantosa de Jo de braços dados ao majestoso avô.

– Não sabia que estaria aqui, senhor – explicou, enquanto Jo lhe dirigia uma olhadela triunfante.

– Isso é evidente pela forma espalhafatosa como desceu as escadas. Vamos tomar chá, jovem senhor, e comporte-se como um cavalheiro.

Depois de arrumar o cabelo do neto de maneira afável, o sr. Laurence seguiu em frente, enquanto Laurie fazia muitas caretas engraçadas às suas costas, que quase fizeram Jo explodir em risadas.

O velho não disse muito enquanto bebia quatro xícaras de chá, mas observou os jovens, que conversavam como velhos amigos, e a mudança no neto não lhe passou despercebida. Havia cor, luz e vida no rosto do rapaz, vivacidade em seus modos e alegria genuína em seu riso.

"Ela tem razão, o menino é solitário. Preciso ver o que essas meninas podem fazer por ele", pensou o sr. Laurence, enquanto observava e ouvia. Ele gostava de Jo por suas maneiras estranhas e sinceras, e ela parecia entender Laurie quase tão bem quanto se ela mesma fosse um garoto.

Se os Laurence fossem o que Jo chamava de "pomposos de nariz em pé", não teria se dado bem com eles, pois essas pessoas sempre a intimidavam e a constrangiam. Mas, ao perceber que eram tranquilos e gentis, agiu como ela mesma e ainda causou uma boa impressão. Quando se levantaram, ela disse que iria embora, mas Laurie comentou que tinha algo mais para lhe mostrar e a levou à estufa, cujas luzes haviam sido acesas para recebê-la. Jo pensou que aquilo parecia um cenário de conto de fadas ao subir e descer pelos caminhos, admirando as muradas floridas de cada lado, a luz suave, o ar doce e úmido e as maravilhosas videiras e árvores que pairavam sobre ela, enquanto seu novo amigo colhia algumas das melhores flores até juntar um punhado delas. Depois, amarrou-as e disse, com aquele olhar feliz que tanto agradava Jo:

— Por favor, dê este buquê à sua mãe e lhe diga que gostei muito do remédio que ela enviou.

Encontraram o sr. Laurence parado diante da lareira na grande sala de estar, mas a atenção de Jo foi totalmente tomada por um piano de cauda, que estava aberto.

— Você toca? — perguntou, voltando-se para Laurie com uma expressão respeitosa.

— Às vezes — respondeu ele modestamente.

— Por favor, toque agora. Quero ouvir, para contar para a Beth.

— Não quer ir primeiro?

— Não sei tocar. Sou burra demais para aprender, mas amo música.

Então Laurie tocou e Jo ouviu, com o nariz enfiado nas rosas e heliotrópios recém-colhidos. O seu respeito e consideração pelo jovem Laurence aumentaram muito, pois ele tocava notavelmente bem, mas era modesto quanto a isso. Ela desejava que Beth pudesse ouvi-lo, mas não comentou nada, apenas o elogiou até ele ficar bastante envergonhado e seu avô ir a seu socorro.

— Basta, basta, menina. Elogios demais não fazem bem a ele. De fato, não toca mal, mas espero que tenha o mesmo desempenho em coisas mais importantes. Já vai? Bem, estou muito agradecido e espero que venha novamente. Meus respeitos à sua mãe. Boa noite, dra. Jo.

Ele apertou a mão dela gentilmente, mas parecia que algo não lhe agradava. Quando estavam no corredor, Jo perguntou a Laurie se ela dissera algo errado. Ele sacudiu a cabeça.

— Não, fui eu. Ele não gosta de me ouvir tocar.

— Por que não?

— Outro dia eu conto. John vai acompanhá-la até em casa, já que eu não posso.

— Não precisa. Não sou uma dama indefesa, e é aqui do lado. Cuide-se, está bem?

— Sim, mas você virá de novo, não virá?

— Se prometer que vai nos visitar também.

— Eu vou.

— Boa noite, Laurie!

— Boa noite, Jo, boa noite!

Quando todas as aventuras da tarde haviam sido relatadas, a família toda se sentiu inclinada a visitá-lo, pois cada uma via algo de atraente na imensa casa do outro lado da sebe. A sra. March queria falar de seu pai com o sr. Laurence, que não o havia esquecido; Meg ansiava por caminhar na estufa; Beth suspirava pelo piano de cauda; e Amy estava ansiosa para ver as belas pinturas e estátuas.

— Mamãe, por que o sr. Laurence não gosta que Laurie toque piano? — perguntou Jo, que era sempre muito curiosa.

— Não tenho certeza, mas acho que é porque o filho, o pai de Laurie, casou-se com uma italiana, uma musicista, o que desagradava o velho cavalheiro, que é muito orgulhoso. A moça era boa, adorável e habilidosa, mas ele não gostava dela, e nunca mais viu o filho depois do casamento. Ambos morreram quando Laurie era criança, e então o avô o adotou. Imagino que o menino, que nasceu na Itália e não tem a saúde muito boa, seja uma fonte de preocupação, então o avô tem medo de perdê-lo e, em função disso, é tão cuidadoso. Laurie tem em si o amor pela música, herdado da mãe, e ouso dizer que o avô teme que ele possa querer ser músico. De qualquer forma, a habilidade ao piano lembra o avô da mulher de quem ele não gostava, por isso ficou de "cara feia", como Jo disse.

— Meu Deus, que romântico! — exclamou Meg.

— Que idiotice! — disse Jo. — Deixe que o neto seja musicista se quiser, em vez de atormentá-lo para que vá para a faculdade contra sua vontade.

— É por isso que ele tem olhos pretos tão bonitos e boas maneiras, suponho. Os italianos são sempre simpáticos — disse Meg, um pouco sentimental.

— Mas o que sabe dos olhos e maneiras dele? Você praticamente nunca falou com ele! — exclamou Jo, nem um pouco sentimental.

— Eu o vi na festa, e o que você nos contou mostra que ele sabe como se comportar. Ele falou bem até do remédio que a mamãe enviou.

— Acho que ele se referia ao manjar.

— Como você é tola, menina! Ele se referia a você, é claro.

— Ah, é? — Jo arregalou os olhos como se aquela ideia nunca lhe tivesse ocorrido.

— Nunca vi uma garota assim! Você não reconhece um elogio quando o recebe — disse Meg, com ar de que sabia tudo sobre o assunto.

– Acho uma bobagem, e agradeço se puder parar de ser uma palhaça e estragar meu momento. Laurie é um bom rapaz e eu gosto dele, mas não vou ficar toda sentimental com elogios e essas tolices. Seremos gentis porque ele não tem mãe, e ele pode vir nos visitar, não é, mamãe?

– Sim, Jo, seu amiguinho é muito bem-vindo, e espero que Meg se lembre de que as crianças devem ser crianças pelo tempo que puderem.

– Eu não me vejo como uma criança, e nem sou adolescente ainda – observou Amy. – E você, Beth?

– Estava pensando na história do peregrino – respondeu Beth, que não ouvira uma palavra. – Como saímos do Pântano do Desânimo e atravessamos o Portal, determinadas a sermos boas, e tentamos subir a colina íngreme. Talvez a casa ali, cheia de coisas esplêndidas, seja nosso Palácio Maravilha.

– Temos que passar pelos leões primeiro – disse Jo, como se gostasse muito da perspectiva.

CAPÍTULO SEIS

Beth encontra o Palácio Maravilha

A grande casa provou ser um Palácio Maravilha, embora tenha levado algum tempo para que todas pudessem entrar lá, e Beth achou muito difícil passar pelos leões. O velho sr. Laurence era o maior de todos; depois de fazer o convite, dizer algo engraçado ou gentil a cada uma das meninas e conversar sobre os velhos tempos com a sra. March, ninguém mais sentia muito medo dele, exceto a tímida Beth. O outro leão era o fato de serem pobres e Laurie rico, pois isso as deixava envergonhadas por aceitar favores que não poderiam retribuir. Entretanto, depois de um tempo, perceberam que o rapaz as considerava as verdadeiras benfeitoras daquela relação e que ele pensava que não conseguiria fazer o suficiente para mostrar o quanto era grato pelo acolhimento maternal da sra. March, pelas companhias alegres e pelo quanto se sentia aconchegado na humilde casa de suas vizinhas. Assim, logo esqueceram o orgulho e passaram a trocar gentilezas sem se importar com quem fazia mais.

As coisas mais agradáveis aconteceram naquela época, e a nova amizade prosperou abundantemente, como flores coloridas na época da primavera. Todas gostavam de Laurie, e ele confidenciou ao tutor que "as March eram meninas simplesmente esplêndidas". Com o entusiasmo típico dos mais jovens, elas acolheram o menino solitário em seu meio e criaram grande afeto por ele, que encontrou algo de muito encantador na inocente companhia daquelas garotas de coração grande. Por nunca ter tido a companhia da mãe ou de irmãs, ele sentiu rápido as influências que as vizinhas lhe causavam, e as muitas tarefas e os modos alegres delas fizeram-no se envergonhar da vida indolente que levava. Estava cansado dos livros, e seu interesse por aquelas pessoas levou o sr. Brooke a fazer relatórios muito insatisfatórios, pois Laurie estava deixando de lado os estudos e correndo para a casa das March.

— Não importa, deixe o menino tirar umas férias. Depois vocês correm atrás — disse o avô. — A boa dama da casa ao lado diz que ele está estudando demais e precisa de amizades, diversão e exercício. Suspeito que ela tenha razão e que eu esteja protegendo o garoto como se eu fosse uma vovó. Deixe-o fazer o que gosta, desde que esteja feliz. Nada lhe fará mal na casa ao lado, e a sra. March está fazendo mais por ele do que podemos.

Era certo que viviam bons tempos. As brincadeiras e jogos, os passeios de trenó e de patins, noites tão agradáveis na velha sala de estar e, de vez em quando, festas tão alegres na mansão! Meg podia andar pela estufa sempre que quisesse e se divertia fazendo buquês, Jo folheava vorazmente os volumes da biblioteca e fazia o velho sr. Laurence ter ataques com suas críticas, Amy copiava quadros e apreciava a beleza de acordo com seu gosto, e Laurie bancava o "senhor da mansão" no estilo mais encantador.

Mas Beth, apesar de ansiosa pelo piano de cauda, não conseguia ter coragem para ir à "Mansão da Alegria", como Meg a chamava. Ela foi uma vez com Jo, mas o sr. Laurence, sem se dar conta de sua fragilidade, olhou-a com intensidade sob as pesadas sobrancelhas e disse "Olá!" alto demais, e ela se assustou tanto que suas pernas vacilaram, algo que não contou nem à mãe. Assim, ela saiu correndo e declarou que nunca mais iria lá, nem mesmo pelo querido piano. Nenhuma persuasão ou provocação poderia fazê-la superar o medo que sentia, até o fato chegar ao ouvido do sr. Laurence de alguma forma misteriosa. Ele então tentou dar um jeito nas coisas. Durante uma das breves visitas que fez à casa das meninas, conduziu a conversa com destreza para o assunto de música e falou de grandes cantores que assistira, de belos órgãos que ouvira e contou anedotas tão encantadoras que Beth achou impossível ficar no seu canto distante, aproximando-se cada vez mais, fascinada. Ela parou atrás da cadeira em que ele estava sentado e ficou ouvindo, com os grandes olhos bem abertos e as bochechas vermelhas devido à animação daquele relato inusitado. Dando-lhe a mesma importância que daria a um mosquito, o sr. Laurence falou sobre as aulas e os professores de Laurie. E, como se a ideia tivesse acabado de lhe ocorrer, ele disse à sra. March:

— O rapaz agora negligencia a música, e estou contente por isso, pois ele estava muito apegado. Mas o piano sente a falta de uso. Alguma de suas garotas não gostaria de ir à minha casa para praticar de vez em quando, só para mantê-lo afinado, senhora?

Beth deu um passo à frente e apertou bem as mãos para não bater palmas, pois essa era uma tentação irresistível, e o pensamento de praticar naquele esplêndido instrumento lhe tirou o fôlego. Antes que a sra. March pudesse responder, o sr. Laurence continuou com um pequeno e estranho aceno de cabeça e um sorriso:

— Elas não precisam ver ninguém ou lhes dirigir a palavra, podem simplesmente entrar a qualquer momento. Vivo trancado em meu escritório do outro lado da casa, Laurie está sempre fora e os criados nunca estão perto da sala de visitas depois das nove horas.

Naquele momento, ele se levantou, preparado para partir, e Beth decidiu falar, pois aquele último comentário a impressionara. Ele disse:

— Por favor, informe às jovens o que propus e, se elas não quiserem, ora, tudo bem então.

No mesmo instante, uma mãozinha pegou na dele, e Beth o olhou com uma expressão que transbordava gratidão, dizendo, de forma sincera, embora tímida:

– Ah, senhor, elas querem sim, muito, muito!

– É você a menina que gosta de música? – perguntou, sem nenhum "Olá!" assustador enquanto a olhava com muita gentileza.

– Sou a Beth. Amo música, e irei até lá, se tiver certeza de que ninguém vai me ouvir e se incomodar – acrescentou ela, temendo ser rude e tremendo com a própria ousadia enquanto falava.

– Nem uma alma, minha querida. A casa está vazia metade do dia, por isso vá e toque o quanto quiser, serei grato.

– Como é gentil, senhor!

Beth corou como uma rosa sob o olhar amigável dele, mas não era de susto. Deu-lhe um aperto de mão gentil, porque não tinha palavras para agradecer aquele precioso presente. O cavalheiro passou uma mão no topo da cabeça dela e, abaixando-se, beijou-a no rosto, dizendo, em um tom suave ouvido por poucas pessoas até então:

– Eu já tive uma menina cujos olhos eram como os seus. Deus lhe abençoe, minha querida! Tenha um bom dia, madame. – E então foi embora, apressado.

Beth e a mãe entraram em êxtase, e depois a garota correu para dar a gloriosa notícia à família de bonecas, já que as meninas não estavam em casa. Como ela cantou alegremente naquela noite, e como todas riram dela porque acordou Amy à noite, enquanto tocava o velho piano! No dia seguinte, vendo que tanto o avô quanto o neto haviam saído, Beth, depois de hesitar duas ou três vezes, entrou pela porta lateral e andou silenciosamente até a sala de estar, onde estava seu objeto de adoração. Por algum acaso, é claro, a partitura de uma música bela e fácil estava sobre o piano; com dedos trêmulos e frequentes pausas para ouvir e olhar ao redor, Beth finalmente tocou o grande instrumento e logo se esqueceu do medo, de si mesma e de todo o resto, exceto do deleite indescritível que a música lhe dava. Era como a voz de uma boa e velha amiga.

Ela permaneceu lá até Hannah buscá-la para jantar, embora não tivesse apetite e só conseguisse sorrir para todas em um estado geral de graça.

Depois disso, o capuz marrom de suas vestes deslizava pela sebe quase todos os dias, e a grande sala de estar era assombrada por um espírito afinado que ia e vinha sem ser visto. Ela nunca soube que o sr. Laurence abria a porta de seu escritório para ouvir os ares daquela música tradicional de que tanto gostava. Nunca viu Laurie montar guarda no corredor para avisar aos criados que se mantivessem longe. Nunca suspeitou de que os livros de exercícios e as novas partituras que encontrou na prateleira foram colocados lá de propósito para seu benefício e, quando o sr. Laurence falava com ela sobre música, só pensava como era gentil em contar coisas que a ajudavam tanto. Então, Beth se divertia muito e descobriu, o que nem sempre acontece, que seu desejo concedido era tudo o que ela esperava, e, talvez, por estar tão grata por aquela bênção, uma ainda maior lhe foi dada. De qualquer forma, ela merecia as duas coisas.

– Mamãe, vou fazer um par de pantufas para o sr. Laurence. Ele é tão gentil comigo, devo lhe agradecer e não penso em outra forma. Posso? – perguntou Beth, algumas semanas depois de receber o convite.

– Sim, querida. Ele vai gostar muito, e será uma boa forma de agradecer. As meninas podem ajudar, e eu posso pagar pelo material – respondeu a sra. March, que sentia um prazer especial em atender aos pedidos de Beth, porque ela raramente pedia algo.

Depois de muitas discussões sérias com Meg e Jo, a estampa foi escolhida, os materiais, comprados e a produção das pantufas começou. Um cacho de amores-perfeitos sóbrios, porém alegres, sobre um fundo roxo intenso, foi escolhido como adequadamente bonito, e

Beth trabalhou dia e noite, com pausas ocasionais nas partes mais difíceis. Ela era ágil com a agulha, e as pantufas estavam prontas antes que alguém se cansasse do assunto. Então, ela escreveu um bilhete curto e simples e, com a ajuda de Laurie, conseguiu que o presente fosse furtivamente colocado sobre a escrivaninha do sr. Laurence, certa manhã, antes que o velho cavalheiro se levantasse.

Quando a animação passou, Beth esperou para ver o que aconteceria. Demorou um dia inteiro e parte de outro dia para chegar qualquer resposta, e ela temia que tivesse ofendido seu amigo rabugento. E então, na tarde do segundo dia, ela saiu para cumprir uma tarefa e levou a pobre Joanna, uma das bonecas inválidas, para fazer um pouco de exercício. Ao subir a rua, na volta, viu três, aliás, quatro cabeças aparecendo e desaparecendo nas janelas da sala e, no momento em que a viram, várias mãos acenaram e várias vozes alegres gritaram:

– Chegou uma carta do velho cavalheiro! Venha depressa! Leia!

– Ah, Beth, ele lhe mandou... – começou Amy, gesticulando com uma energia indecorosa, mas ela não continuou, pois Jo a interrompeu fechando a janela.

Beth se apressou, sentindo uma onda de suspense. À porta, as irmãs a agarraram e a levaram para a sala em uma procissão triunfal, todas apontando e dizendo de uma só vez: "Olhe! Olhe para lá!" Beth olhou e ficou pálida de alegria e surpresa, pois havia ali um pequeno piano vertical com uma carta sobre a tampa brilhante, endereçada à "srta. Elizabeth March".

– Para mim? – gaguejou Beth, agarrando-se em Jo e sentindo que desmaiaria, tamanha emoção avassaladora!

– Sim, só para você, minha querida! Não é maravilhoso da parte dele? Não acha que ele é o velhinho mais querido do mundo? Aqui está a chave, na carta. Nós não a abrimos, mas estamos morrendo de vontade de saber o que diz! – gritou Jo, abraçando a irmã e entregando-lhe o bilhete.

– Leia você! Não consigo, estou me sentindo estranha! Ah, é bonito demais! –Beth escondeu a cara no avental de Jo, bastante emocionada com o presente.

Jo abriu a carta e começou a rir, pois as primeiras palavras que viu foram:

Srta. March,

Cara madame...

– Que bonito! Quem me dera alguém me mandasse cartas assim! – disse Amy, que achava aquela forma antiga de tratamento muito elegante. Jo continuou:

Já tive muitos pares de pantufas na vida, mas nunca algum que me caísse tão bem como o seu. Amores-perfeitos são minhas flores favoritas e sempre me lembrarão da gentil garotinha que fez esse calçado. Gosto de pagar minhas dívidas, por isso sei que permitirá que "o velho cavalheiro" lhe envie algo que outrora pertenceu à netinha que ele perdeu. Com sinceros agradecimentos e votos de felicidades,

Seu grato amigo e humilde servo, James Laurence.

– Aí está, Beth. Eis uma honra para se orgulhar! Laurie me disse o quanto o sr. Laurence gostava da menininha que morreu e como ele guarda todas as coisas dela com cuidado. Pense só, ele deu o piano dela para você. Isso é por causa de seus olhos azuis e das músicas doces – disse Jo, tentando acalmar Beth, que tremia e parecia mais empolgada do que jamais estivera.

– Veja só os suportes engenhosos para colocar velas! E essa seda verde maravilhosa com uma rosa dourada no meio! O banquinho e o suporte de partituras! Tem tudo – acrescentou Meg, abrindo o instrumento e exibindo suas belezas.

– “Seu humilde servo, James Laurence”. Apenas pense no que ele escreveu. Vou contar às meninas. Elas vão ficar boquiabertas – disse Amy, muito impressionada com o bilhete.

– Toque, querida. Vamos ouvir o som do pianinho – disse Hannah, que sempre participava das alegrias e tristezas da família.

Então Beth tocou, e todas afirmaram que era o piano mais notável já ouvido. Fora afinado e reformado recentemente, mas, ainda que fosse perfeito, acho que o verdadeiro encanto estava no mais feliz de todos os rostos felizes que se inclinavam sobre ele, enquanto Beth tocava lindamente as belas teclas pretas e brancas e pressionava os pedais brilhantes.

– Você terá que ir lá agradecê-lo – disse Jo, brincando, porque ela nunca poderia esperar que a irmã realmente fosse.

– Sim, eu quero ir. Acho que vou agora, antes que fique assustada ao pensar demais nisso. – Para total espanto da família, Beth caminhou deliberadamente pelo jardim, passou pela sebe e atravessou a porta dos Laurence.

– Bem, que um raio me atinja se essa não é a coisa mais estranha que já vi! O pianinho a deixou fora de si! Ela nunca iria se estivesse bem da cabeça – exclamou Hannah, olhando para Beth, enquanto as garotas estavam sem palavras por causa daquele milagre.

Elas teriam ficado ainda mais espantadas se tivessem visto o que Beth fez depois. Se é que você vai acreditar em mim, ela bateu à porta do escritório antes que tivesse tempo para pensar e, quando uma voz rouca gritou “Entre!”, ela entrou e estendeu a mão, e até o sr. Laurence parecia bastante surpreso. Beth disse, com apenas uma pequena alteração na voz, “Eu vim para agradecer ao senhor, por...”. Mas não terminou, pois o idoso parecia tão amigável que ela esqueceu o que pretendia falar e somente se lembrou de que ele havia perdido a netinha que amava. Assim, Beth dispensou a formalidade e colocou os braços em volta do pescoço dele, dando-lhe um beijo no rosto.

Se o telhado da casa tivesse voado de repente, o velho cavalheiro não teria ficado mais boquiaberto. No entanto, ele apreciou muito aquele gesto. Apreciou imensamente! E ficou tão emocionado e feliz que toda a casca grossa desapareceu. O sr. Laurence retribuiu o abraço e colocou sua bochecha enrugada contra o rosto rosado de Beth, sentindo como se tivesse recuperado a própria netinha. A menina deixou de temê-lo desde então e se sentou ali, falando com ele tão à vontade quanto se o conhecesse a vida toda, pois o amor extingue o medo, e a gratidão supera o orgulho. Quando ela foi para casa, o sr. Laurence a acompanhou até o portão, apertou sua mão cordialmente e tocou no chapéu, em sinal de reverência, muito imponente e altivo, como o belo cavalheiro de idade que era.

Quando as meninas viram essa cena, Jo começou a saltitar para expressar a alegria, Amy quase caiu da janela de tão surpresa, e Meg exclamou, com as mãos levantadas:

– Bem, acho que é mesmo o fim do mundo!

CAPÍTULO SETE

O Vale da Humilhação de Amy

Aquele rapaz é um verdadeiro ciclope, não é? – disse Amy certo dia, quando Laurie passou por ela a cavalo, dando uma bela chicotada no ar.

– Como ousa dizer uma coisa dessas quando ele tem os dois olhos? E são muito bonitos! – gritou Jo, que se aborrecia com qualquer comentário ardiloso sobre o amigo.

– Mas eu não disse nada sobre os olhos dele. E não entendo por que fica toda bravinha quando eu admiro a maneira como ele cavalga.

– Ah, meu Deus! Esta tola quis dizer "centauro", mas falou "ciclope"! – exclamou Jo, morrendo de rir.

– Não precisa ser tão grossa, é apenas uma *metarfora*, como diz o sr. Davis – retrucou Amy, contestando Jo com seu conhecimento em figuras de linguagem. – Eu só queria ter um pouco do dinheiro que Laurie gasta com aquele cavalo – acrescentou, como se fosse para si mesma, mas esperando que as irmãs ouvissem.

– Por quê? – perguntou Meg gentilmente, pois Jo estava tendo um acesso de riso pelo segundo erro de Amy.

– Eu preciso de dinheiro. Estou terrivelmente endividada e não posso ficar contando moedinhas o mês todo.

— Endividada, Amy? Como assim? — Meg parecia séria.

— Ora, eu devo pelo menos uma dúzia de limas em conserva, e não posso pagar por elas até ter dinheiro, porque a mamãe me proibiu de comprar fiado na loja.

— Conte os detalhes. Limas estão na moda agora? A moda de antes era usar pedaços de borracha como bolinhas. — Meg tentou manter a expressão séria, porque Amy parecia compenetrada e imponente.

— Ora, as meninas estão comprando o tempo todo e, a não ser que queira ser malvista, também deve comprá-las. Agora tudo gira em torno dessas limas, porque todo mundo fica chupando na hora da aula, trocam por lápis, pequenos anéis, bonecas de papel, ou qualquer coisa no intervalo. Se uma garota gosta da outra, ela dá uma lima. Se estiver zangada, se delicia com uma lima bem na frente da inimiga e não oferece nem um pedacinho! Com essas trocas incessantes, comi um punhado, mas não retribuí nenhuma, e eu deveria, pois são dívidas de honra.

— De quanto é a dívida? De quanto precisa para recuperar o crédito? — perguntou Meg, pegando a bolsa.

— Vinte e cinco centavos é o suficiente, e ainda sobraria um trocadinho para comprar um agradinho para você. Gosta de limas?

— Não muito. Pode ficar com a minha parte. Aqui está o dinheiro. Economize o máximo que puder; não é muito, como bem sabe.

— Oh, obrigada! Deve ser tão bom ter dinheiro reserva! Vou comer como num banquete, pois não senti o gostinho de nem uma lima sequer esta semana. Fiquei encabulada de aceitar alguma, porque não poderia pagar, mas estou morrendo de vontade.

No dia seguinte, Amy chegou atrasada à escola, mas não conseguiu resistir à tentação de exibir, com orgulho aceitável, um pacote de papel pardo úmido, antes de guardá-lo no recanto mais seguro de sua mesinha. Durante os minutos seguintes, o rumor de que Amy March havia comprado 24 deliciosas limas (porque ela comera uma no caminho) e iria distribuí-las circulou entre o seu grupinho, e a atenção das amigas tornou-se bastante opressora. Katy Brown imediatamente a convidou para uma festa que daria, Mary Kingsley insistiu em emprestar a Amy o bonito relógio que usava até o intervalo, e Jenny Snow, uma menina muito sarcástica, que havia insultado Amy por ela não ter limas na semana anterior, prontamente levantou bandeira branca e se ofereceu para ajudá-la com respostas para as contas de adição dificílimas. Mas Amy não esquecera os comentários ardilosos da srta. Snow de que "algumas pessoas têm o nariz tão achatado que sequer conseguem sentir o cheiro das limas, e outras são tão nariz em pé que nem pedem um pedaço", e ela imediatamente acabou com as esperanças de seu desafeto ao fazer um comunicado afiado: "Você não precisa ser tão educada de repente, pois não vai receber nem uma sequer."

Uma pessoa importante visitou a escola naquela manhã, e os belos mapas desenhados por Amy foram elogiados, o que fez crescer a inimizade com a srta. Snow e deu à menina March um ar pomposo de mocinha estudiosa. Mas pobre Amy! O orgulho precede a queda, e a vingativa srta. Snow virou o jogo com sucesso. Logo que o convidado fez os elogios e se despediu, Jenny, sob o pretexto de fazer uma pergunta importante, informou ao sr. Davis, o professor, que Amy March tinha limas em conserva escondidas na mesa.

O sr. Davis havia decretado as limas como artigo de contrabando e jurado solenemente constranger em público a primeira pessoa que fosse encontrada infringindo a lei. Aquele homem determinado havia conseguido banir a goma de mascar depois de uma longa e tempestuosa guerra; feito uma fogueira para incendiar romances e jornais confiscados; acabado com os correios privados; proibido caretas, apelidos e caricaturas; e feito tudo o que um homem podia fazer para manter meia centena de meninas rebeldes em ordem. Os meninos são uma provação para a paciência humana, Deus sabe, mas as meninas são infinitamente mais difíceis, em especial para cavalheiros nervosos com temperamentos tirânicos e sem mais talento para ensinar do que o dr. Blimber. O sr. Davis conhecia um bom tanto de grego, latim, álgebra e vários tipos de "-logias", por isso era apontado como um bom professor, mas os modos, a moral, os sentimentos e a etiqueta não eram de muita importância para ele. Era um momento muito infeliz para denunciar Amy, e Jenny sabia disso. O sr. Davis evidentemente acordara de mau humor naquela manhã por conta do vento leste que soprava e que sempre afetava sua neuralgia; além disso, suas pupilas não o tratavam da maneira que pensava merecer. Portanto, nas palavras expressivas, ainda que não elegantes, de uma das jovens meninas do colégio: "Ele estava zangado como um leão e ranzinza como uma velha bruxa." A palavra "limas" foi a gota que transbordou o copo: seu rosto amarelado ficou vermelho, e ele bateu na mesa com tanto ímpeto que Jenny voltou para o seu lugar com uma rapidez inimaginável.

– Meninas, atenção, por favor!

Sob a ordem severa, o burburinho cessou e cinquenta pares de olhos azuis, pretos, cinza e castanhos se fixaram obedientemente em seu semblante horrível.

– Srta. March, venha aqui.

Amy se levantou para obedecer com compostura, mas um medo a esmagava por dentro, pois as limas pesavam sua consciência.

– Traga as limas que escondeu na mesa – foi a ordem inesperada que a surpreendeu antes que saísse do lugar.

– Não leve todas – sussurrou a colega ao lado, uma moça muito astuciosa.

Amy retirou apressadamente meia dúzia do saco e colocou o resto diante do sr. Davis, sentindo que qualquer homem que possuísse um coração se arrependeria quando aquele delicioso perfume entrasse em suas narinas. Infelizmente, o sr. Davis detestava o cheiro daquela conserva tão popular, e o desgosto aumentou sua fúria.

– É só isso?

– Não exatamente – gaguejou Amy.

– Traga o resto já.

Com um olhar desesperado para as outras alunas, ela obedeceu.

–Tem certeza de que não há mais?

– Eu nunca minto, senhor.

– Sei. Agora, pegue estas coisas nojentas duas a duas e atire-as pela janela.

Houve um suspiro geral que provocou praticamente uma lufada de ar conforme a última esperança voava pela janela e as deliciosas frutinhas eram arrancadas do alcance das bocas sedentas. Queimando de vergonha e raiva, Amy foi e voltou doze terríveis vezes e, enquanto cada par de limas, tão deliciosas, carnudas e suculentas, caía de suas mãos relutantes, gritos vindos da rua completavam a angústia das meninas, pois era sinal de que seu banquete seria aproveitado pelas criancinhas irlandesas, seus inimigos jurados. Aquilo era demais. Todos os olhares indignados ou apelativos se voltaram para o inexorável sr. Davis, e uma das alunas viciadas em limas rompeu em lágrimas.

Quando Amy retornou à sua mesa depois da última viagem, o sr. Davis fez um gesto portentoso e disse, tentando parecer impressionante:

– Meninas, lembrem-se do que lhes disse há uma semana. Lamento que isso tenha acontecido, mas nunca permito que minhas regras sejam infringidas e nunca quebro minha palavra. Srta. March, estenda a mão.

Amy deu um pulo e colocou as mãos atrás das costas, dirigindo-lhe um olhar suplicante que expressava melhor as palavras não pronunciadas. Ela era uma das favoritas do "velho Davis", como, é claro, ele era chamado, e acredito piamente que ele teria quebrado sua palavra se a indignação de uma jovem rebelde não tivesse sido externalizada em uma bufada. Por mais sutil que tenha sido, aquilo irritou o irascível cavalheiro e selou o destino da culpada.

— Sua mão, srta. March!

Foi a única resposta que recebeu ao apelo mudo. Muito orgulhosa para chorar ou implorar, Amy cerrou os dentes, atirou a cabeça para trás desafiadoramente e aguentou sem vacilar vários golpes que queimavam a pequenina palma. Não foram inúmeros, nem tão intensos, mas isso não fazia diferença para ela. Pela primeira vez na vida, fora disciplinada fisicamente, e a decepção em seus olhos era tão profunda quanto seria se ele a tivesse deixado estirada no chão.

— Agora vai ficar na plataforma até o recreio — disse o sr. Davis, decidido a levar a coisa minuciosamente até o fim, já que havia começado.

Aquilo foi horrível. Seria ruim o bastante permanecer no lugar e ver os rostos piedosos das amigas, ou os rostos satisfeitos das poucas inimigas, mas enfrentar toda a escola, com aquela vergonha recém-caída sobre ela, parecia impossível e, por um segundo, sentiu que desabaria e choraria até seu coração explodir. Contudo, uma amarga sensação de injustiça e o pensamento em Jenny Snow ajudaram Amy a suportar. Tomando o lugar ignominioso, ela fixou os olhos na chaminé, acima do que parecia um mar de rostos, e ficou ali, tão imóvel e pálida que as meninas acharam difícil estudar com aquela figura patética diante delas.

Durante os 15 minutos que se seguiram, a orgulhosa e sensível menina sofreu uma vergonha e humilhação que nunca esqueceria. Para alguns, pode parecer um caso ridículo ou trivial, mas para ela foi uma experiência difícil, pois, durante os 12 anos de sua vida, fora guiada apenas pelo amor e nunca havia sofrido um golpe como aquele. A ardência na mão e a dor no coração só eram esquecidas quando pensava: "Terei que contar isso em casa, e elas ficarão tão desapontadas comigo!"

Os 15 minutos pareceram uma hora, mas finalmente chegaram ao fim, e a palavra "Recreio!" nunca fora tão bem-vinda antes.

— Pode ir, srta. March — disse o sr. Davis, como se estivesse incomodado.

Ele não esqueceria tão cedo o olhar reprovador que Amy lhe deu, conforme ela se dirigia, sem dizer uma palavra a ninguém, à antessala para pegar suas coisas e deixar o lugar "para sempre", conforme declarou decididamente para si mesma.

Estava muito abatida quando chegou em casa. As meninas mais velhas chegaram, algum tempo depois, e uma reunião indignada foi realizada imediatamente. A sra. March não disse muito, mas parecia perturbada e confortou a filhinha aflita da maneira mais terna. Meg banhou a mão machucada com glicerina e lágrimas, Beth sentiu que até os queridos gatinhos não serviriam como um bálsamo para tristezas como aquela, Jo protestou furiosamente que o sr. Davis deveria ser preso sem demora, e Hannah brandia o punho para o vilão a todo momento e esmagou as batatas para o jantar como se ele estivesse debaixo do pilão.

Ninguém reparou que Amy havia ido embora, exceto suas amigas, mas as meninas perspicazes notaram que o sr. Davis estava bastante amigável durante a tarde, e também um tanto apreensivo. Pouco antes do encerramento do dia escolar, Jo apareceu com uma expressão sombria e foi até a mesa dele para entregar uma carta de sua mãe. Depois, pegou as coisas de Amy e partiu, esfregando cuidadosamente a lama das botas no tapete da porta, como se quisesse se livrar da sujeira do lugar antes de voltar para casa.

— Sim, você pode tirar férias da escola, mas quero que estude um pouco todos os dias com Beth — disse a sra. March naquela noite. — Não aprovo castigos corporais, especialmente para meninas. Não gosto da maneira de ensinar do sr. Davis e não acho que as garotas com quem você anda sejam boas companhias, por isso vou pedir o conselho do papai antes de mandá-la para outra escola.

— Que bom! Queria tanto que todas as garotas saíssem e arruinassem a escola dele. É enlouquecedor pensar naquelas limas deliciosas — suspirou Amy, como se fosse uma mártir.

— Não lamento que as tenha perdido, pois desobedeceu às regras e merecia algum castigo por isso — foi a resposta severa da mãe, deixando a jovem bem decepcionada, já que não esperava outra coisa senão empatia.

— Quer dizer que está contente por eu ter sido humilhada na frente de toda a escola?! — exclamou Amy.

— Eu não escolheria essa maneira para castigá-la — respondeu a mãe —, mas não tenho certeza se isso não lhe servirá melhor que métodos menos severos. Está se tornando bastante presunçosa, minha querida, e já é hora de corrigir isso. Você tem dons e virtudes, mas não há necessidade de exibi-los. A vaidade estraga o melhor gênio. Nada pode fazer cair no esquecimento os verdadeiros talentos ou a bondade, e mesmo que caiam, ter a consciência de possuí-los e usá-los bem deveria ser o bastante. O grande encanto de todo poder é a modéstia.

— Isso mesmo! — exclamou Laurie, que jogava xadrez em um canto com Jo. — Certa vez, conheci uma garota que tinha um talento musical notável, e ela não reconhecia isso! Nunca percebia as preciosidades que tocava quando estava sozinha e não teria acreditado se alguém lhe dissesse.

— Quem me dera ter conhecido essa menina adorável. Talvez ela teria me ajudado, sou tão estúpida — disse Beth, que estava ao lado de Laurie, ouvindo com entusiasmo.

— Você a conhece, e ela te ajuda mais do que qualquer outra pessoa — respondeu Laurie, que a fitava com aqueles olhos pretos e alegres de modo tão provocador que Beth de repente ficou muito vermelha e escondeu o rosto na almofada do sofá, bastante oprimida por aquele comentário tão inesperado.

Jo deixou Laurie ganhar o jogo como recompensa por aquela apreciação à sua Beth, que não pôde ser persuadida a tocar depois do elogio. Então, o garoto fez o que estava ao seu alcance e cantou com prazer, porque estava particularmente bem-humorado e porque raras eram as vezes em que ele mostrava às March seu lado rabugento. Quando ele partiu, Amy, que estivera pensativa a noite inteira, indagou de repente, como se atingida por uma nova percepção:

— Laurie é um jovem talentoso?

— Sim, ele teve uma excelente educação e tem muito talento. Ele será um bom homem, se não for mimado demais — respondeu a mãe.

— E ele não é nem um pouco convencido, não é? — perguntou Amy.

— Nem um pouco. É por isso que ele é tão encantador e nós gostamos tanto dele.

— Entendo. É bom ser elegante e talentoso, mas não para se exibir ou para se vangloriar — disse Amy, pensativa.

— Coisas assim sempre são percebidas e sentidas pelos modos e conversas de uma pessoa, se usadas com modéstia, mas não é necessário exibi-las — disse a sra. March.

— Assim como não é apropriado usar todos os chapéus, vestidos e fitas ao mesmo tempo para que as pessoas saibam que você os tem — acrescentou Jo, e o assunto acabou com boas risadas.

CAPÍTULO OITO

Jo encontra Apoliom

Meninas, aonde vocês estão indo? – perguntou Amy, entrando no quarto delas em um sábado à tarde e vendo que se preparavam para sair com um ar de segredo que despertou sua curiosidade.

– Não se preocupe com isso. Garotinhas não devem fazer perguntas – retrucou Jo sem rodeios.

Veja, se há algo humilhante para nossos sentimentos quando somos jovens é ouvirmos coisas assim, e receber um sonoro "não se meta, queridinha" é ainda mais difícil. Amy ignorou esse insulto e decidiu que descobriria o segredo, nem que tivesse de provocá-las por uma hora inteira. Voltando-se para Meg, que nunca lhe recusara nada por muito tempo, disse, de forma persuasiva:

– Conte, por favor! Penso que pode me levar junto, porque Beth está ocupada com o piano, e eu não tenho nada para fazer, estou tão solitária.

– Não posso, querida, porque não foi convidada... – começou Meg, mas Jo a interrompeu impacientemente:

– Chega, Meg, feche a boca ou vai estragar tudo. Não pode ir, Amy, por isso não faça birra e pare de reclamar.

— Vocês vão sair com o Laurie, sei que vão. Estavam sussurrando e rindo juntos no sofá ontem à noite e ficaram quietos quando entrei. Não é isso?

— Sim, é isso. Agora fique quietinha e pare de incomodar.

Amy segurou a língua, mas fez bom uso dos olhos, porque pegou Meg enfiando um leque no bolso.

— Já sei! Já sei! Vão ao teatro para assistir a *The Seven Castles*! — exclamou e acrescentou, resolutamente: — E eu vou junto, porque a mamãe disse que eu poderia ver essa peça, e tenho dinheiro guardado. Foi muito cruel não me contarem a tempo.

— Me escute por um momento e seja uma boa menina — disse Meg, com calma. — A mamãe não quer que você vá nesta semana, porque seus olhos ainda não estão bons o bastante para aguentar a luz do palco. Na próxima semana, pode ir com Beth e Hannah para se divertirem.

— Mas não vai ser divertido como ir com vocês e com Laurie. Por favor, deixem-me ir junto. Estou cansada desse frio e de ficar trancafiada em casa, estou louca por qualquer tipo de diversão — suplicou Amy, do jeito mais tolo possível.

— Suponhamos que ela vá junto. Não acredito que a mamãe se importaria, se a agasalharmos bem — disse Meg.

— Se ela for, eu não vou, e se eu não for, Laurie não vai gostar, e vai ser muito rude levar Amy, porque ele convidou apenas nós duas. Eu tinha para mim que ela odiaria se meter onde não foi chamada — disse Jo com raiva, pois não gostava do trabalho de supervisionar uma criança impaciente quando queria se divertir.

O tom e a maneira dela enraiveceram Amy, que começou a calçar as botas, dizendo, da maneira mais séria:

— Pois eu irei. A Meg diz que posso e, se eu pagar minha entrada, Laurie não tem nada a ver com isso.

– Não vai poder se sentar conosco, pois nossos lugares estão reservados, e não pode ficar sozinha, então Laurie cederá o próprio lugar, e isso estragará nossa diversão. Ou ele vai conseguir outro lugar para você, mas isso não é apropriado, porque não foi convidada. Você não vai a lugar algum, ficará exatamente onde está – repreendeu Jo, mais furiosa do que nunca, espetando o próprio dedo.

Sentada no chão com uma bota calçada, Amy começou a chorar e Meg tentou consolá-la. Laurie chamou as moças ao pé da escada e elas se apressaram, deixando a irmã se lamentando. De vez em quando, ela se esquecia de seus modos maduros e agia como uma criança mimada. Quando o grupinho estava prestes a sair, Amy gritou por cima dos corrimões em tom ameaçador:

– Você vai se arrepender disso, Jo March! Anote minhas palavras!

– Mas que tolice! – devolveu Jo, batendo a porta.

As horas que passaram juntos foram encantadoras e a peça foi tão brilhante e maravilhosa quanto o coração poderia desejar. Mas, apesar dos diabinhos vermelhos e cômicos, dos duendes cintilantes e dos lindos príncipes e princesas, o prazer de Jo tinha uma gota de amargura. Os cachos amarelos da rainha das fadas a lembravam de Amy e, entre os atos, ela se divertiu pensando no que a irmã faria para que "se arrependesse". Ela e Amy brigavam bastante, pois ambas tinham temperamentos explosivos e podiam ser agressivas quando provocadas. Amy atiçava Jo, e Jo irritava Amy, e ocorriam explosões com uma certa frequência, das quais as duas se envergonhavam depois. Embora mais velha, Jo era a menos controlada e tinha dificuldade em refrear seu espírito ardente que a colocava em apuros. Sua raiva nunca durava muito e, depois de humildemente confessar a culpa, ela se arrependia de coração e tentava melhorar. Suas irmãs diziam que gostavam muito de enfurecer Jo porque ela virava um anjo depois disso. A pobre Jo tentava desesperadamente ser boa, mas seu lado impulsivo estava sempre pronto para tentar derrubá-la, e foram precisos anos de esforço paciente para domá-lo.

Quando chegaram em casa, encontraram Amy lendo na sala de estar. Ela parecia magoada, não tirou os olhos do livro ou fez uma única pergunta. Talvez a curiosidade pudesse ter vencido o ressentimento se Beth não estivesse lá para perguntar e receber uma descrição brilhante da peça. Ao subir para guardar seu melhor chapéu, a primeira coisa que Jo reparou foi a cômoda, pois, na última discussão, Amy acalmara seus ânimos ao virar a gaveta de Jo de cabeça para baixo no chão. No entanto, tudo estava no lugar, e depois de um olhar rápido pelos vários armários, bolsas e caixas, Jo estava convencida de que Amy havia perdoado e esquecido seus erros.

Estava enganada. No dia seguinte, ela fez uma descoberta que causou uma tempestade. Meg, Beth e Amy estavam sentadas juntas, no final da tarde, quando Jo irrompeu pela sala, agitada, indagando sem fôlego:

– Alguém pegou meu livro?

Meg e Beth disseram "não" de uma vez e pareceram surpresas. Amy cutucou a lenha na lareira e não disse nada. Jo sentiu o sangue ferver.

– Amy, você pegou!

– Não, não peguei.

– Mas você sabe onde ele está!

– Não, não sei.

– Isso é uma mentira! – gritou Jo, tomando-a pelos ombros e parecendo furiosa o suficiente para assustar até mesmo uma criança muito mais corajosa que Amy.

– Não é. Eu não o peguei, não sei onde está e não me importo.

– Está escondendo algo e é melhor me dizer já, ou vou te obrigar! – Jo a sacudiu de leve.

– Grite o quanto quiser, você nunca mais verá aquele livro ridículo de novo! – gritou Amy, ficando nervosa.

– Por que não?

– Eu botei fogo nele!

– O quê?! Meu precioso livro, no qual trabalhei duro e queria terminar antes de o papai voltar para casa? Você realmente o queimou? – disse Jo, ficando muito pálida, enquanto seus olhos soltavam faíscas e suas mãos agarravam Amy com raiva.

– Sim, queimei! Eu avisei que faria você se arrepender por ter sido tão mesquinha ontem. Então, sim, eu o queimei...

Amy não falou mais nada, porque o temperamento explosivo de Jo a dominou e ela sacudiu Amy até que seus dentes batessem uns contra os outros, chorando em um rompante de dor e raiva.

– Como você é ruim, odiosa! Nunca mais conseguirei escrever tudo de novo e não vou te perdoar enquanto eu viver!

Meg correu para resgatar Amy, e Beth para pacificar Jo, mas esta estava completamente fora de si e, com um último safanão na orelha da irmã, correu da sala para o velho sofá no sótão, onde lutou contra a raiva sozinha.

A tempestade se dissipou lá embaixo, pois a sra. March estava de volta e, depois de ouvir a história, logo fez Amy entender que havia agido muito mal com a irmã. O livro de Jo era como um filho para ela e era considerado pela família como um desabrochar literário de grande promessa. Tratava-se de apenas meia dúzia de curtos contos de fadas, mas Jo trabalhara pacientemente neles, colocando todo o coração naquilo, na esperança de fazer algo bom o suficiente para publicar. Ela acabara de copiá-los com muito cuidado em uma versão limpa e destruíra o antigo manuscrito, de modo que a atitude de Amy consumira o trabalho meticuloso de vários anos. Parecia uma perda insignificante para os outros, mas para Jo era uma calamidade terrível e ela sentiu que nunca poderia ser reparada. Beth chorou como uma gatinha desgarrada, e Meg se recusou a defender sua irmã de estimação. A sra. March parecia estar profundamente triste, e Amy sentiu que ninguém a amaria até que ela pedisse perdão pelo ato do qual se arrependeu mais do que qualquer outro.

Quando a campainha para o chá tocou, Jo apareceu, com um aspecto tão abatido e delicado que Amy precisou reunir toda sua coragem para dizer:

— Por favor, Jo, me perdoe. Lamento muito, muito.

— Eu nunca vou te perdoar — foi a resposta ríspida de Jo e, a partir daquele momento, ela passou a ignorar Amy completamente.

Ninguém falou no problema, nem mesmo a sra. March, pois todas já sabiam por experiência que, quando Jo estava naquele estado de espírito, palavras eram inúteis, e o mais sábio era esperar até que algum pequeno acidente ou sua própria natureza generosa amenizasse o ressentimento e cicatrizasse a ferida. Não foi uma noite feliz, embora tenham costurado juntas como de costume, enquanto a mãe lia Bremer, Scott e Edgeworth em voz alta. Algo faltava, e a doce paz do lar estava perturbada. Sentiram isso principalmente na hora de cantar, uma vez que Beth só sabia tocar, Jo ficou de pé como uma pedra, e Amy desabou, de modo que Meg e a mãe cantaram sozinhas. Apesar dos esforços para soarem alegres como pássaros, as vozes doces não pareciam tão harmoniosas e tudo saiu desafinado.

Quando Jo recebeu seu beijo de boa noite, a sra. March sussurrou gentilmente: "Minha querida, não se deixe tomar pela raiva. Perdoem-se, ajudem-se e recomecem amanhã."

Jo queria deitar a cabeça no colo materno e chorar sua dor e raiva, mas as lágrimas eram uma fraqueza nada viril, e ela se sentia tão profundamente ferida que ainda não conseguia perdoar. Então, piscou com força, balançou a cabeça e disse com voz rouca, porque Amy estava ouvindo:

— Foi uma coisa abominável, e ela não merece ser perdoada.

Com isso, marchou para a cama, e não houve nenhuma fofoca alegre ou confidencial naquela noite.

Amy ficou muito ofendida por suas ofertas de paz terem sido repelidas e começou a desejar não ter se humilhado, a se sentir mais ferida do que nunca e a se afundar na crença de sua virtude superior de uma forma particularmente exasperante. Jo ainda parecia envolta em uma tempestade, e nada correu bem o dia todo. Fazia um frio intenso pela manhã, ela deixou cair sua preciosa tortinha na sarjeta, tia March teve um ataque de nervos, Meg estava magoada, Beth parecia triste e melancólica quando chegou em casa e Amy fazia comentários incansáveis sobre pessoas que sempre tagarelavam sobre ser boazinhas e, no entanto, nem sequer tentavam quando outras pessoas lhes davam um exemplo virtuoso.

"Estão todas tão insuportáveis hoje! Vou chamar Laurie para patinar comigo. Ele é sempre gentil e alegre, e vai me animar, eu sei", pensou Jo e saiu.

Amy ouviu o barulho dos patins e olhou para fora com uma exclamação impaciente.

– Ora, vejam só! Ela prometeu que eu poderia patinar na próxima vez, porque é a última neve do ano. Mas de nada adianta pedir para essa ranzinza.

– Não fale assim. Você agiu muito mal, e será difícil perdoar o que fez com o precioso livro, mas acredito que ela a perdoará, se deixar o tempo agir – disse Meg. – Vá atrás deles. Não diga nada até que Jo fique bem-humorada com Laurie. Depois, tire um minuto para dar um beijo e um abraço nela ou fazer alguma coisa gentil, e tenho certeza de que ela voltará a ser sua amiga.

– Vou tentar – disse Amy, porque o conselho era conveniente e, depois de um alvoroço para se preparar, correu atrás dos amigos, que desapareciam por cima da colina.

Não era longe do rio, mas ambos já estavam prontos antes que Amy os alcançasse. Jo a viu chegar e virou as costas. Laurie não reparou, pois patinava cuidadosamente ao longo da margem, monitorando a grossura do gelo, porque, antes da onda de frio, havia feito um pouco de calor.

– Vou até a primeira curva para ver se está tudo bem antes de patinarmos. – Amy o ouviu dizer assim que ele saiu deslizando, parecendo um jovem russo com seu casaco e chapéu de pelo.

Jo ouviu Amy ofegar depois de correr até ali, batendo os pés e soprando os dedos enquanto tentava colocar os patins, mas não se virou e foi lentamente descendo o rio em ziguezague, sentindo uma espécie de satisfação amarga e infeliz com os problemas da irmã. Ela alimentara a raiva até que esta se tornou forte e a dominou, como pensamentos e sentimentos malignos sempre fazem, a não ser que sejam banidos imediatamente. Quando Laurie fez a curva, gritou:

– Fique perto da margem. Não é seguro no meio.

Jo ouviu, mas Amy lutava para ficar de pé e não escutou uma palavra. Jo olhou por cima do ombro, e o diabinho que ela vinha alimentando sussurrou em seu ouvido: "Não tem problema se ela ouviu ou não, deixe que tome conta de si mesma."

Laurie desaparecera atrás da curva e Jo estava prestes a fazer o mesmo, enquanto Amy, muito afastada, lutava para chegar ao gelo mais macio no meio do rio. Por um minuto, Jo ficou parada com uma sensação estranha no coração, depois resolveu continuar, mas, novamente, algo a deteve, e ela se virou a tempo de ver Amy jogar as mãos para o alto e afundar, com um súbito barulho de gelo rachando, de esguicho de água e um grito que fez o coração de Jo paralisar de medo. Ela tentou gritar para Laurie, mas sua voz havia desaparecido. Tentou correr, mas seus pés pareciam não ter força alguma e, por um segundo, só conseguiu ficar imóvel, olhando aterrorizada para o pequeno capuz flutuando na água escura. Algo passou correndo por ela, e a voz de Laurie gritou:

– Traga um galho, um pedaço de pau! Rápido, rápido!

Como conseguiu se mexer, ela nunca soube, mas, nos minutos seguintes, Jo trabalhou como se fosse uma marionete, obedecendo cegamente a Laurie, que permaneceu no controle de si mesmo e, deitado de barriga para baixo, segurou Amy por um bastão de hóquei até Jo trazer uma tábua da cerca. Juntos, tiraram a menina da água, mais assustada do que ferida.

— Pronto, agora precisamos levá-la para casa o mais rápido possível. Cubra-a com nossos casacos enquanto eu tiro esses malditos patins! — exclamou Laurie, enrolando o casaco em volta de Amy e puxando os cadarços que nunca antes pareceram tão embolados.

Tremendo, pingando e chorando, eles levaram Amy para casa. Depois de um momento aterrorizante, ela adormeceu, enrolada em cobertores diante da lareira quentinha. Durante a confusão, Jo mal havia falado, mas corria, pálida e estática, com metade das roupas, o vestido rasgado e as mãos cortadas e machucadas pelo gelo, tábuas e fivelas. Enquanto Amy dormia confortavelmente e a casa estava quieta, a sra. March, sentada junto à cama, chamou Jo e começou a cuidar das mãos feridas.

— Tem certeza de que ela não corre perigo? — sussurrou Jo, olhando com remorso para as madeixas douradas da irmã, que poderia ter sumido de suas vistas para sempre por conta do gelo traiçoeiro.

— Nenhum, querida. Ela não está ferida, sequer vai pegar um resfriado. Você foi tão esperta em enrolá-la nos casacos e trazê-la para casa no mesmo instante — respondeu a mãe, tentando animá-la.

— Laurie fez tudo. Eu simplesmente a deixei ir. Mamãe, se ela morrer, a culpa será minha. — Jo se jogou na cama em soluços penitentes, contando tudo o que havia acontecido, condenando amargamente seu coração frio e soluçando de gratidão por ter sido poupada do castigo terrível que poderia ter lhe atingido. — É esse meu temperamento terrível! Eu tento mudar, mas então ele irrompe pior do que nunca. Ah, mamãe, o que devo fazer? O que devo fazer?! — gritou a pobre Jo, em desespero.

— Vigie e ore, querida, e nunca pare de tentar, nem pense que é impossível superar suas falhas — disse a sra. March, acomodando a cabeça da filha no ombro e beijando sua bochecha molhada tão ternamente que Jo chorou ainda mais.

— Você não sabe, não tem como saber como é ruim! É como se eu fosse capaz de qualquer coisa quando estou furiosa. Fico tão louca que posso ferir qualquer um e gostar disso. Tenho medo de fazer algo abominável um dia, estragar minha vida e fazer com que todos me odeiem. Ah, mamãe, preciso de ajuda! Me ajude!

— Ajudo, minha filha. Não chore tanto, mas lembre-se deste dia e prometa para si mesma que nunca mais viverá outro igual. Jo, querida, todos nós temos as nossas tentações, algumas bem maiores do que as suas, e muitas vezes levamos a vida inteira para subjugá-las. Você pensa que seu temperamento é o pior do mundo, mas o meu era igualzinho.

— O seu, mamãe? Ora, mas você nunca está brava! — Perplexa, por um momento, Jo se esqueceu dos remorsos.

— Tenho tentado mudá-lo há quarenta anos e tudo o que consegui foi controlá-lo. Estou brava quase todos os dias da minha vida, Jo, mas aprendi a não demonstrar e ainda espero aprender a não me sentir assim, embora possa levar mais quarenta anos para conseguir.

A paciência e a humildade daquele rosto que tanto amava foi uma lição melhor para Jo do que a mais sábia palestra, a mais aguçada reprovação. Ela se sentiu imediatamente reconfortada pela empatia e confiança que lhe foram dadas. O conhecimento de que a mãe tinha uma falha como a dela e que ainda tentava consertá-la tornou mais fácil para Jo encarar seus problemas e fortaleceu sua resolução de mudar, embora quarenta anos parecesse, a uma garota de 15, muito tempo para vigiar e orar.

— Mamãe, às vezes, quando você pressiona os lábios e sai da sala assim que a tia March a repreende ou as pessoas a aborrecem, é por que está brava? — perguntou Jo, sentindo-se mais próxima e querida da mãe do que nunca.

– Sim, aprendi a monitorar as palavras precipitadas que podem me escapar. Quando sinto que elas podem me dominar, me retiro por um minuto e me dou uma pequena bronca por ser tão fraca e maldosa – respondeu a sra. March com um suspiro e um sorriso, enquanto alisava e prendia os cabelos desgrenhados de Jo.

– Como aprendeu a ficar calma e quieta? É isso que me incomoda, pois as palavras afiadas me escapam antes de eu perceber o que estou fazendo. Quanto mais falo, pior fico, até que se torna um prazer ferir os sentimentos das pessoas e dizer coisas horríveis. Me conte seu segredo, querida mamãe.

– Minha bondosa mãe costumava me ajudar...

– Assim como você faz conosco... – interrompeu Jo, com um beijo de gratidão.

– Mas eu a perdi quando era um pouco mais velha que você, e por anos tive que lutar sozinha, pois era orgulhosa demais para confessar minha fraqueza a qualquer outra pessoa. Tive muitas dificuldades, Jo, e derramei muitas lágrimas amargas por causa de meus fracassos, porque, apesar dos meus esforços, eu continuava a mesma. Então seu pai apareceu, e fiquei tão feliz que achei fácil ser boa. Mas, eventualmente, quando você tem quatro filhas pequenas e é pobre, os velhos problemas recomeçam, porque eu não sou paciente por natureza, e foi difícil me controlar vendo minhas filhas passando necessidade.

– Pobre mamãe! O que ajudou então?

– O seu pai, Jo. Ele nunca perde a paciência, nunca duvida ou reclama; está sempre esperançoso, é sempre paciente e é muito trabalhador, tanto que você se envergonha de agir diferente diante dele. Ele me ajudou, me consolou e me mostrou que eu deveria tentar praticar todas as virtudes que eu gostaria que minhas filhas tivessem, pois eu era o exemplo delas. Foi mais fácil tentar para o bem de vocês do que para o meu. Um olhar assustado ou surpreso de alguma de vocês quando eu falava com rispidez me repreendia mais do que qualquer palavra poderia ter feito, e o amor, respeito e confiança de minhas filhas foi a recompensa mais doce que pude receber por meus esforços em tentar ser a mulher que eu gostaria que elas se tornassem.

— Ah, mamãe, se eu for metade disso, ficarei satisfeita! — exclamou Jo, muito comovida.

— Espero que você seja muito melhor, querida, mas deve vigiar o seu "inimigo interno", como o papai o chama, do contrário, ele pode entristecer ou mesmo arruinar sua vida. Você teve seu aviso hoje. Lembre-se disso e tente de coração dominar esse temperamento explosivo, antes que lhe traga mais tristeza e arrependimento.

— Vou tentar, mamãe, vou mesmo. Mas a senhora precisa me ajudar, me lembrar e me impedir de explodir. Às vezes eu via o papai colocar o dedo sobre os lábios e olhar para você com um rosto muito gentil, embora muito sério, e você sempre pressionava os lábios e se afastava. Ele estava ajudando-a a se lembrar? — perguntou Jo, mais calma.

— Sim. Eu lhe pedi que me ajudasse, e ele nunca se esqueceu e me salvou de muitas palavras afiadas com aquele pequeno gesto e o olhar gentil.

Jo viu que os olhos da mãe marejaram e seus lábios tremeram enquanto ela falava, e, temendo ter dito demais, sussurrou ansiosamente:

— Foi errado observar vocês e tocar no assunto? Eu não queria ser rude, mas é tão reconfortante dizer tudo o que penso a você e me sentir segura e feliz aqui.

— Minha Jo, pode dizer tudo à sua mãe, porque é minha maior felicidade e orgulho sentir que minhas meninas confiam em mim e sabem o quanto as amo.

— Pensei que tivesse te magoado.

– Não, querida, mas falar do papai me lembra o quanto sinto falta dele, o quanto lhe devo e o quanto preciso trabalhar fielmente para manter suas filhinhas sãs e salvas para ele.

– Mas você disse a ele para ir, mamãe, e não chorou quando ele partiu, e nunca se queixou, ou pareceu precisar de ajuda – disse Jo, espantada.

– Eu dei o que tinha de melhor ao país que amo e engoli o choro até ele ir. Por que eu deveria reclamar, quando nós dois apenas cumprimos nosso dever e certamente seremos mais felizes por isso no final? Se eu não pareço precisar de ajuda, é porque tenho um amigo ainda melhor que o papai para me confortar e sustentar. Minha filha, os problemas e as tentações da vida estão começando para você e podem ser muitos, mas pode vencê-los e sobreviver a todos se aprender a sentir a força e a ternura de seu Pai Celestial, tal como sente a de seu pai terreno. Quanto mais você O ama e confia Nele, mais próxima se sentirá Dele e menos dependerá do poder e da sabedoria humana. Seu amor e cuidado nunca se cansam ou mudam, nunca podem ser retirados de você, mas podem se tornar fonte de paz, felicidade e força para toda a vida. Acredite de coração e vá a Deus com todas as suas pequenas preocupações, esperanças, pecados e tristezas, tão livre e confidencialmente como vem à sua mãe.

A única resposta de Jo foi abraçar bem apertado a mãe e, no silêncio que se seguiu à oração mais sincera que já havia rezado, ficou com o coração sem palavras, pois, naquela hora ao mesmo tempo triste e feliz, ela aprendera não só a amargura do remorso e do desespero como também a doçura da abnegação e do autocontrole e, conduzida pela mão da sra. March, aproximara-se mais do bom Amigo que sempre acolhe cada criança com um amor mais forte que o de qualquer pai e mais terno que o de qualquer mãe.

Amy se mexeu e suspirou durante o sono. Como se estivesse ansiosa para começar imediatamente a reparar a culpa, Jo olhou para cima com uma expressão que nunca cruzara seu rosto antes.

– Deixei minha raiva levar o melhor de mim. Eu não queria perdoá-la, e, se não fosse por Laurie, o dia de hoje poderia ter sido tarde demais! Como pude ser tão perversa? – disse Jo enquanto se inclinava sobre a irmã, acariciando suavemente o cabelo molhado espalhado no travesseiro.

Como se ouvisse, Amy abriu os olhos e os braços, com um sorriso que atingiu em cheio o coração de Jo. Nenhuma delas disse uma palavra, mas se abraçaram em meio aos cobertores, e tudo foi perdoado e esquecido com um beijo sincero.

CAPÍTULO NOVE

Meg vai à Feira da Vaidade

Penso que foi a maior sorte do mundo aquelas crianças terem sarampo justo agora – disse Meg, certo dia de abril, enquanto arrumava sua mala de viagem no quarto, rodeada pelas irmãs.

– Foi tão gentil da parte de Annie Moffat não ter esquecido a promessa. Duas semanas inteirinhas de diversão, será maravilhoso! – respondeu Jo enquanto dobrava as saias, parecendo um moinho de vento com seus longos braços.

– E o clima está tão agradável! Fico muito feliz por isso – acrescentou Beth, arrumando impecavelmente as fitas para o pescoço e para o cabelo na melhor caixinha, emprestadas para a grande ocasião.

– Queria tanto me divertir assim e usar todas essas coisas bonitas – disse Amy, com a boca cheia de alfinetes, enquanto reabastecia performaticamente a almofada da irmã.

– Quem me dera vocês todas pudessem ir, mas, como não é possível, contarei minhas aventuras quando voltar. É o mínimo que posso fazer para retribuir a bondade de vocês, por me emprestarem tantas coisas e me ajudarem com os preparativos – disse Meg, olhando as roupas simples espalhadas pelo quarto, que pareciam praticamente perfeitas aos seus olhos.

— E o que a mamãe te deu da caixa de tesouros? — perguntou Amy, que não estivera presente na abertura do baú de cedro no qual a sra. March guardava algumas relíquias esplendorosas do passado como presentes para dar às filhas no momento certo.

— Um par de meias de seda, aquele belo leque feito à mão e uma linda faixa azul. Eu queria a seda violeta, mas não há tempo para costurá-la, então devo ficar contente com a boa e velha tarlatana.

— Ficará bonita por cima da minha saia nova de musselina, e a faixa dará o toque final. Eu queria tanto não ter quebrado minha pulseira de coral, assim você poderia usá-la — disse Jo, que adorava dar e emprestar as coisas, embora seus pertences geralmente estivessem muito deteriorados para se usar.

— Há um conjunto de pérolas antigo e lindo no baú do tesouro, mas a mamãe disse que flores de verdade eram o adereço mais bonito para uma jovem, e Laurie prometeu me mandar todas as flores que eu quisesse — respondeu Meg. — Agora, vamos ver: aqui está meu novo traje cinza para caminhar... basta ajeitar a pena no meu chapéu, Beth... aqui está meu vestido de popelina para o domingo e para a festa... Não é muito quente para a primavera? A seda violeta seria tão boa. Oh, céus!

— Não se preocupe, você tem o vestido de tarlatana para a festa, e sempre parece um anjo quando veste branco — disse Amy, por cima dos enfeites pelos quais sua alma se deleitava.

— Não é decotado e não rodopia o bastante, mas terá de servir. Meu vestido azul de ficar em casa ficou muito bonito depois de reformado, como se fosse novo. Minha capa está um pouco fora de moda e meu chapéu não se parece com o da Sallie. Não queria dizer nada, mas infelizmente fiquei desapontada com minha sombrinha. Eu disse à mamãe que queria uma preta com um cabo branco, mas ela se esqueceu e comprou uma verde com um cabo amarelado. É boa e resistente, por isso não devo reclamar, mas sei que ficarei envergonhada diante de Annie, com sua sombrinha de seda e ponta de ouro – suspirou Meg, levantando o pequeno guarda-chuva com desânimo.

– Vá trocá-la – aconselhou Jo.

– Não vou agir como uma tola ou ferir os sentimentos da mamãe quando ela se esforçou tanto para comprar minhas coisas. É uma ideia absurda, e não vou sucumbir a ela. As meias de seda e os dois pares de luvas novos são meu conforto. Você é muito amável por me emprestar as suas, Jo. Sinto-me tão rica e elegante, com dois pares novos, além dos velhos, que estão limpinhos e prontos para as atividades mais cotidianas. – Meg deu mais uma espiada na caixa onde as luvas estavam. – Annie Moffat tem laços azuis e rosa nas toucas de dormir. Você poderia costurar alguns na minha? – perguntou, enquanto Beth trazia uma pilha de vestes de musselina branquinhas, recém-lavadas por Hannah.

– Não, porque assim as toucas não vão combinar com as camisolas lisas sem nenhum enfeite. Os pobres não devem tentar parecer pomposos – disse Jo, decididamente.

– Será que alguma vez serei feliz o suficiente a ponto de ter renda de verdade nas minhas roupas e laços nas minhas toucas? – disse Meg, impaciente.

– Você disse noutro dia que ficaria perfeitamente feliz se apenas pudesse ir à casa de Annie Moffat – observou Beth.

– Mas eu fiquei! Bem, estou feliz e não vou me preocupar, mas parece que quanto mais temos, mais queremos, não é? Vejam, está tudo arrumado, menos meu vestido de baile, que vou deixar para a mamãe empacotar – disse Meg, animada, enquanto olhava da mala meio cheia para o vestido de tarlatana branca, muitas vezes passado e remendado, o qual chamava de "vestido de baile" com um ar importante.

O dia seguinte foi agradável, e Meg partiu em grande estilo para duas semanas de novidade e diversão. A sra. March havia consentido com a viagem com alguma relutância, temendo que

Margaret voltasse mais insatisfeita do que o comum, mas a jovem moça implorou tanto, Sallie prometera cuidar tão bem dela, e um pouco de prazer parecia tão encantador depois de um inverno de trabalho enfadonho, que a mãe cedeu, e a filha foi ter seu primeiro vislumbre da vida refinada.

Os Moffat eram chiques, e a simples Meg ficou bastante assustada, no início, pelo esplendor da casa e pela elegância de seus ocupantes. Entretanto, apesar da vida frívola que levavam, eram pessoas gentis, e logo deixaram sua hóspede à vontade. Talvez Meg sentisse, sem compreender o porquê, que não eram pessoas particularmente cultas ou inteligentes, e que toda aquela pompa não conseguia esconder o quanto eram vazios. Certamente era agradável comer e beber com suntuosidade, passear em uma bela carruagem, usar os melhores vestidos todos os dias e não fazer nada além de se divertir. Era exatamente o que ela queria, então Meg imitava os modos daqueles que a cercavam, agia com seus trejeitos, usava expressões em francês, enrolava o cabelo, ajeitava suas vestes de acordo e falava da moda tanto quanto podia. Quanto mais ela via as coisas bonitas de Annie Moffat, mais a invejava e desejava ser rica. A casa dela parecia sem graça e decadente em comparação, o trabalho parecia mais pesado do que nunca, e sentia que era uma garota muito pobre e desfavorecida, apesar das luvas e das meias de seda novas.

No entanto, ela não tinha muito tempo para lamentos, já que as três jovens estavam ocupadas "se divertindo": faziam compras, passeavam, cavalgavam, recebiam e faziam visitas o dia todo, iam a teatros e óperas, ou brincavam em casa à noite, pois Annie tinha muitos amigos e sabia como entretê-los. Suas irmãs mais velhas eram jovens muito elegantes e uma delas estava noiva, o que era extremamente interessante e romântico, pensou Meg. O sr. Moffat era um cavalheiro gordo e alegre, que conhecia o sr. March, e a sra. Moffat, uma dama igualmente gorda e alegre, que gostava de

Meg tanto quanto a filha. Todos a mimavam, e "Daisy",[4] como a chamavam, estava a um passo de ter a cabeça feita por tudo aquilo.

Quando a noite da festa chegou, Meg descobriu que a popelina não combinaria, pois as outras garotas trajavam vestidos finos e estavam elegantes demais. Ela pegou o vestido de tarlatana, parecendo mais velho, folgado e surrado do que nunca se comparado ao vestido novo de Sallie. Meg viu as garotas olharem para seu vestido e depois uma para a outra, e suas bochechas arderam, porque, embora fosse uma garota muito amável, ainda era muito orgulhosa. Ninguém disse uma palavra, mas Sallie se ofereceu para arrumar seu cabelo, Annie para ajeitar a faixa, e Belle, a irmã noiva, elogiou seus braços alvos. Mas, naquela gentileza, Meg viu apenas pena por sua pobreza, e sentiu o coração pesado enquanto ficava parada, em pé e sozinha, vendo as outras rindo, conversando e flutuando pelo quarto como lindas borboletas. O sentimento sufocante e amargo piorava a cada instante, quando uma das criadas trouxe uma caixa de flores. Antes que ela pudesse falar, Annie abriu a caixa, e todas ficaram boquiabertas com as adoráveis rosas, urzes e folhas de samambaia no arranjo.

– É para Belle, é claro, George sempre lhe manda algumas, mas estas são mesmo lindas de morrer! – exclamou Annie, cheirando as flores com vontade.

– São para a srta. March, de acordo com o entregador, e aqui está o bilhete – disse a criada, entregando-o a Meg.

– Que interessante! De quem é? Não sabia que tinha um pretendente – exclamaram as garotas, inquietas ao redor de Meg, curiosas e surpresas.

– O bilhete é de minha mãe, e as flores, de Laurie – disse Meg, concisa, mas muito grata por ele não a ter esquecido.

---

4 "Daisy" significa "margarida" em inglês, uma pretensa tentativa de refinar o nome "Margaret". [N.E.]

— Oh, é mesmo? — disse Annie com um olhar divertido, enquanto Meg enfiava o bilhete no bolso como uma espécie de talismã contra a inveja, a vaidade e o falso orgulho, pois as poucas palavras amorosas a acalentaram, e as flores eram tão bonitas que ela se animou.

Sentindo-se um pouco mais feliz, pegou um punhado de folhas e flores para si e rapidamente juntou o restante em delicados buquês para o colo, cabelos ou saias de suas amigas, oferecendo-os com tanto amor que Clara, a irmã mais velha, disse que era "a mocinha mais doce que já conhecera", e todas ficaram bastante encantadas com a delicada atenção. De alguma forma, a gentileza venceu o desânimo e, quando as meninas foram mostrar os adereços novos para a sra. Moffat, Meg viu um rosto feliz e de olhos brilhantes no espelho, enquanto colocava folhinhas nos cabelos ondulados e prendia rosas no vestido, que já não lhe parecia tão surrado.

Ela se divertiu muito naquela noite e dançou à vontade. Todos foram muito amáveis, e três pessoas a elogiaram: Annie pediu que cantasse, e alguém disse que ela tinha uma voz muito bonita; o major Lincoln perguntou quem era "a mocinha alegre de olhos bonitos"; e o sr. Moffat insistiu em dançar com ela, porque era como se ela "não andasse, e sim voasse", como ele graciosamente expressou. Então, Meg se divertiu bastante, até ouvir sem querer um comentário que a chateou muito. Estava sentada na estufa, esperando que um de seus colegas lhe trouxesse sorvete, quando ouviu uma voz perguntando, do outro lado da parede de flores:

— Quantos anos ela tem?

— Dezesseis ou dezessete, eu diria — respondeu outra voz.

— Seria um partido e tanto para aquelas meninas, não seria? Sallie diz que agora são muito íntimos, e o velho cavalheiro tem muito apreço por elas.

— A sra. M. traçou seu plano, ouso dizer, e logo mostrará suas cartas na manga, o mais rápido possível. A garota não pensa sobre isso ainda, é evidente — disse a sra. Moffat.

— Ela contou aquela mentira sobre a mãe, como se soubesse, e ficou toda envergonhada quando as flores chegaram. Pobrezinha! Ela seria um primor se tivesse condições. Acha que ficaria ofendida se lhe emprestássemos um vestido para quinta-feira? — perguntou outra voz.

— Ela é orgulhosa, mas acho que não se importará, pois aquele vestido maltrapilho de tarlatana é tudo que tem. Talvez ela o rasgue sem querer esta noite... será uma boa desculpa para oferecer um decente.

Nesse momento, o colega de Meg apareceu, encontrando-a muito corada e bastante nervosa. Ela era orgulhosa, e seu orgulho foi útil naquele momento, pois a ajudou a esconder sua humilhação, raiva e repulsa pelo que acabara de ouvir. Por mais inocente e ingênua que fosse, era impossível não entender o que as amigas estavam dizendo. Ela tentou esquecer, mas não conseguiu e continuou repetindo para si mesma as palavras que ouvira: "A sra. M. traçou seu plano", "aquela mentira sobre a mãe" e "vestido maltrapilho". Estava prestes a chorar e correr para casa para contar seus problemas e pedir conselhos. Como isso era impossível, fez o melhor para parecer alegre e, estando bastante agitada, fingiu tão bem que ninguém imaginava o esforço por trás. Meg se sentiu aliviada quando a festa acabou e ela se aconchegou na cama, onde teria liberdade para pensar em tudo aquilo até que a cabeça latejasse e as bochechas em chamas fossem refrescadas por algumas lágrimas. Aquelas palavras tolas, carregadas de significado, abriram uma nova perspectiva para Meg e desestruturaram a paz daquele velho mundinho fantasioso no qual, até então, ela vivera tão feliz quanto uma criança. A amizade inocente com Laurie estava arruinada pela conversa maldosa que ouvira; a confiança na mãe fora abalada pelos planos maquiavélicos imaginados pela sra. Moffat, que julgava as pessoas por meio de suas próprias opiniões. A resolução sensata de Meg de se contentar com o guarda-roupa simples, proporcional às condições de uma moça filha de um homem pobre, foi enfraquecida pela pena desnecessária daquelas meninas que pensavam que um vestido surrado era uma das maiores calamidades do mundo.

A pobre Meg mal conseguiu dormir e se levantou com olhos pesados, infeliz, meio ressentida com as amigas e meio envergonhada por não ter tocado no assunto abertamente e esclarecido tudo. Estavam todas preguiçosas naquela manhã, e já era meio-dia quando as garotas tiveram pique para se atarefar. Algo no comportamento das amigas chamou a atenção de Meg: elas a tratavam com mais respeito, interessavam-se particularmente pelo que dizia e a fitavam com olhares que transbordavam curiosidade. Ela estava surpresa e lisonjeada, embora não entendesse o motivo daquilo, até que a srta. Belle tirou os olhos da carta que escrevia e disse, com ar sentimental:

— Daisy, querida, enviei um convite ao seu amigo, o sr. Laurence, para quinta-feira. Queríamos conhecê-lo, e é uma gentileza que queríamos estender a você.

Meg ficou vermelha, mas uma ideia irresistível de provocar as garotas fez com que respondesse com modéstia:

— É muito gentil, mas penso que ele não virá.

— Por que não, *chérie*? — perguntou a srta. Belle.

— Ele é muito velho.

— Mas como assim, minha querida? Quantos anos ele tem? Por favor, diga! — exclamou a srta. Clara.

— Quase setenta, creio — respondeu Meg, com um tremendo esforço para esconder o divertimento em seus olhos.

— Espertinha! É óbvio que nos referimos ao jovem rapaz — disse a srta. Belle, rindo.

— Não há jovem algum, porque Laurie é apenas um moleque. — Meg também riu do olhar estranho que as irmãs trocaram enquanto ela descrevia o suposto pretendente.

— Tem mais ou menos sua idade — disse a srta. Nan.

– Está mais próximo de minha irmã Jo. Vou fazer 17 em agosto – retrucou Meg, com um dar de ombros.

– Foi muito gentil da parte dele mandar flores, não concorda? – disse Annie, que não parecia compreender nada muito bem.

– Sim, ele faz isso sempre, com todas nós, porque há muitas flores na casa dele, e gostamos muito de flores. Minha mãe e o velho sr. Laurence são amigos, sabe, então é muito natural que nós, crianças, brinquemos juntos – despistou Meg, esperando que o assunto morresse ali.

– É evidente que Daisy ainda não desabrochou – disse a srta. Clara à Belle, com um aceno de cabeça.

– Mas que inocência – devolveu a srta. Belle, dando de ombros.

– Vou sair para comprar umas coisinhas para minhas garotas. Querem algo, senhoritas? – perguntou a sra. Moffat, entrando destrambelhada como um elefante em um vestido rendado de seda.

– Não, obrigada, senhora – respondeu Sallie. – Já tenho um novo vestido de seda rosa para quinta, então não quero nada.

– Nem eu... – começou Meg, interrompendo-se porque lhe ocorreu que ela queria várias coisas, mas não podia tê-las.

– E o que vai vestir? – perguntou Sallie.

– Meu vestido velho de tarlatana branca de novo, se eu conseguir remendá-lo de um jeito que fique apresentável, porque foi rasgado ontem à noite, infelizmente – disse Meg, tentando falar com tranquilidade, ao mesmo tempo que se sentia muito desconfortável.

– Por que não manda um bilhete para casa pedindo outro vestido? – disse Sallie, que não era muito observadora.

– Não tenho outro – respondeu Meg com um esforço terrível.

Sallie não percebeu e comentou em um tom de amigável surpresa:

– Não? Que engraçado...

Ela não terminou de falar porque Belle balançou a cabeça e a interrompeu, dizendo:

— Não tem nada de engraçado. Qual a utilidade de muitos vestidos quando mal foi apresentada à sociedade? Não precisa mandar bilhete algum para casa, Daisy, mesmo que tivesse uma dúzia de vestidos; tenho um de seda azul muito lindo que está encostado, porque não me serve mais. Você pode usá-lo por mim, não pode, querida?

— É muito gentil, mas não me importo com meu vestido velho; isto é, se vocês não se importarem. É o bastante para uma garota como eu — disse Meg.

— Ora, vamos, deixe que eu me divirta ao arrumá-la com elegância. Gosto muito desse tipo de coisa, e você ficará uma bonequinha perfeita com alguns retoques. Não deixarei que ninguém a veja antes do resultado final, e então vamos fazer uma entrada magistral, como a Cinderela e a madrinha indo ao baile — disse Belle, em seu tom persuasivo.

Meg não pôde recusar uma oferta tão gentilmente feita, mesmo porque o desejo de se ver como "uma bonequinha perfeita" depois de arrumada fez com que ela aceitasse e esquecesse todos os seus sentimentos incômodos em relação aos Moffat.

Na noite de quinta-feira, Belle se trancou com a criada no quarto, e as duas transformaram Meg em uma dama elegante: enrolaram e prenderam o cabelo em um penteado, retocaram o pescoço e os braços com pó perfumado, pintaram de leve os lábios com coralina para que ficassem mais vermelhos, e Hortense teria passado um pouquinho de ruge nas bochechas se Meg não tivesse protestado. Colocaram um vestido azul-celeste nela, tão apertado que ela mal conseguia respirar e tão decotado que a modesta Meg corou ao se olhar no espelho. Um conjunto de filigrana de prata, pulseiras, colar, broche e brincos deram o toque final, e Hortense fez os arremates com uma fita de seda rosa imperceptível. Adicionaram botões de rosa no colo e nas mangas, que motivaram Meg a exibir seus elegantes ombros brancos. Um par de botas de seda de salto alto satisfez o último desejo de seu coração. Um lenço de renda, um leque de penas e mais um ramalhete foram a cereja do bolo, e a srta. Belle a analisou com a satisfação de uma menina que veste sua boneca com roupas novas.

— *Mademoiselle* está *charmante*, *très jolie*, não está? — exclamou Hortense, apertando as mãos em puro êxtase.

— Venha se exibir — disse a srta. Belle, conduzindo-a para a sala onde os outros esperavam.

Enquanto Meg saía do quarto, com as longas saias arrastando, os brincos tilintando, os cachos ondulando e o coração batendo forte, sentia-se como se a diversão tivesse finalmente começado, pois o espelho lhe dissera claramente que ela estava "uma bonequinha perfeita". As amigas repetiram com entusiasmo essas palavras agradáveis e, por vários minutos, ela ficou parada, como um pavão, deliciando-se nas plumas emprestadas, enquanto o restante das moças tagarelava.

— Enquanto eu me visto, ensine-a, Nan, como se faz para andar com essa saia e com os saltos franceses, ou ela vai tropeçar. Pegue o broche de borboleta prateada e prenda aquele longo cacho no lado esquerdo, Clara. Não destruam o trabalho encantador que fiz — disse Belle, enquanto se afastava, parecendo bem satisfeita com o sucesso.

— Você não se parece mais com você mesma, mas está linda. Veja como fico invisível ao seu lado! Belle tem muito bom gosto, e você está bem francesa, garanto. Não precisa tomar muito cuidado com as flores, mas fique atenta para não tropeçar — disse Sallie, tentando não se importar com o fato de que Meg estava mais bonita que ela.

Mantendo o aviso em mente, Margaret desceu as escadas em segurança e se dirigiu para uma das salas de estar, onde os Moffat e alguns dos primeiros convidados estavam reunidos. Ela logo descobriu que há um encanto em roupas chiques que atrai uma certa classe de pessoas e garante o respeito delas. Várias jovens damas, que não a notaram antes, passaram a agir de maneira muito amável de repente. Vários jovens cavalheiros, que só haviam olhado para ela na outra festa, não só a encaravam, mas pediam para ser apresentados e lhe diziam todo tipo de tolices agradáveis. Várias senhoras, que se sentavam nos sofás e criticavam o resto das pessoas, perguntaram quem ela era com um ar de interesse. Meg ouviu a sra. Moffat responder a uma delas:

– Aquela é Daisy March... o pai é um coronel do exército... uma das nossas melhores famílias, mas tiveram muitos revezes, entende... amigos íntimos dos Laurence... é criatura amável, asseguro... o meu Ned está muito interessado por ela.

– Minha nossa! – disse a velha senhora, colocando os óculos para dar outra olhadela em Meg, que fingiu não ter ouvido e ficou bastante chocada com as mentiras da sra. Moffat.

Aquela sensação esquisita não passou, mas ela se imaginou atuando no papel de uma bela dama e, assim se saiu muito bem, embora o vestido apertado machucasse suas costelas e ela continuasse pisando na cauda, além do medo constante de que os brincos caíssem, se perdessem ou quebrassem.

Meg fazia gracejos com o leque e ria das piadas estúpidas de um jovem cavalheiro, que tentava ser engraçado, quando de repente parou de rir e ficou confusa, ao ver Laurie na direção oposta. Ele a olhava sem disfarçar a surpresa, e a desaprovação também, Meg pensou, pois, embora ele tenha se curvado e sorrido, ainda assim, algo em seus olhos honestos a fez corar e desejar que estivesse usando o vestido velho. Para completar seu aborrecimento, viu Belle cutucar Annie. Olharam de Meg para Laurie, e o rapaz pareceu mais tímido e juvenil que o normal.

"Criaturas tolas, tentando enfiar essas ideias em minha cabeça. Não vou deixar que isso me afete, ou me faça agir diferente", pensou Meg, enquanto atravessava o salão para apertar a mão do amigo.

— Fico feliz por você ter vindo, achei que não apareceria — disse ela, do jeito mais adulto possível.

— Jo quis que eu viesse para vê-la e dar notícias de como você está, então, aqui estou — respondeu Laurie, sem olhar para ela, embora tenha dado um meio-sorriso por conta do tom maternal de Meg.

— E o que vai falar para ela? — perguntou Meg, morrendo de curiosidade para saber a opinião dele, mas se sentindo, pela primeira vez, pouco à vontade.

— Vou dizer que não a reconheci, porque parece tão adulta e tão diferente de si mesma que fiquei com medo — respondeu Laurie, atrapalhando-se com os botões de suas luvas.

— Mas que absurdo! As meninas me vestiram assim para nos divertirmos, e eu gostei muito. Jo não ficaria boquiaberta se me visse? — perguntou Meg, querendo obrigá-lo a dizer se ela estava melhor daquele jeito ou não.

— Sim, acho que sim — respondeu, sério.

— Não gosta de mim assim? — perguntou Meg.

— Não, não gosto — foi a resposta direta do garoto.

— Por que não? — retrucou ela, em um tom ansioso.

Ele olhou para os cabelos enrolados, os ombros à mostra e o vestido de acabamento impecável com uma expressão que a envergonhou mais do que a resposta, que não tinha um vestígio sequer da polidez habitual de Laurie.

— Não gosto de firulas e frufrus.

Isso já era demais para se ouvir de um rapaz mais novo que ela, então Meg se afastou, dizendo, com petulância:

— É o moleque mais rude que eu já conheci.

Sentindo-se muito abalada, dirigiu-se a uma janela para tomar ar fresco, porque o vestido apertado lhe fazia corar de um modo incômodo. Enquanto estava ali, o major Lincoln passou por ela, e um minuto depois Meg o ouviu dizer à mãe:

— Estão fazendo aquela garota de tonta. Queria tanto que a conhecesse, mas eles a estragaram. Não passa de uma boneca agora.

"Minha nossa!", pensou Meg, com um suspiro. "Quem me dera ter sido sensata e usado minhas roupas, assim não provocaria repulsa em outras pessoas e não me sentiria desconfortável e com vergonha de mim mesma."

Ela encostou a testa na vidraça fria e ficou ali, meio escondida pelas cortinas, sem se importar com o fato de que sua valsa favorita havia começado, até que alguém lhe cutucou. Virando-se, viu que era Laurie, parecendo arrependido. Ele disse, com a melhor das reverências e a mão estendida:

— Por favor, perdoe minha grosseria e dance comigo.

— Temo que será muito desagradável para você — disse Meg, tentando parecer ofendida, mas falhando miseravelmente.

— Nem um pouco. Estou morrendo de vontade de tirá-la para dançar. Venha, vou me comportar. Não gosto deste vestido, mas você está simplesmente esplêndida nele. — Laurie fez um gesto enfático com as mãos, como se as palavras não expressassem sua admiração.

Meg sorriu, cedeu e sussurrou, enquanto esperavam para se unir à dança no tempo certo:

— Cuidado para não tropeçar na cauda do vestido. Está sendo minha penitência, e sou uma idiota por ter vestido isso.

— Prenda a cauda para não lhe incomodar — sugeriu Laurie, olhando para as botas azuis que ela usava, algo que ele evidentemente aprovou.

Deslizaram e dançaram com leveza, ligeiros e graciosos. Por terem praticado em casa, estavam bem-sincronizados, e o jovem par alegre proporcionava um espetáculo lindo de se ver enquanto rodopiava feliz, mais amigos que nunca depois da pequena discussão.

— Laurie, quero que me faça um favor, está bem? — comentou Meg, enquanto ele a abanava no momento em que ela ficou sem fôlego (o que aconteceu rápido demais, embora Meg não admitisse o motivo).

— Mas é claro! — disse Laurie, muito alegre.

— Por favor, não conte nada a ninguém sobre minha aparência de hoje. As meninas não vão entender a brincadeira, e a mamãe ficará preocupada.

"Mas então por que se vestiu assim?", perguntaram os olhos de Laurie de maneira tão clara que Meg acrescentou rapidamente:

— Eu quero contar para elas e falar para a mamãe como fui tola. Mas prefiro contar eu mesma, entende? Então, não diga nada, está bem?

— Prometo. Mas o que devo dizer quando me fizerem perguntas?

— Apenas que eu estava bonita e me divertindo.

— O primeiro comentário será sincero, mas e o segundo? Você não parece estar se divertindo. Está? — Laurie olhou-a com uma expressão que a fez responder em um sussurro:

— Não, não estou. Não pense que sou uma pessoa horrível. Eu só queria me divertir um pouco, mas isso não compensa, e já estou ficando cansada de tudo.

— Lá vem Ned Moffat. O que ele quer? — perguntou Laurie, franzindo as sobrancelhas escuras como se não considerasse o jovem anfitrião uma adição agradável à festa.

— Ele me propôs três danças, e acho que está vindo cobrá-las — respondeu Meg, com um ar de decepção que divertiu Laurie.

Os dois não se falaram mais até a hora do jantar, quando ele a viu beber champanhe com Ned e o amigo Fisher, que se comportavam como "uma dupla de palhaços", como disse Laurie para si mesmo, pois sentia uma espécie de direito fraternal de vigiar as March e lutar suas batalhas sempre que um guerreiro fosse necessário.

— Você terá uma tremenda dor de cabeça amanhã se beber muito. Se eu fosse você, Meg, não beberia mais, porque sua mãe não vai gostar de saber – sussurrou ele, inclinando-se na direção do assento que ela ocupava, enquanto Ned enchia novamente o copo dela e Fisher se abaixava para pegar o leque derrubado.

– Não sou Meg esta noite, sou uma "boneca" que faz todo tipo de coisas malucas. Amanhã guardarei os "frufrus e firulas" e serei boazinha novamente – respondeu, com uma risada estranha.

– Quem me dera já fosse amanhã, então – murmurou Laurie, afastando-se, descontente com a mudança que via nela.

Meg dançou e flertou, conversou e riu, assim como as outras garotas faziam. Depois do jantar, ela se meteu em uma dança alemã e errou todos os passos, cambaleando e enfurecendo seu parceiro por conta da cauda comprida do vestido, e agia de modo tão falso que Laurie ficou escandalizado. Ele a observava e pensava em um sermão adequado, mas não teve chance de lhe dar uma bronca, pois Meg se manteve afastada até o fim da noite, quando o garoto precisou se despedir.

– Lembre-se do que eu disse! – alertou ela, tentando sorrir, embora a dor de cabeça já tivesse começado.

– *Silence à la mort* – respondeu Laurie, com um gesto dramático, enquanto se afastava.

Aquela brincadeira instigou a curiosidade de Annie, mas Meg estava muito cansada para fofocar e foi para a cama, sentindo como se tivesse ido a um baile de máscara e não tivesse se divertido tanto quanto esperava. Ficou enjoada durante o dia seguinte inteiro e, no sábado, voltou para casa, bastante cansada das duas semanas de diversão e sentindo que havia passado tempo suficiente no luxo.

– É um alívio poder ficar quieta e não precisar manter as regras de etiqueta o tempo todo. Nosso lar é um lugar aconchegante, embora não seja esplêndido – disse Meg, olhando ao redor com uma expressão de tranquilidade, na companhia da mãe e de Jo no domingo à noite.

— Fico feliz em ouvi-la dizer isso, querida. Confesso que tinha medo de que nossa casinha parecesse sem graça e miserável depois da convivência em aposentos de requinte — respondeu a mãe, que havia olhado para a filha com ansiedade durante o dia todo, afinal, os olhos maternais são rápidos para captar qualquer mudança no rosto de um filho.

Meg contara as aventuras com alegria e dissera, várias vezes, que havia passado um tempo encantador na casa dos Moffat, mas algo ainda parecia perturbar sua alma. Quando as meninas mais novas foram para a cama, ela se sentou, pensativa, olhando para o fogo, falando pouco e parecendo preocupada. Quando o relógio bateu nove horas e Jo propôs que fossem dormir, Meg de repente trocou a cadeira em que estava pelo banquinho de Beth e encostou os cotovelos no joelho da mãe, dizendo com bravura:

— Mamãe, preciso confessar uma coisa.

— Eu sei. O que foi, querida?

— Devo me retirar? — perguntou Jo discretamente.

— Claro que não. Eu não conto tudo para você sempre? Tive vergonha de falar na frente das meninas, mas quero que saiba todas as coisas terríveis que fiz na casa dos Moffat.

— Estamos preparadas — disse a sra. March, sorrindo, mas parecendo um pouco ansiosa.

— Eu contei que elas me vestiram, mas não que me maquiaram, me colocaram em espartilhos e enrolaram meus cabelos, fazendo com que eu parecesse um manequim usando roupas da última moda. Laurie pensou que nada daquilo era adequado. Sei que pensou, embora não tenha dito. Um dos homens na festa me chamou de "boneca". Sabia que era uma tolice, mas elas me bajularam e disseram que eu era bonita, e um punhado de bobagens assim, então deixei que me fizessem de boba.

— Isso é tudo? — perguntou Jo, enquanto a sra. March olhava silenciosamente para o rosto abatido da linda filha e não conseguia culpá-la por bobagens tão insignificantes.

— Não, eu bebi champanhe, fiz gracejos e tentei flertar. Foi um horror — respondeu Meg, em um tom de reprovação.

— Há algo mais, creio eu. — A sra. March alisou carinhosamente a bochecha da filha, que de repente ficou rosada, enquanto Meg respondeu devagar:

— Sim. É ridículo, mas preciso dizer, porque odeio que as pessoas digam e pensem tais coisas de mim e de Laurie...

Então, ela contou as várias fofocas que ouvira na casa dos Moffat. Enquanto falava, Jo viu a mãe apertar os lábios com força, como se não gostasse que aquelas ideias fossem forçadas à inocente Meg.

— Bem, essa é a coisa mais imbecil que já ouvi! — gritou Jo, indignada. — Por que você não se colocou à vista delas e esclareceu tudo ali mesmo?

— Não consegui, foi muito constrangedor. Não consegui deixar de ouvir no início e, depois, fiquei tão zangada e envergonhada que não lembrei que devia sair dali.

— Espere só até eu ver Annie Moffat para mostrar como resolver esses assuntos ridículos. Dizer que temos "planos" e que somos gentis com Laurie porque ele é rico e pode se casar com alguma de nós! Ele vai ficar indignado quando eu lhe contar que essas coisas estúpidas estão sendo ditas sobre nós, pobres crianças. — Jo riu como se tudo fosse uma boa piada.

— Se disser a Laurie, eu nunca a perdoarei! Ela não deve, deve, mamãe? — disse Meg, um tanto angustiada.

— Não, nunca repita essas fofocas tolas e as esqueça assim que puder — disse a sra. March, séria. — Fui muito insensata em deixá-la ficar entre pessoas que conheço tão pouco; são amáveis, ouso dizer, mas superficiais, mal-acostumadas e cheias dessas ideias vulgares sobre os jovens. Lamento mais do que posso expressar pelo mal que essa visita possa ter lhe causado, Meg.

– Não se preocupe, não vou deixar que isso me magoe. Esquecerei o que foi ruim e lembrarei apenas das coisas boas, porque houve coisas boas, então agradeço por me deixar ir. Não vou ficar sentimental ou descontente, mamãe. Sei que sou uma menininha tola e vou ficar com você até conseguir tomar conta de mim mesma. Mas é bom ser elogiada e admirada, não vou fingir que não gosto – disse Meg, meio envergonhada com a confissão.

– Isso é perfeitamente natural, e mesmo inofensivo, se não se tornar um vício e levar uma pessoa a cometer bobagens ou coisas inapropriadas para damas. Aprenda a reconhecer e a valorizar os elogios que valem a pena e a instigar a admiração de pessoas boas sendo tanto modesta quanto bonita, Meg.

Margaret ficou pensativa por um momento, enquanto Jo estava de pé com as mãos atrás das costas, parecendo interessada e um pouco perplexa, pois era uma coisa nova ver Meg corar e falar sobre lisonjas, pretendentes e coisas desse tipo. E Jo sentiu como se, durante aquela quinzena, a irmã tivesse amadurecido demais e estivesse se afastando para um mundo onde ela não poderia segui-la.

– Mamãe, você tem "planos", como disse a sra. Moffat? – perguntou Meg, acanhada.

– Sim, minha querida, muitos. Todas as mães têm, mas os meus diferem um pouco dos da sra. Moffat, suspeito. Vou contar alguns, porque chegou o momento em que as palavras adequadas podem colocar essa sua cabeça e coração românticos no caminho certo em relação a assuntos muito sérios. Você é jovem, Meg, mas não jovem demais para me entender, e as mães são as mais aptas a falar de tais coisas com garotas como você. Jo, sua vez também chegará, por isso, fique para ouvir meus "planos" e me ajudar a colocá-los em prática, se forem bons.

Jo se sentou em um braço da poltrona, com a impressão de que estavam prestes a participar de algum evento muito solene. Segurando uma mão de cada filha e observando os dois rostos um tanto quanto emotiva, a sra. March disse, de forma séria e animada, ao mesmo tempo:

— Quero que minhas filhas sejam bonitas, realizadas e boas. Que sejam admiradas, amadas e respeitadas. Que tenham uma juventude feliz, casem-se com alguém bom e levem uma vida útil e agradável, com o mínimo de preocupações e tristezas que Deus achar necessário. Ser amada e escolhida por um bom homem é a coisa mais feliz que pode acontecer a uma mulher, e espero sinceramente que minhas filhas possam passar por essa linda experiência. É natural pensar nisso, esperar e torcer para que aconteça, e é sensato se preparar para isso, Meg, para que, quando chegar o feliz momento, você se sinta pronta para cumprir com seus deveres e digna de usufruir da alegria. Minhas queridas meninas, tenho ambição por vocês, mas não quero que se apressem e se casem com homens ricos apenas porque são ricos, ou que simplesmente morem em casas esplêndidas, mas que não são lares, porque lá o amor é escasso. O dinheiro é uma coisa necessária e preciosa e, quando bem usado, uma coisa nobre, mas não quero que vocês pensem que é o primeiro, ou único, prêmio a conquistar. Prefiro que sejam esposas de homens pobres, desde que sejam felizes, amadas e satisfeitas, a vê-las rainhas sentadas em tronos, porém sem respeito por si próprias e paz de espírito.

— Garotas pobres não têm chance alguma, a Belle disse, a menos que elas se exibam — suspirou Meg.

— Então seremos solteironas — disse Jo, decidida.

— É assim que se fala, Jo! É melhor que sejam solteironas felizes do que esposas infelizes, ou garotas solteiras se atirando por aí para encontrar maridos — disse a sra. March, resoluta. — Não se preocupe, Meg, a pobreza raramente assusta um pretendente sincero. Algumas das melhores e mais honradas mulheres que conheço eram meninas pobres, mas tão dignas de amor que não teriam conseguido ser solteironas nem se quisessem. Deixe que o tempo resolva as coisas. Faça deste lar um lugar feliz, para que esteja apta para ter seu próprio lar, se esse dia chegar, mas também fique satisfeita, caso o dia não chegue. Lembrem-se de uma coisa, minhas meninas: a mamãe sempre será sua confidente, o papai, seu amigo, e ambos esperamos e confiamos que nossas filhas, casadas ou solteiras, serão o orgulho de nossas vidas.

— Nós vamos, mamãe, nós vamos! — asseveraram as duas, de todo o coração, enquanto a mãe lhes dava boa-noite.

CAPÍTULO DEZ

CP e SC

Com a chegada da primavera, um punhado de brincadeiras entraram na moda, e os dias mais compridos rendiam tardes mais longas para trabalhos e diversões de todo tipo. O jardim tinha que ser cuidado, e cada irmã tinha um pedacinho do pequeno terreno para fazer o que quisesse. Hannah costumava dizer:

– É muito fácil saber a quem pertence cada cantinho do jardim só de olhar.

E era mesmo, porque as preferências das garotas eram tão diferentes quanto suas personalidades. Meg plantara rosas, heliotrópios, murtas e uma pequena laranjeira. O pedaço de Jo nunca permanecia o mesmo, pois ela sempre fazia experiências: naquele ano, tentaria o cultivo de girassóis, cujas sementes, que davam flores alegres e inspiradoras, alimentariam a galinha da tia March e seus pintinhos. Beth plantara flores perfumadas clássicas em seu jardim, ervilhas de cheiro, resedás, esporas, rosas, amores-perfeitos e abrótanos, morrião para os pássaros e erva-do-gato para os gatinhos. Amy construíra uma pérgula, pequena e cheia de centopeias, mas bonita de se olhar, com madressilvas e glórias-da-manhã, elegantemente coloridas e espalhadas, além de lírios brancos altos, samambaias delicadas e tantas outras plantas pitorescas que desabrochavam ali.

Jardinagem, caminhadas, passeios no rio e coleta de flores ocupavam aqueles dias agradáveis. Quando chovia, havia diversão dentro de casa, algumas antigas, outras novas, todas mais ou menos originais. Uma delas era o "CP", pois, como as sociedades secretas estavam na moda, era apropriado ter uma; e como as meninas admiravam Charles Dickens, elas formaram o Clube Pickwick.[5] Com alguns intervalos excepcionais, mantiveram o clube por um ano, reunindo-se sábado à noite no grande sótão, onde aconteciam os seguintes preparativos cerimoniais: três cadeiras eram dispostas em fila diante de uma mesa sobre a qual havia uma lamparina, quatro crachás brancos com as iniciais "C.P." escritas em diferentes cores em cada um e o jornal semanal chamado *O Portfólio Pickwick*, para o qual todas contribuíam com algo. Jo, deleitando-se em penas e tinta, era a editora. Às sete horas, os quatro membros subiam para a sala do clube, colocavam os crachás e ocupavam seus lugares com grande solenidade. Meg, como a mais velha, era Samuel Pickwick; Jo, que tinha inclinação à literatura, era Augustus Snodgrass; Beth, por ser gorducha e rosada, Tracy Tupman; e Amy, que sempre tentava fazer o que não podia, era Nathaniel Winkle. Pickwick, o presidente, lia o jornal, que estava repleto de contos originais, poesia, notícias locais, anúncios engraçados e dicas, através dos quais elas lembravam umas às outras de suas falhas e erros. Em certa ocasião, o sr. Pickwick colocou um par de óculos sem lentes, bateu na mesa, suspirou e, depois de encarar fixamente o sr. Snodgrass, que se balançava na cadeira, até que ele se sentasse corretamente, começou a ler:

---

5 Referência inspirada no romance de Charles Dickens, *As aventuras do sr. Pickwick*, em que um grupo de estudos chamado Clube Pickwick, constituído pelo líder, Samuel Pickwick, e seus três pupilos, Nathaniel Winkle, Augustus Snodgrass e Tracy Tupman, viaja a Inglaterra para investigar aspectos do comportamento humano e das novas organizações sociais da época. [N.E.]

O PORTFÓLIO PICKWICK

ODE DE ANIVERSÁRIO

Encontramo-nos para comemorar
Com crachá e celebração pomposa,
O nosso ilustre e alegre aniversário,
No Salão Pickwick, nesta noite auspiciosa.

Estamos todos aqui em perfeita saúde,
Todo o nosso grupinho caloroso;
Mais uma vez entre amigos,
Com entusiasmo vigoroso.

Nosso Pickwick, sempre em seu posto,
Com reverência, saudamos, animados,
Enquanto ele lê, com os óculos no nariz,
Os conteúdos deste jornal engraçado.

Embora ele sofra de uma gripe,
Nós nos alegramos de ouvi-lo falar,
Palavras de sabedoria transbordam,
Apesar do crocitar ou do chiar.

O bom e velho Snodgrass chama atenção,
Com a delicadeza de um elefante,
Ele fita os amigos com ternura,
Com seu rosto jovial, quase infante.

O fogo da poesia cintila em seu olhar,
Ele luta para conquistar a bonança.
Carrega ambição em seu semblante,
No nariz altivo, uma centelha de esperança.

Então, nosso pacífico Tupman,
Rosadinho, gorduchinho e bonitinho,
Engasga-se de rir com os trocadilhos
E cai no chão do alto de seu banquinho.

O engomadinho Winkle,
Cada fio de cabelo no lugar,
Um modelo de decência,
Embora deteste banho tomar.

Estamos todos reunidos
Para brincar, rir e ler,
E trilhar o caminho da literatura
Que conduz ao prazer.

O PORTFÓLIO PICKWICK

Que cumpramos nossos deveres,
Que permaneçamos unidos,
E que o futuro suas bênçãos derrame
Sobre cada membro destemido.

A. Snodgrass

O CASAMENTO MASCARADO

(Um Conto de Veneza)

Gôndolas após gôndolas navegavam em direção aos degraus de mármore e descarregavam ali suas belas mercadorias, encorpando a brilhante multidão que enchia os salões do Conde Adelon. Cavaleiros e damas, elfos e pajens, monges e floristas, todos misturados alegremente no baile. Doces vozes e rica melodia enchiam o ar e, assim, com alegria e música, o baile de máscaras seguia.

– Vossa Alteza já viu Lady Viola esta noite? – perguntou um trovador galante à Rainha das Fadas, que flutuava pelo corredor de braço dado com ele.

– Sim, ela não é adorável, embora tão triste? Seu vestido também é bonito. Em uma semana ela se casará com o Conde Antônio, a quem odeia com fervor.

– Sinceramente, eu o invejo. Ali vem ele, trajado como um noivo, exceto pela máscara preta. Quando ele a retirar, veremos o quanto ama a bela dama cujo coração não pode ganhar, embora o severo pai da moça tenha concedido sua mão – retrucou o trovador.

– Dizem que ela ama o jovem artista inglês, que segue seus passos e é esnobado pelo velho Conde – disse a Rainha das Fadas, enquanto se juntavam ao baile.

A festa estava no auge quando um sacerdote apareceu e, levando o jovem casal para uma alcova, revestida com veludo roxo, ordenou que se ajoelhassem. O silêncio instantâneo recaiu sobre a multidão alegre, e nada, exceto o barulho das fontes ou o farfalhar das laranjeiras descansando ao luar, quebrou o silêncio enquanto o Conde de Adelon falava assim:

O PORTFÓLIO PICKWICK

— Meus senhores e minhas senhoras, perdoem o ardil com o qual eu vos reuni aqui para testemunhar o casamento de minha filha. Padre, esperamos tuas ordens.

Todos os olhos se voltaram para os noivos, e um murmúrio de espanto atravessou a multidão, pois nem a noiva nem o noivo removeram as máscaras. A curiosidade enchia os corações de todos, mas o respeito segurou todas as línguas até o rito sagrado terminar. Então, os espectadores ansiosos, reunidos em torno do Conde, exigiram uma explicação.

— Explicaria com prazer, se pudesse, mas só posso dizer que foi um capricho de minha tímida Viola, e eu cedi. Agora, meus filhos, acabem com isso. Tirem as máscaras e recebam minha bênção.

Mas nenhum deles se ajoelhou. O jovem noivo respondeu de um jeito que assustou todos os ouvintes e deixou a máscara cair, revelando o rosto nobre de Ferdinand Devereux, o artista apaixonado. Apoiando-se no peito sobre o qual brilhava a estrela de um conde inglês estava a adorável Viola, radiante de alegria e beleza.

— Meu senhor, desprezou minha proposta à sua filha, quando eu bem poderia ostentar um nome tão altivo e uma fortuna tão imensa quanto a do Conde Antônio. Agora posso ainda mais, porque nem mesmo sua ambiciosa alma pode recusar o Conde de Devereux e De Vere, que concede seu antigo nome e riqueza a perder de vista em troca da amada mão desta bela senhora, minha esposa.

O velho conde ficou imóvel como pedra. Voltando-se para a multidão desconcertada, Ferdinand acrescentou, com um sorriso de triunfo alegre:

— Para vocês, meus bravos amigos, somente posso desejar que seu cortejo possa prosperar como o meu, e que todos possam conquistar uma noiva tão linda como eu conquistei, por meio deste casamento mascarado.

S. Pickwick

O PORTFÓLIO PICKWICK

Por que o C.P. é como a Torre de Babel?
Porque está cheio de membros indisciplinados.

A HISTÓRIA DE UMA ABÓBORA

Era uma vez um agricultor que plantou uma pequena semente em seu jardim e, depois de algum tempo, ela brotou, se espalhou e deu muitas abóboras. Certo dia em outubro, quando estavam maduras, ele colheu uma e a levou para o mercado. Um feirante comprou a abóbora e a colocou em sua loja. Naquela mesma manhã, uma menina com um chapéu marrom e um vestido azul, com rosto redondo e nariz arrebitado, comprou a abóbora para a mãe. Ela a carregou para casa, cortou-a, ferveu-a em uma panelona e amassou alguns pedaços com sal e manteiga para o jantar. Ao resto, ela acrescentou um litro de leite, dois ovos, quatro colheres de açúcar, noz-moscada e um pouco de biscoito. Depois, colocou tudo em um prato fundo e assou até ficar apetitoso e, no dia seguinte, o doce foi saboreado por uma família chamada March.

T. Tupman

Sr. Pickwick...
Eu me dirijo a você para discutir o assunto do pecado o pecador quero dizer é um homem chamado Winkle que cria problemas no clube porque ri muito e às vezes não escreve a parte dele neste belo jornal espero que perdoe sua maldade e deixe que ele envie uma fábula francesa porque não sabe escrever de cabeça porque tem tantas lições para fazer e não pensa no futuro posso tentar me organizar e escrever algum artigo que será todo do jeito que tem que ser estou com pressa pois está quase na hora da escola.

Respeitosamente,
N. Winkle

[O artigo acima é um reconhecimento cavalheiresco e elegante de más condutas passadas. Seria bom

O PORTFÓLIO PICKWICK

se nosso jovem amigo estudasse pontuação.]

UM ACIDENTE INFELIZ

Na sexta-feira passada, tomamos um susto com um baque violento em nosso porão, seguido de gritos de angústia. Ao corrermos para o local, encontramos nosso amado presidente prostrado no chão, porque tropeçou e caiu enquanto pegava lenha para fins domésticos. Uma cena de perfeito desastre se apresentou diante de nossos olhos, pois, na queda, o sr. Pickwick havia mergulhado a cabeça e os ombros numa banheira d'água, entornado uma embalagem de sabão sobre sua composição viril e rasgado suas roupas. Ao ser resgatado daquela situação perigosa, descobriu-se que ele não havia sofrido lesões, apenas vários hematomas. Estamos felizes em acrescentar que agora está tudo bem.

O editor

NOTA DE PESAR

É nosso doloroso dever registrar o repentino e misterioso desaparecimento de nossa querida amiga, a sra. Bolinha de Neve das Patinhas Fofinhas. Essa adorável e amada gatinha era o animal de estimação de um grande círculo de amigos calorosos e admiradores. Sua beleza atraía todos os olhares, suas virtudes conquistavam todos os corações e sua perda é profundamente sentida por toda a comunidade. Quando foi vista pela última vez, estava sentada no portão, observando a carroça do açougueiro. Teme-se que algum vilão, tentado por seus encantos, tenha agido de má-fé e a roubado. Semanas se passaram, mas nenhum vestígio dela foi descoberto, e nós renunciamos toda a esperança. Amarramos uma fita preta à sua caminha, guardamos seu pratinho e choramos por ela, pois acreditamos que esteja perdida para sempre.

O PORTFÓLIO PICKWICK

Um amigo empático enviou a seguinte preciosidade:

UM LAMENTO (PARA B.N. DAS PATINHAS FOFINHAS)

Lamentamos a perda de nossa gatinha,
E suspiramos por seu infeliz destino,
Perto do fogo nunca mais vai rolar sua bolinha,
Nem brincar junto ao velho e verde sino.

A pequenina cova onde poderia descansar
Fica embaixo da castanheira frondosa.
Mas sobre o túmulo não podemos chorar,
Porque não sabemos onde está nossa mimosa.

Sua cama vazia e sua bolinha de brincar,
Nunca mais um vislumbre dela terão;
Nem batidinhas suaves, nem ronronar
Serão ouvidos à porta do Salão.

Atrás dos ratos, vem outra gata
Uma gata de cara encardida,
Mas ela não caça como nossa vira-lata,
Nem brinca com sua graça desmedida.

Suas patas furtivas pisam no corredor
Onde Bolinha de Neve brincava,
Mas ela só chia para os cães com pavor
E a finada tão galantemente os afastava.

É útil e meiga, e o melhor de si ela dá,
Mas não é tão bonita de se ver,
Não podemos lhe conceder seu lugar,
Nem adorá-la como adoramos a ti até morrer.

A.S.

O REDUTO DOS POETAS 20 DE MAIO DE 18–

O PORTFÓLIO PICKWICK

ANÚNCIOS

A SRTA. ORANTHY BLUGGAGE, palestrante habilidosa e teimosa, ministrará sua famosa palestra sobre "AS MULHERES E SUA POSIÇÃO", no Salão Pickwick, no próximo sábado à noite, depois das atividades habituais.

Uma REUNIÃO SEMANAL será realizada na cozinha, para ensinar jovens damas a cozinhar. Hannah Brown presidirá as sessões, e todas estão convidadas a participar.

A SOCIEDADE VASSOURINHA se reunirá na quarta-feira para desfilar na parte superior da Sede do Clube. Todos os membros devem estar uniformizados e com suas vassouras a tiracolo, às nove da noite sem atrasos.

A SRA. BETH BOUNCER exibirá sua nova coleção de Chapéus para Bonecas na próxima semana. As últimas modas parisienses chegaram, e pedidos podem ser respeitosamente feitos.

UMA NOVA PEÇA estreará no Teatro Barnville dentro de algumas semanas e superará qualquer coisa vista em palco americano. *O escravo grego, ou Constantino, o Vingador* é o nome desse drama eletrizante!!!

DICAS

Se o sr. S.P. não usasse tanto sabão para lavar as mãos, ele nem sempre chegaria atrasado para o café da manhã;

Solicita-se que A.S. não assobie na rua;

Por favor, T.T., não se esqueça do guardanapo de Amy;

N.W. deve não criar caso só porque seu vestido não tem nove pregas.

RELATÓRIO SEMANAL

Meg – Bom.

Jo – Ruim.

Beth – Muito bom.

Amy – Regular.

Quando o presidente terminou de ler o jornal (que posso assegurar aos meus leitores ser uma produção muito digna), uma rodada de aplausos se seguiu, e então o sr. Snodgrass se levantou para fazer uma proposta.

— Sr. presidente e demais senhores — começou ele, assumindo atitude e tom parlamentares —, desejo propor a admissão de um novo membro... Alguém que merece muito a honra, que ficaria profundamente grato e que acrescentaria imensamente ao espírito do clube e ao valor literário do jornal. Alguém que é sempre alegre e simpático. Eu proponho que recebamos o sr. Theodore Laurence como membro honorário do C.P. Vamos lá! O que dizem?

A súbita mudança no tom de Jo fez as meninas rirem, mas todas pareciam um pouco nervosas, e ninguém disse uma palavra enquanto Snodgrass voltava ao seu lugar.

— Vamos iniciar a votação — disse o presidente. — Todos a favor desta proposta, por favor, manifestem-se dizendo: "Sim".

Seguiu-se uma resposta estrondosa de Snodgrass e, depois, para surpresa de todos, uma tímida concordância de Beth.

— Digam "não" os contrários.

Meg e Amy eram contra, e o sr. Winkle se levantou para dizer com grande elegância:

— Não queremos a presença de rapazes, eles só sabem fazer piadinhas e ficar à toa. Isto é um clube de senhoritas, e nós desejamos espaço e privacidade.

— Receio que ele vá rir do nosso jornal e tirar sarro de nós depois — observou Pickwick, mexendo em um cacho de cabelo na testa, como sempre fazia quando estava em dúvida.

Snodgrass se levantou e falou com muita sinceridade:

— Senhor, dou-lhe minha palavra de cavalheiro: Laurie não vai fazer nada disso. Ele gosta de escrever, então vai dar um toque a mais às nossas contribuições e evitar que sejamos sentimentais demais, não percebe? Nós fazemos tão pouco por ele, mas ele faz tanto por nós. Acho que o mínimo que podemos oferecer é um lugar aqui e uma boa recepção, se ele vier.

Essa explicação engenhosa dos benefícios trouxe Tupman à razão, e ele logo mudou seu semblante.

– Sim. Devemos aceitá-lo, mesmo que estejamos receosos. Eu declaro que ele pode vir, e o avô dele também, se quiser.

O posicionamento vivaz de Beth entusiasmou o clube. Jo chacoalhou as mãos em aprovação animada.

– Agora, então, votem novamente. Lembrem-se todos de que estamos falando de nosso Laurie e digam "Sim!" – gritou Snodgrass, entusiasmado.

– Sim! Sim! Sim! – responderam três vozes ao mesmo tempo.

– Ótimo! Que Deus lhes abençoe! Agora, como não há tempo a perder, como Winkle costuma dizer, permita-me apresentar o novo membro.

Para consternação do resto do clube, Jo abriu a porta do armário e revelou Laurie sentado em um saco de tralhas, corado e suando, reprimindo um riso.

– Sua vigarista! Sua traidora! Jo, como pôde?! – gritaram as três garotas, enquanto Snodgrass conduzia triunfantemente o amigo e, puxando tanto uma cadeira quanto um crachá, acomodou-o em um piscar de olhos.

– A frieza de vocês dois é incrível – começou o sr. Pickwick, tentando sustentar uma cara feia, mas traindo a si mesmo com um sorriso amigável.

O novo membro estava à altura da ocasião e, levantando-se, com uma saudação grata ao presidente, disse, de maneira envolvente:

– Sr. presidente e senhoritas... peço perdão, senhores. Permitam-me que me apresente como Sam Weller, o mais humilde servo deste clube.

— Ótimo! Ótimo! — gritou Jo, batendo em uma velha panela.

— Meu fiel amigo e nobre patrono — continuou Laurie, com um gesto —, que me apresentou com tantas lisonjas, não deve ser responsabilizado pelo estratagema desta noite. Eu o planejei, e ela só cedeu depois de muita insistência.

— Ora, não queira levar todo o crédito. Você sabe que o armário foi ideia minha — interrompeu Snodgrass, que estava se divertindo imensamente.

— Não escutem o que ela diz. Eu sou o sujeito indecoroso que organizou tudo, senhor — disse o novo membro, com um aceno *à la* Weller para o sr. Pickwick. — Mas, por tudo que é mais sagrado, nunca mais o farei, e doravante dedicar-me-ei aos interesses deste clube eterno.

— Bravo! Bravo! — gritou Jo, batendo a tampa da panela.

— Continue, vamos! — acrescentaram Winkle e Tupman, enquanto o presidente se curvava com educação.

— Quero apenas dizer que, como um pequeno sinal de minha gratidão pela honra que me foi dada, e como um meio de promover relações amigáveis entre nações vizinhas, instalei um posto de correio na sebe, no jardim. Um belo e espaçoso edifício com cadeados nas portas e todas as comodidades para as correspondências. Na verdade, é a antiga casa das andorinhas, mas tirei a parafernália de dentro, assim, é possível guardar tudo lá, além de economizar nosso valioso tempo. Cartas, manuscritos, livros e pacotes podem ser colocados lá dentro e, como cada nação tem uma chave, será bastante útil, imagino. Permitam-me entregar-lhes a chave do clube e, com muitos agradecimentos, tomar meu lugar.

Houve muitos aplausos quando o sr. Weller depositou uma chavinha sobre a mesa e se sentou. Jo continuou batendo a panela incessantemente, e foi necessário algum tempo antes que a ordem pudesse ser restaurada. Seguiram-se longas discussões, e todos ficaram surpreendidos com o próprio desempenho, pois deram seu melhor.

Foi uma reunião mais animada que o comum e que continuou até altas horas, quando foi encerrada com três "vivas!" estridentes para o novo membro.

Nunca ninguém se arrependeu da admissão de Sam Weller, pois não poderia haver um sócio mais dedicado, bem-comportado e alegre. Ele certamente adicionou bom humor às reuniões e foi uma ótima adição ao jornal, pois suas contribuições eram excelentes, patrióticas, clássicas, cômicas ou dramáticas, mas nunca sentimentais. Jo as considerava dignas de Bacon, Milton ou Shakespeare, e remodelava suas próprias obras com auxílio das produções de Laurie.

A S.C. (Sede dos Correios) era uma instituição pequena, porém essencial, e maravilhosamente ativa, pois passava todo tipo de coisa estranha por ali, tal como nos correios verdadeiros. Tragédias e gravatas, poesia e picles, sementes de jardim e longas cartas, partituras e pão de mel, borrachas, convites, sermões e cachorrinhos. O velho cavalheiro gostava da diversão e se entretinha enviando pacotes estranhos, mensagens misteriosas e telegramas engraçados, e seu jardineiro, que estava encantado por Hannah, enviou uma carta de amor aos cuidados de Jo. Como riram quando o segredo foi revelado, sem prever quantas cartas de amor aquele pequeno correio guardaria nos anos vindouros.

CAPÍTULO ONZE

Experimentos

Primeiro de junho! Os King vão para o litoral amanhã, então estou livre. Três meses de férias. Ah, vou aproveitar tanto! – exclamou Meg ao voltar para casa em um dia quente e encontrar Jo deitada no sofá em um estado de exaustão incomum, enquanto Beth tirava as botas poeirentas e Amy fazia limonada para refrescar toda a família.

– A tia March foi hoje, e como estou grata! – disse Jo. – Eu estava com um medo terrível de que ela me pedisse para ir junto. Se ela tivesse me convidado, eu me sentiria obrigada a aceitar, mas Plumfield é tão divertida quanto um cemitério, então eu queria muito ser poupada. Foi um suplício fazê-la ir de vez, e eu tomava um susto cada vez que ela falava comigo, pois estava com tanta pressa para que tudo acabasse logo que fui estranhamente mais solícita e amável do que nunca, e temia que ela achasse impossível ficar longe de mim. Eu tremi da cabeça aos pés até finalmente vê-la segura na carruagem. Ainda assim, tomei outro susto! Enquanto a carruagem saía, tia March colocou a cabeça para fora e disse: "Josephine, você não vai...". Não ouvi mais nada, porque me virei e fugi. Saí correndo até virar a esquina, onde pensei estar a salvo.

– Pobre Jo! Ela chegou aqui como se ursos estivessem atrás dela – disse Beth, enquanto apertava os pés da irmã com um ar maternal.

– A tia March é mesmo uma *suculenta*, não é? – observou Amy, provando a limonada com um rosto avaliador.

– Ela quis dizer *sanguessuga*, mas pouco importa. Está muito quente para se preocupar com detalhes de linguagem – murmurou Jo.

– O que vai fazer nas férias? – perguntou Amy, mudando de assunto estrategicamente.

– Vou dormir tarde e mais nada – respondeu Meg, afundada na cadeira de balanço. – Fui para a cama cedo durante o inverno inteiro e tive que passar os dias trabalhando para outras pessoas, então agora vou descansar e me divertir como eu quiser.

– Não – disse Jo –, essa ociosidade não tem nada a ver comigo. Tenho um monte de livros, então vou aproveitar essas horas gloriosas lendo, empoleirada na velha macieira, quando eu não estiver fazen...

– Não diga "fazendo arte"! Você não sabe o que é arte – provocou Amy, como se revidasse a correção feita por Jo antes.

– Então direi "fazendo parvoíces", com Laurie. Muito apropriado e correto, já que ele parece um pavãozinho empertigado.

– Beth, vamos dar um tempo nas lições, para brincar e descansar, assim como as meninas – propôs Amy.

– Bem, pode ser, se a mamãe não se importar. Quero aprender algumas músicas novas, e minhas filhas precisam de roupas para o verão. Estão maltrapilhas.

– Podemos, mamãe? – perguntou Meg, voltando-se para a sra. March, que estava sentada, tricotando, no que chamavam de "Cantinho da Mamãe".

– Façam isso por uma semana e vejam se gostam. Penso que descobrirão até sábado à noite que só diversão sem trabalho é tão ruim quanto trabalho sem nenhum momento de diversão.

– Minha nossa, certamente que não! Vai ser maravilhoso, tenho certeza – retrucou Meg com complacência.

– Proponho agora um brinde, como diria minha amiga Sarah Gamp: só diversão, nenhuma preocupação! – gritou Jo erguendo um copo, enquanto a limonada era passada de mãos em mãos.

Beberam com alegria e começaram a experiência; relaxaram pelo resto do dia. Na manhã seguinte, Meg não deu as caras antes das dez horas. O café da manhã solitário que tomou não teve um gosto bom; a sala parecia abandonada e desarrumada, pois Jo não havia enchido os vasos de flores, Beth não havia limpado o chão, e os livros de Amy estavam espalhados por todos os cantos. Nada estava limpo e aconchegante, a não ser "o Cantinho da Mamãe", que estava o mesmo de sempre. Meg se sentou ali para "descansar e ler", o que significava bocejar e imaginar que lindos vestidos de verão compraria com seu salário. Jo passou a manhã no rio com Laurie e a tarde lendo e chorando com *The Wide, Wide World*, empoleirada na macieira. Beth revirou o grande armário, mas, cansada antes de chegar à metade, deixou a tarefa de lado e se dirigiu ao piano, regozijando-se por não ter pratos para lavar. Amy arrumou a pérgula no jardim, colocou o melhor vestido branco, arrumou seus cachos e se sentou para desenhar debaixo da madressilva, esperando que alguém passasse e perguntasse quem era aquela jovem artista. Como não apareceu ninguém a não ser um opilião curioso, que examinou o trabalho com interesse, ela foi caminhar, tomou chuva e chegou em casa pingando.

Na hora do chá, compararam as atividades e concordaram que fora um dia delicioso, embora estranhamente longo. Meg, que foi às compras à tarde e voltou com uma "musselina azul-bebê", descobrira, depois de cortar o pano, que o tecido não era adequado, e isso a deixou um tanto irritada. Jo queimou o nariz no sol e ficou com uma dor de cabeça terrível por ler muito tempo. Beth estava preocupada com a bagunça do armário e com a dificuldade de aprender três ou quatro músicas ao mesmo tempo, e Amy lamentou profundamente os danos causados ao seu vestido, pois a festa de

Katy Brown seria no dia seguinte e, como a srta. Flora McFlimsey do poema de Butler, ela não tinha "nada para vestir".

Mas esses eram detalhes bobos, e elas asseguraram à mãe que a experiência de não ter nenhuma obrigação ia bem. A sra. March sorriu, não disse nada e, com a ajuda de Hannah, fez o trabalho negligenciado, mantendo a casa aconchegante e funcionando em perfeita ordem. Era espantoso como dedicar o tempo a apenas descansar e se divertir produzia um estado desconfortável e estranho. Os dias ficavam cada vez mais longos; o clima variava, assim como os temperamentos. Um sentimento de inquietude tomou conta de todas, e, como dizem, cabeça vazia é oficina do Diabo. Meg deixou de costurar e, tendo tempo de sobra, dedicou-se a cortar e estragar as roupas em uma tentativa de deixá-las *à la* Moffat. Jo leu até que seus olhos não aguentassem mais e ela estivesse farta de livros, ficando tão nervosa que até mesmo Laurie, que era muito calmo, discutiu com ela. Jo estava tão desanimada que desejava desesperadamente ter ido com a tia March. Beth estava indo muito bem, pois constantemente se esquecia que era para se divertir sem trabalhar e caía de novo nos velhos hábitos. Mas algo na atmosfera ao seu redor a afetou e, mais de uma vez, sua tranquilidade foi muito perturbada, tanto que, em certa ocasião, sacudiu a pobre Joanna e disse que ela era horrorosa. Amy foi a que mais se deu mal, porque tinha poucas coisas para se distrair e, quando as irmãs a deixavam sozinha para se entreter, logo descobriu que ser gente grande era um fardo. Ela não gostava de bonecas, contos de fadas eram infantis demais, e não era possível desenhar o tempo todo. A hora do chá não empolgava muito, nem os piqueniques, a não ser que fossem muito bem conduzidos. "Se houvesse uma bela casa, cheia de garotas agradáveis, ou se fosse possível viajar, o verão seria encantador, mas ficar em casa com três irmãs egoístas e um menino já crescido é o bastante para testar a paciência de um Boaz", reclamou a srta. Malaprop, depois de vários dias dedicados ao prazer e à ociosidade.[6]

Ninguém admitiria estar cansada daquele experimento, mas, na sexta-feira à noite, todas confessaram para si mesmas estarem felizes pela semana ter acabado. Com a intenção de tornar o ensinamento ainda mais profundo, a sra. March, que tinha imenso bom humor, resolveu encerrar o experimento de maneira apropriada, dando folga à Hannah para que as garotas aproveitassem as plenas consequências da preguiça.

Quando se levantaram no sábado de manhã, o fogão não estava aceso na cozinha, não havia café da manhã na sala de jantar e a mãe não estava em lugar algum.

– Deus, tenha piedade de nós! O que aconteceu? – gritou Jo, consternada.

Meg correu para o andar de cima e logo voltou, parecendo aliviada, mas um pouco desnorteada e um tanto envergonhada.

– A mamãe não está doente, apenas muito cansada. Disse que vai ficar o dia todo quieta no quarto e que precisamos fazer nosso melhor. É estranho, porque isso não se parece em nada com nossa mãe, mas ela afirmou que tem sido uma semana de trabalho duro, então não devemos reclamar, e sim cuidar de nós mesmas.

– Isso é fácil! Gosto da ideia, porque estou morrendo de vontade de fazer alguma coisa que preste, quero dizer, algo que seja divertido – acrescentou Jo rapidamente.

Foi um alívio imenso trabalharem um pouco, e elas fizeram tudo com vontade. Logo perceberam a verdade do ditado de Hannah: "Serviço doméstico não é brincadeira." Havia bastante comida na

---

6 Neste trecho, Amy, que constantemente troca palavras e sentidos, é associada à srta. Malaprop, personagem atrapalhada da peça *The Rivals*, de Richard Brinsley Sheridan, pois confunde Jó, comumente associado à virtude da paciência, com Boaz, outro personagem do Antigo Testamento. "*Malaprop*" também passou a significar, em inglês, a troca não intencional de uma palavra por outra, por conta da personagem de Sheridan. [N.E.]

despensa e, enquanto Beth e Amy preparavam a mesa, Meg e Jo fizeram o café da manhã, perguntando-se por que os criados nunca falavam do trabalho duro.

— Vamos levar um pouco para a mamãe, embora ela tenha dito que não devíamos nos preocupar com ela, pois cuidaria de si mesma — disse Meg, que comandava tudo e se sentia quase uma matriarca.

Antes que começassem a comer, organizaram uma bandeja que foi levada à sra. March com os cumprimentos da chef. O chá estava muito amargo, a omelete, queimada e os biscoitos, salpicados com sal, mas a sra. March recebeu a refeição com gratidão e riu muito depois que Jo se retirou.

— Pobrezinhas, receio que terão dificuldades, mas não sofrerão, e isso lhes fará bem — disse ela, pegando o abastecimento de comidas saborosas que havia escondido para si e descartando o péssimo café da manhã, para que os sentimentos das meninas não fossem feridos (uma grata mentirinha maternal).

Muitas foram as queixas no andar debaixo, e grande a decepção da cozinheira-chefe com seu fracasso.

— Não tem importância, eu farei e servirei o almoço, e você será a patroa, cuidará de suas belas mãos, receberá visitas e dará ordens — disse Jo, que sabia menos ainda que Meg sobre assuntos culinários.

A oferta gentil foi aceita com prazer, e Margaret se retirou para a sala, que ela arrumou rapidamente ao varrer o lixo para baixo do sofá e fechar as persianas para evitar o trabalho de limpar a poeira. Jo, confiando cegamente nas próprias habilidades e sentindo um desejo genuíno de resolver o conflito, colocou imediatamente um bilhete no correio convidando Laurie para almoçar.

— Era melhor ter conferido a despensa antes de convidar alguém — disse Meg, quando informada sobre o ato hospitaleiro, mas precipitado.

— Ah, tem carne enlatada e muitas batatas, e eu vou buscar aspargos e uma lagosta, "para desfrute", como diz Hannah. Tem alface para fazer salada. Não sei como, mas o livro deve ensinar. Vou fazer manjar e colher morangos para a sobremesa, e passarei um café também, se quiser elegância.

— Não invente demais, Jo, você não sabe cozinhar nada além de biscoitos de gengibre e docinhos de melado. Não vou dar palpites sobre o almoço e, já que convidou Laurie sem nos perguntar, então que se vire.

— Não quero que faça nada, apenas seja educada com ele e me ajude com o manjar. Você vai me ajudar se eu me meter numa confusão, certo? — perguntou Jo, um tanto magoada.

— Sim, mas não sei cozinhar quase nada, exceto pão e outras coisas fáceis. É melhor que peça autorização à mamãe antes de comprar qualquer coisa — retrucou a prudente Meg.

— Mas é claro que sim! Não sou idiota. — Jo saiu bufando por terem duvidado de sua capacidade.

Jo foi até a mãe e recebeu a seguinte resposta:

— Compre o que quiser e não me incomode. Vou sair para almoçar e não posso me preocupar com as coisas em casa. Nunca gostei dos afazeres domésticos e, hoje, vou tirar uma folga para ler, escrever, ver alguns amigos e me divertir.

Aquela visão incomum da mãe, que era sempre tão ocupada, confortavelmente aninhada em uma poltrona, lendo de manhã cedo, fez Jo sentir como se algum fenômeno não natural estivesse ocorrendo. Um eclipse, um terremoto, ou uma erupção vulcânica dificilmente teriam sido mais estranhos.

"Está tudo fora do lugar" disse para si mesma, descendo as escadas. "Beth está chorando, e isso é um sinal claro de que algo está errado nesta família. Se Amy estiver importunando a garota, vou dar um tabefe nela."

Sentindo como se estivesse enlouquecendo, Jo correu para a sala e encontrou Beth chorando por causa de Pip, o canário, que jazia morto na gaiola com as garrinhas pateticamente estendidas, como se implorasse pela comida cuja escassez provocou sua morte.

— É tudo culpa minha, me esqueci dele, não sobrou nem uma semente, nem uma gotinha de água. Ah, Pip! Ah, Pip! Como pude ser tão cruel com você? — gritou Beth, pegando o pobre coitado e tentando reanimá-lo.

Jo observou os olhinhos semicerrados e tentou sentir o pequeno coração. Vendo que o pássaro estava rígido e gelado, abanou a cabeça e ofereceu sua caixa de dominó para ser usada como um caixão.

— Coloque-o no forno, talvez ele se aqueça e ressuscite — disse Amy com esperança.

— Ele morreu de fome, e não vai ser assado agora que está morto. Vou fazer uma mortalha, ele será enterrado no jardim, e nunca mais terei outro pássaro, nunca! Meu Pip! Sou uma pessoa muito ruim para ter outro — murmurou Beth, sentada no chão com o animalzinho de estimação abrigado em suas mãos.

— O funeral será esta tarde, e iremos todas. Vamos, não chore, Beth. É uma pena, mas está tudo errado nesta semana, e Pip levou a pior. Faça a mortalha e coloque-o na minha caixa. Faremos um funeral bem bonito para ele — disse Jo, sentindo como se tivesse negociado apropriadamente.

Deixando que as outras consolassem Beth, ela partiu para a cozinha, que estava uma bagunça só. Vestindo um avental enorme, pôs mãos à obra e empilhou as louças para lavar, quando descobriu que o fogo estava apagado.

— Eis um ótimo sinal — murmurou Jo, abrindo com raiva a portinhola do fogão e cutucando vigorosamente as cinzas.

Depois de reacender o fogo, ela pensou em ir ao mercado enquanto a água fervia. A caminhada a reanimou e, lisonjeando-se por ter feito boas barganhas com as irmãs, voltou para casa depois de comprar uma lagosta jovem demais, aspargos velhos demais e duas caixas de morangos azedos. Ao retornar, já era quase hora do almoço e o fogão já estava pelando. Hannah havia deixado massa de pão em uma tigela para crescer, e Meg sovara a massa logo cedo, porém, algumas horas depois, esqueceu-se de tirá-la do fogo. Meg entretinha Sallie Gardiner na sala quando a porta se abriu e uma figura farinhenta, corada e desgrenhada apareceu e disse, sarcasticamente:

– Bem, eu acho que é seguro dizer que a massa do pão já passou do ponto quando ela começa a vazar pelas laterais da forma!

Sallie começou a rir, e Meg balançou a cabeça e arqueou as sobrancelhas; a aparição logo desapareceu, preocupada em colocar o pão de fermentação natural no forno sem mais demora. A sra. March saiu, depois de espiar aqui e ali para ver como as coisas estavam. Ela foi gentil em dizer algumas palavras de conforto a Beth, que estava sentada fazendo uma mortalha enquanto o pobre falecido repousava estirado na caixinha de dominó. Uma estranha sensação de impotência se abateu sobre as meninas quando a visão do chapéu cinza da mãe desapareceu na esquina, e o desespero tomou conta delas quando, alguns minutos depois, a srta. Crocker apareceu e disse que almoçaria ali. Veja bem: tal dama era uma solteirona magrela e pálida, com nariz afunilado e olhos curiosos, que via tudo e fofocava acerca de tudo que via. As meninas não gostavam dela, mas foram ensinadas a tratá-la com bondade, simplesmente porque era velha, pobre e tinha poucos amigos. Então, Meg cedeu-lhe a melhor poltrona e tentou distraí-la, enquanto ela fazia perguntas, criticava tudo e contava histórias de pessoas aleatórias.

Palavras não podem descrever as ansiedades, experimentações e esforços pelos quais Jo passou naquela manhã, e o almoço que ela serviu foi uma piada pronta. Com medo de pedir mais conselhos, fez o melhor que pôde sozinha e descobriu que algo além de disposição e boa vontade era necessário para cozinhar uma boa refeição. Ela ferveu os aspargos durante uma hora e se lamentou ao perceber que as pontas cozinharam demais, ao passo que os caules estavam mais duros que pedra. O pão assou além da conta e queimou, e irritou-se ainda mais com o molho da salada, nem um pouco palatável. A lagosta era um mistério escarlate para ela. Jo martelou e cutucou até que o animal ficasse sem casca e suas parcas proporções pudessem ser colocadas timidamente em um bosque de folhas de alface. Precisou acelerar o cozimento das batatas para não manter os aspargos à espera, e acabaram ficando cruas. O manjar estava grumoso, e os morangos não estavam tão maduros como pareciam, porque foram escondidos habilidosamente debaixo de alguns com boa aparência.

"Bem, podem muito bem comer frios, pão e manteiga se estiverem com fome, só que é humilhante ter desperdiçado a manhã inteira para nada", pensou Jo, enquanto tocava servia a refeição meia hora mais tarde do horário de costume. Exausta e suada, ela ficou de pé ao lado da mesa, observando o banquete desastrado espalhado diante de Laurie, acostumado a todo tipo de elegância, e da srta. Crocker, cuja língua tagarela a denunciaria aos quatro ventos.

A pobre Jo teria se escondido de bom grado debaixo da mesa, pois cada prato era provado e imediatamente largado de lado. Amy ria, Meg parecia angustiada, a srta. Crocker apertava os lábios e Laurie falava e sorria com sinceridade para dar um tom alegre àquela cena. O ponto alto seriam os morangos. Jo os adoçara bem e tinha trazido um jarro de creme bem cheio para acompanhá-los. O rubor em suas bochechas amenizou um pouco, e ela respirou fundo enquanto os lindos pratos de vidro circulavam e todos apreciavam as pequenas ilhas rosadas flutuando em um mar de creme. A srta. Crocker provou primeiro, fez uma cara feia e bebeu um pouco de água na hora. Jo, que recusou uma porção, pensando que talvez não houvesse o suficiente, olhou de relance para Laurie, que comia como um cavalheiro, embora sua boca mostrasse uma contração sutil e ele mantivesse os olhos fixos no prato. Amy, que gostava de comida delicada, pegou uma colher cheia, engasgou-se, escondeu o rosto no guardanapo e deixou a mesa antes dos demais.

— Mas o que aconteceu?! — questionou Jo, tremendo.

— Sal em vez de açúcar, e o creme está azedo — respondeu Meg, com um gesto dramático.

Jo soltou um grunhido e desabou na cadeira, lembrando que polvilhara com pressa as frutas com o pó de um dos dois recipientes na mesa da cozinha e que se esquecera de armazenar adequadamente o leite. Ela ficou toda vermelha e estava prestes a chorar, quando encontrou os olhos de Laurie, que transmitiam leveza e bom humor. Ela se deu conta de toda a comicidade e riu tanto que lágrimas escorriam por suas bochechas, assim como todos os outros, até mesmo a "crocodila", como as meninas chamavam a velha senhorita por conta de sua boca grande, e o almoço desastroso terminou com felicidade, pão, manteiga, azeitonas e diversão.

— Bem, me faltam forças para limpar tudo isso agora, então vamos restaurar nossa sobriedade com um funeral — disse Jo enquanto se levantavam, e a srta. Crocker estava pronta para partir, ansiosa para fazer fofoca daquele caso na mesa de jantar de algum outro amigo.

Pararam de rir em respeito a Beth. Laurie cavou uma sepultura debaixo de uma samambaia, o pequeno Pip foi ali colocado por sua gentil dona, que chorava muito, e coberto com musgo. Uma grinalda de violetas e morugem foi pendurada na lápide grafada com o epitáfio escrito por Jo.

Aqui jaz Pip March, falecido em 7 de junho.

Amado e jamais esquecido.

No final da cerimônia, Beth se retirou para o quarto, cheia de emoção e de lagosta, mas não havia onde se deitar, porque as camas não tinham sido arrumadas, então ela encontrou certo alívio no luto ao ajeitar lençóis e travesseiros. Meg ajudou Jo a limpar os restos do almoço, que tomou metade da tarde e as deixou tão cansadas que concordaram em se contentar com chá e torradas para o jantar.

Laurie levou Amy para dar uma volta, o que foi uma ação de caridade, pois o creme azedo parecia ter azedado o temperamento da jovem. A sra. March voltou para casa e encontrou as três meninas mais velhas trabalhando duro no meio da tarde, e uma olhadela para o armário lhe deu uma ideia do sucesso de parte do experimento.

Antes que as donas de casa pudessem descansar, várias pessoas as visitaram, e houve um alvoroço com os preparativos. Havia o chá para preparar, coisas para buscar, e algumas roupas precisando de remendos foram negligenciadas até o último minuto. Assim que a noite caiu, úmida e silenciosa, elas se reuniram na varanda, onde as rosas de junho brotavam lindamente, e cada uma das meninas grunhia e suspirava, cansadas e abaladas.

— Mas que dia horrível! — começou Jo, normalmente sempre a primeira a falar.

— Passou mais rápido que o normal, mas foi bem incômodo — disse Meg.

— E em nada parecido com um dia normal em nosso lar — acrescentou Amy.

— Impossível que seja um dia normal sem a mamãe e o pequenino Pip — suspirou Beth, fitando com olhos marejados a gaiola vazia acima da cabeça.

— A mamãe está aqui, querida, e amanhã poderá arrumar outro passarinho, se quiser.

Enquanto falava, a sra. March apareceu e tomou seu lugar entre elas. Parecia que seu dia de folga não fora muito mais agradável do que o das filhas.

— Estão satisfeitas com o experimento, meninas, ou precisam de mais uma semana? — perguntou, enquanto Beth se aninhava em seu colo e as outras voltavam os rostinhos cintilantes para ela, como as flores fazem com o sol.

— Eu não! — gritou Jo com firmeza.

— Nem eu — imitaram as outras.

— Bem, então vocês acham que é melhor ter algumas tarefas e se dedicar um pouco a outras pessoas?

— Tédio e ócio não compensam — observou Jo. — Estou cheia disso e quero trabalhar em algo já.

— Que tal aprender a cozinhar? É algo útil, toda mulher deveria saber — disse a sra. March, rindo secretamente do almoço de Jo, pois encontrara a srta. Crocker e ouvira seu relato do desastre.

— Mamãe, então você saiu e nos deixou tomando conta de tudo para ver como nos sairíamos? — perguntou Meg, que suspeitara disso o dia todo.

— Sim, eu queria que entendessem como o conforto de todos depende de cada uma fazer sua parte assiduamente. Enquanto Hannah e eu fizemos todo o trabalho, vocês se deram bem, embora eu não ache que tenha sido uma experiência muito feliz ou agradável. Por isso, pensei que, como uma pequena lição, poderia demonstrar o que acontece quando pensamos apenas em nós. Não acham que é mais agradável ajudarmos uns aos outros, termos deveres diários, que tornam o lazer tão aprazível no momento certo, e mantermos a casa sempre aconchegante e linda para todos?

— Achamos, mamãe, achamos! — gritaram as meninas.

— Então, meu conselho é: retomem suas responsabilidades, pois, embora pareçam pesadas às vezes, são boas para nós e pesam menos à medida que aprendemos a carregá-las. O trabalho é saudável, e há muito o que fazer. Ele nos mantém longe do ócio e dos pensamentos improdutivos, é bom para a saúde e para a alma e nos dá uma sensação de poder e independência maior do que o dinheiro ou outras coisas materiais.

— Vamos trabalhar como abelhas-operárias e amar fazer isso, escreva o que estou dizendo — disse Jo. — Aprenderei a cozinhar como meta de férias, e o próximo almoço será um sucesso.

— Vou costurar um conjunto de camisas para o papai por você, mamãe. Sei que consigo, embora não goste de costurar. Será melhor do que fuçar minhas roupas o tempo todo, que são bonitas do jeitinho que são – disse Meg.

– Vou fazer as lições todos os dias e passar menos tempo com minhas bonecas e com o piano. Sou burra, então deveria estudar, não tocar – foi a resolução de Beth.

Amy seguiu o exemplo e declarou heroicamente:

– E eu vou aprender a fazer as casinhas dos botões nas roupas e prestar atenção nas palavras que falo.

– Muito bem! Estou bastante satisfeita com o experimento e imagino que não tenhamos que repeti-lo, mas cuidado para não trabalharem demais. Equilibrem trabalho e diversão, tornem cada dia útil e agradável e provem que entendem o valor do tempo fazendo bom uso dele. Assim, a juventude será encantadora, a velhice trará poucos arrependimentos e a vida será um sucesso, apesar da pobreza.

– Vamos nos lembrar, mamãe!

E assim fizeram.

CAPÍTULO DOZE

O acampamento Laurence

Beth era a encarregada do correio, pois, estando mais em casa, podia dar atenção constante ao serviço, e a tarefa diária de abrir a portinha e distribuir as correspondências lhe agradava. Certo dia de julho, ela voltou com as mãos abarrotadas e saiu pela casa distribuindo cartas e encomendas como o correio expresso.

– Aqui está seu ramalhete, mamãe! Laurie nunca esquece – disse, colocando as flores frescas no vaso no "Cantinho da Mamãe", mantido sempre cheio pelo afetuoso menino.

– Srta. Meg March, uma carta e uma luva – continuou Beth, entregando os objetos para a irmã, que estava sentada perto da mãe, costurando.

– Ora, mas eu deixei um par, e aqui só tem uma – disse Meg, olhando para a luva de algodão cinza. – Você não derrubou a outra no jardim?

– Não, tenho certeza que não, só havia uma no correio.

– Ah, odeio luvas sem pares! Mas, tudo bem, encontrarei a outra. Minha carta é apenas a tradução da canção alemã que eu queria. Acho que foi o sr. Brooke que traduziu, pois esta não é a letra de Laurie.

A sra. March olhou de relance para Meg, que estava muito bonita em seu vestido xadrez, com os cachinhos dançando sobre a testa, parecendo muito adulta, enquanto costurava na mesinha de trabalho, tudo muito organizado. Estava ali, tão inconsciente do que se passava pela mente da mãe, enquanto costurava e cantava, os dedos trabalhando com agilidade e os pensamentos ocupados pela imaginação de menina tão inocente quanto as flores em seu colo, que a sra. March sorriu, satisfeita.

— Duas cartas para a dra. Jo, um livro e um chapéu velho e engraçado, que tomou todo o espaço do correio — disse Beth e riu, enquanto entrava no cômodo onde Jo escrevia.

— Mas que dissimulado Laurie é! Comentei meu desejo de que chapéus maiores estivessem na moda, porque queimo o rosto no sol desses dias quentes. Ele disse: "Por que se importar com a moda? Use um chapéu grande e fique confortável!" Eu disse que faria isso se tivesse um, e ele me mandou essa coisa para me provocar. Vou usá-lo por diversão e para mostrar que não me importo com a moda. — Pendurando o chapéu antiquado de abas largas em um busto de Platão, Jo leu as correspondências.

Uma carta era da mãe e fez suas bochechas enrubescerem e seus olhos marejarem, pois dizia:

Minha querida,

Escrevo umas palavrinhas para lhe dizer com quanta satisfação observo seus esforços para controlar seu temperamento. Você não diz nada sobre os desafios, fracassos ou sucessos e pensa, talvez, que ninguém os vê a não ser o Amigo por cuja ajuda você pede diariamente, se eu puder julgar pela capa surrada do seu livro-guia. Eu também os vejo e acredito de verdade na sinceridade de sua resiliência, já que ela começa a dar frutos. Continue, querida, paciente e corajosamente, e acredite sempre que ninguém a compreende mais ternamente do que sua amorosa...

Mãe

"Isso me fez tão bem! Esta carta é mais valiosa do que rios de dinheiro e um monte de elogios. Ah, mamãe, eu tento mesmo! Vou continuar, sem me cansar, já que tenho você para me ajudar", pensou.

Descansando a cabeça nos braços, Jo derramou algumas lágrimas felizes. Achava que ninguém notava e apreciava seus esforços para ser boa, e aquela garantia era duplamente preciosa e encorajadora, porque fora inesperada e viera da pessoa cuja admiração ela mais valorizava. Sentindo-se mais forte do que nunca para encontrar e subjugar seu Apoliom, Jo guardou a carta no bolso, como um amuleto e um lembrete, e abriu a outra carta, preparando-se para boas ou más notícias. Em letras grandes e elegantes, Laurie escreveu:

Querida Jo, como vai?

Alguns garotos e garotas estão vindo amanhã da Inglaterra para me visitar e quero passar um dia feliz. Se o clima estiver agradável, pensei em armar minha barraca em Longmeadow e levar todos para fazer um piquenique, jogar croqué, acender uma fogueira e inventar travessuras, bem como vivem os ciganos. Enfim, todo tipo de diversão. Os visitantes são pessoas agradáveis e gostam dessas coisas. Brooke irá para vigiar os garotos, e Kate Vaughn, as meninas. Quero que todas venham, e não deixem Beth de fora por nada, ninguém a incomodará. Não se preocupem com as provisões, eu cuido disso e de todo o resto. Apenas venham, quero ser um bom amigo!

Com muita pressa, sempre seu, Laurie.

— Mas que preciosidade! — gritou Jo, correndo para contar a notícia à Meg.

— Podemos ir, não é, mamãe? Será de muita ajuda para Laurie, pois eu sei remar, a Meg pode cuidar do piquenique, e as crianças serão úteis de alguma forma.

— Espero que esses tais Vaughn não sejam tão crescidos e metidos a elegantes. Sabe alguma coisa sobre eles, Jo? — perguntou Meg.

— Só que há quatro pessoas. Kate é mais velha que você, Fred e Frank, gêmeos, são mais ou menos da minha idade, e a menina, chamada Grace, tem nove ou dez anos. Laurie os conheceu quando estava fora e gostou dos rapazes. Pela forma como falava dela, me pareceu que ele não se dava muito bem com Kate.

— Estou tão aliviada pelo meu vestido estampado estar limpo, porque está na moda e é elegante! — observou Meg, complacente. — Você tem algo decente para vestir, Jo?

— Um traje de marinheiro vermelho e cinza, está de bom tamanho para mim. Já que vou remar e andar bastante, não quero roupas cheias de frescura me incomodando. Você vai conosco, Beth?

— Desde que nenhum menino fale comigo.

— Nem unzinho!

— Gosto de ser amigável com Laurie, e não tenho medo do sr. Brooke, pois ele é gentil. Mas não quero tocar nada, nem cantar, nem conversar. Vou me esforçar e não incomodar ninguém, e você deve tomar conta de mim, Jo, assim, poderei ir.

— Essa é minha boa menina! Você luta contra a timidez, e essa é mais uma razão pela qual eu te amo. Lutar contra falhas não é fácil, sei muito bem, e uma palavra amiga sempre nos coloca para cima. Obrigada, mamãe. — Jo beijou a sra. March com gratidão, que encarou o gesto como algo mais precioso do que uma magia que lhe devolvesse o vigor da juventude de imediato.

— Eu ganhei uma caixa de gotinhas de chocolate e a imagem que eu queria copiar — disse Amy, mostrando a correspondência.

— E eu recebi um bilhete do sr. Laurence, pedindo que eu tocasse para ele esta noite, antes que escureça. Eu vou — acrescentou Beth, cuja amizade com o velho senhor prosperava cada vez mais.

— Bem, vamos nos apressar para fazermos o dobro hoje, e amanhã poderemos nos divertir com a consciência leve — disse Jo, preparando-se para substituir a pena por uma vassoura.

Quando os raios de sol entraram no quarto das meninas na manhã seguinte, prometendo um belo dia, encontraram um cenário cômico: cada uma fizera preparativos para o evento da forma que julgou mais necessária e apropriada. Meg enrolara um pouco mais o cabelo do que o normal, Jo ungira copiosamente seu rosto ansioso com loção, Beth levara Joanna para dormir com ela para compensar a separação próxima, e Amy se superou ainda mais ao colocar um prendedor na ponta do nariz, a fim de melhorar os traços que considerava feios. Era um prendedor daqueles que os desenhistas usam para segurar o papel em suas pranchetas, portanto era bastante apropriado e eficaz para aquela nova finalidade. Aquele espetáculo engraçado parecia divertir o sol, pois seu brilho estava tão intenso que Jo acordou e despertou as irmãs ao gargalhar do adereço de Amy.

Tanta luz e riso eram bons presságios para um passeio prazeroso, e logo ambas as casas ficaram cheias de vida. Beth, que ficou pronta primeiro, não parava de relatar o que acontecia na casa ao lado e animava os preparativos das irmãs com frequentes relatórios da janela.

— Lá vai o homem com a tenda! Vejo a sra. Barker colocar os lanchinhos em cestas de piquenique. Agora o sr. Laurence está olhando para o céu e para o cata-vento. Gostaria que ele fosse. Lá está Laurie, parecendo um marinheiro, bom menino! Ah, Deus! Lá vem uma carruagem cheia de gente; uma senhora alta, uma menininha e dois rapazes horríveis! Um é manco, pobrezinho, usa muleta. Laurie não nos disse isso. Andem logo, meninas! Está ficando tarde. Ora, aquele é Ned Moffat, tenho certeza. Meg, não é o homem que cumprimentou você enquanto fazíamos compras?

— É mesmo. Bem estranho ele ir também. Pensei que estivesse nas montanhas. Lá está Sallie. Estou contente por ela ter voltado a tempo. Estou bonita, Jo? — gritou Meg, ansiosa.

— Uma florzinha. Segure seu vestido e ajeite o chapéu, está exagerado demais assim! Vai voar na primeira lufada. Vamos, vamos!

— Ah, Jo, você não vai usar esse chapéu horrível, vai? É horroroso! Não se vista como um menino — protestou Meg, enquanto Jo amarrava com uma fita vermelha o chapéu enorme e antiquado que Laurie lhe deu de brincadeira.

— Mas é claro que vou! É excelente, levinho, grande e faz uma senhora sombra. Vai ser engraçado, e eu não me importo de parecer um menino se isso me deixa confortável. — Jo se retirou imediatamente e as outras a seguiram; era um grupo radiante de irmãs, todas lindas em seus trajes de verão e com seus rostinhos alegres debaixo dos chapéus divertidos.

Laurie correu para encontrá-las e apresentá-las aos amigos da forma mais cordial possível. O gramado era a sala de recepção e, durante vários minutos, uma cena animada tomou lugar. Meg ficou feliz por ver que a srta. Kate, embora com vinte anos, estava vestida com uma simplicidade que as meninas norte-americanas fariam bem em imitar, e também ficou muito lisonjeada com a afirmação do sr. Ned de que ele fora até lá especialmente para vê-la. Jo entendeu por que Laurie fazia careta ao falar de Kate: a jovem tinha um ar soberbo que contrastava fortemente com o comportamento espontâneo e tranquilo das outras garotas. Beth observou os rapazes e percebeu que o que mancava não era *horrível*, mas sim gentil e frágil, e ela seria amável com ele por esse motivo. Amy achou Grace uma pessoinha bem-educada e alegre. Depois de olharem uns para os outros de forma estúpida por alguns minutos, rapidamente se tornaram muito bons amigos.

Tendas, lanches e equipamentos de croqué foram despachados com antecedência, e o grupo logo embarcou. Enquanto os dois barcos foram se afastando juntos, o sr. Laurence acenava com o chapéu na costa. Laurie e Jo remaram um barco, o sr. Brooke e Ned o outro, enquanto Fred Vaughn, o gêmeo desordeiro, fez o melhor para perturbar ambos, provocando tumultos na água. O chapéu engraçado de Jo merecia um agradecimento, pois foi de utilidade geral. Ele quebrou o gelo no início, fazendo todos rirem, criou uma brisa refrescante, batendo de um lado para o outro enquanto ela remava, e daria um excelente guarda-chuva para todos caso caísse um aguaceiro, como disse ela. Kate afirmou que ela era "estranha", mas bastante esperta, e sorriu de longe.

Meg, no outro barco, estava sentada no melhor lugar, cara a cara com os remadores, que tanto admiravam a vista quanto pavoneavam os remos com "habilidade e destreza" incomuns. O sr. Brooke era um jovem sério e quieto, com belos olhos castanhos e uma voz agradável. Meg gostava de seus modos silenciosos e o considerava uma enciclopédia ambulante, recheada de conhecimento útil. Ele não conversava muito com ela, mas a olhava bastante, e ela tinha certeza de que não eram olhares de aversão. Ned, que era um universitário, é claro, agia do modo como todos os calouros achavam correto. Não era muito esperto, mas era muito bem-humorado e, como um todo, uma excelente pessoa para se ter em um piquenique. Sallie Gardiner estava preocupada em manter o vestido branco limpo e tagarelava com o onipresente Fred, que mantinha Beth constantemente apavorada com suas brincadeiras.

Não estavam longe de Longmeadow. Quando chegaram, a tenda já estava armada e os aros de croqué posicionados no chão. Era um campo verde bastante agradável, com três carvalhos bem grandes no meio e uma faixa lisa de relva para o esporte.

— Bem-vindos ao Acampamento Laurence! — disse o jovem anfitrião, quando desceram dos barcos exclamando de alegria. — Brooke é o comandante, eu sou o comissário geral, os outros companheiros são oficiais e vocês, senhoritas, são nossas convidadas. A tenda é para seu usufruto, aquele carvalho é a sua sala de visitas, este é o refeitório e o terceiro é a cozinha do acampamento. Agora, vamos jogar antes que esquente mais, e depois preparamos o almoço.

Frank, Beth, Amy e Grace se sentaram para ver o jogo ser disputado entre os outros oito. O sr. Brooke escolheu Meg, Kate e Fred. Laurie ficou com Sallie, Jo e Ned. Os ingleses jogaram bem, mas os americanos jogaram melhor e dominaram cada centímetro do campo com vigor, como se o espírito da pátria os inspirasse. Jo e Fred se desentenderam várias vezes e por pouco não falaram palavrões. Jo passou pelo último arco e perdeu o lance, o que a deixou muito abalada. Fred estava com a pontuação encostada na dela, e a vez dele chegou. Ele deu um toque na bola, que bateu no arco e parou um centímetro no lado errado. Ninguém estava por perto e, indo dar uma olhada, ele deu um empurrãozinho esperto com o dedo do pé, o que colocou a bola apenas um centímetro no lado certo.

— Acertei! Agora, srta. Jo, vou ultrapassá-la e ficar em primeiro! — gritou o jovem cavalheiro, balançando o taco para outro golpe.

— Você deu um empurrão, eu vi! Agora é minha vez — disse Jo, bem ríspida.

— Eu juro que não! Rolou um pouquinho para o lado, talvez, mas isso é permitido. Por isso, afaste-se, por favor, e me deixe jogar.

— Nós não trapaceamos nos Estados Unidos, mas você pode trapacear, se acha conveniente — disse Jo, com raiva.

— Vocês, ianques, são os maiores trapaceiros, todo mundo sabe disso. Pronto, falei! — retrucou Fred, mandando a bola de Jo para bem longe.

Jo abriu a boca para dizer algo grosseiro, mas se conteve a tempo, corou até a raiz dos cabelos e ficou parada um minuto, martelando um arco com todas as forças, enquanto Fred dava mais uma tacada e se declarava campeão. Ela saiu para pegar a bola e ficou muito tempo procurando entre os arbustos, mas voltou, calma e renovada, e esperou pacientemente sua vez. Foram necessárias várias jogadas para recuperar o lugar que ela havia perdido e, quando conseguiu, o time adversário estava na frente, pois a bola de Kate era a última e estava perto da meta final.

– Pelo amor da rainha, já ganhamos! Nem se preocupe, Kate. A srta. Jo já perdeu! – exclamou Fred animado, enquanto todos se aproximavam para ver o final.

– Os ianques têm um truque: ser generosos com seus inimigos – disse Jo, com um olhar que fez o garoto ficar vermelho –, especialmente quando os vencemos – acrescentou e, deixando a bola de Kate intocada, ganhou o jogo com uma tacada genial.

Laurie jogou o chapéu para cima, mas depois se lembrou que não fazia sentido comemorar a derrota dos convidados, então se interrompeu no meio da comemoração para sussurrar à amiga:

– Muito bem, Jo! Eu vi que ele trapaceou. Não podemos mencionar isso, mas ele não fará de novo, esteja certa.

Meg a chamou de lado, sob o pretexto de prender uma trança solta, e disse, em aprovação:

– Foi uma tremenda provocação, mas você manteve a calma, e estou muito feliz por isso, Jo.

– Nada de elogios, Meg, porque eu poderia dar um safanão nas orelhas desse moleque agora mesmo. Com certeza meu sangue teria fervido se eu não tivesse ficado no meio das urtigas até controlar minha raiva o suficiente para segurar a língua. Estou zangada agorinha mesmo, então espero que ele fique fora do meu caminho – respondeu Jo, mordendo os lábios enquanto fitava Fred por baixo de seu chapéu enorme.

– Hora do almoço – disse o sr. Brooke, olhando para o relógio. – Comissário geral, pode acender a fogueira e buscar água, enquanto a srta. March, a srta. Sallie e eu colocamos a mesa? Quem sabe fazer um bom café?

– A Jo – disse Meg, feliz por indicar a irmã. Então Jo, sentindo que as últimas aulas de culinária serviriam de algo, tomou posse do bule de café, enquanto as crianças recolhiam galhos secos e os meninos faziam uma fogueira e pegavam água de uma nascente próxima. A srta. Kate desenhava e Frank falava com Beth, que fazia tapetinhos de plantas trançadas para servir como apoios para os pratos.

O comandante e seus auxiliares logo estenderam a toalha de mesa e serviram uma convidativa variedade de comidas e bebidas, lindamente decorada com folhas verdes. Jo anunciou que o café estava pronto, e todos se acomodaram para uma refeição saborosa, pois a juventude raramente sofre de indigestão, e o exercício físico se desdobra em apetites vorazes. Foi um almoço muito alegre, tudo estava fresquinho e divertido, e as frequentes gargalhadas assustaram um cavalo majestoso que se alimentava por perto. Havia um agradável desequilíbrio na mesa, gerando pequenos contratempos com pratos e copos, nozes e leite espalhados, formiguinhas que tomavam os refrescos sem serem convidadas e lagartas felpudas que desciam das árvores para ver o que se passava. Três crianças muito loiras espreitaram por cima da cerca, e um cachorro aborrecido latia para eles do outro lado do rio com toda sua garra e vontade.

– Caiu sal aqui – disse Laurie, ao passar um pratinho com frutinhas vermelhas à Jo.

– Obrigada, mas prefiro aranhas – respondeu ela, pescando duas pequeninas que caminhavam desavisadas para uma morte cremosa. – Como ousa me lembrar daquele almoço horrível, quando o seu é tão bom em todos os aspectos? – acrescentou Jo, enquanto ambos riam e comiam de um prato compartilhado, pois não havia louça para todos.

– Eu me diverti muito naquele dia, e ainda não o superei. Isso daqui não é mérito meu, sabe, não fiz nada. É você, Meg e Brooke que estão tocando o passeio, e sou infinitamente grato. O que vamos fazer quando não aguentarmos mais comer? – perguntou Laurie, sentindo que o maior trunfo já tinha sido jogado quando o almoço acabou.

– Podemos jogar alguma coisa até o tempo ficar mais fresco. Trouxe o baralho de autores,[7] e ouso dizer que a srta. Kate tem algum truque novo e divertido na manga. Vamos, pergunte. Ela é sua convidada, então fique mais tempo com ela.

– Você também não é minha convidada? Pensei que ela se daria bem com Brooke, mas ele não para de conversar com a Meg, e Kate os encara através daqueles óculos ridículos dela. Estou indo, então não precisa me dizer o que é adequado, Jo, mesmo porque você não conseguiria.

A srta. Kate conhecia mesmo vários jogos novos e, como as meninas não queriam comer mais, e os meninos não conseguiriam comer mais, todos se retiraram para a "sala de visitas" para brincar de contar histórias.

– Uma pessoa começa uma história, sobre qualquer bobagem que preferir, e vai contando pelo tempo que quiser, só tendo o cuidado de se interromper em algum ponto eletrizante, que será quando a próxima pessoa assume, e assim por diante. É muito engraçado quando bem-feito, e sai uma bagunça maravilhosa de coisas trágicas e cômicas. Por favor, comece, sr. Brooke – disse Kate, como se fosse uma ordem, o que surpreendeu Meg, que tratava o tutor com tanto respeito quanto qualquer outro cavalheiro.

Deitado na grama aos pés das duas jovens senhoritas, o sr. Brooke obedientemente começou a história, com os belos olhos castanhos fixos no rio radiante ao sol.

---

7 "Authors" é um jogo de cartas inventado também na década de 1860. No baralho há cartas com autores britânicos e norte-americanos famosos e seus trabalhos. O objetivo para cada jogador é tentar reunir as obras de um mesmo autor, e aquele com o maior número de conjuntos de obras completos ganha. [N.E.]

— Era uma vez um cavaleiro que saiu pelo mundo em busca de fortuna. Não tinha nada além de sua espada e seu escudo. Ele viajou muito tempo, quase 28 anos, e passou por um período difícil, até chegar ao palácio de um bom e velho rei, que havia oferecido uma recompensa a qualquer um que pudesse domar e treinar um potro belo, porém selvagem, do qual ele gostava muito. O cavaleiro concordou em tentar e começou aos poucos, mas com segurança, pois o potro era corajoso e logo aprendeu a amar o novo mestre, apesar de ser exótico. Todos os dias, quando ele treinava o animal de estimação do rei, o cavaleiro o montava pela cidade e, enquanto fazia isso, procurava por toda parte um certo rosto bonito, que havia visto muitas vezes em seus sonhos, mas nunca encontrou. Um dia, enquanto descia uma rua tranquila, ele viu na janela de um castelo em ruínas o lindo rosto. Ficou encantado, perguntou aos locais quem morava no velho castelo, e lhe disseram que várias princesas cativas eram mantidas lá por um feitiço. Elas costuravam o dia inteiro para juntar dinheiro e comprar sua liberdade. O cavaleiro desejava intensamente poder libertá-las, mas era pobre e só podia passar por lá, todos os dias, olhando para o rosto amável e almejando vê-lo ao sol. Finalmente, ele resolveu entrar no castelo e perguntar como poderia ajudá-las. Bateu à porta, que se abriu, e então o cavaleiro se deparou com...

— Uma moça encantadora e arrebatada, que exclamou, com um grito de êxtase: "Finalmente! Oh, enfim!" — continuou Kate, que lera muitos romances franceses e admirava o estilo. — "É ela!", exclamou o Conde Gustave, caindo a seus pés em um êxtase de alegria. "Ó, levante-se!", disse a dama, estendendo-lhe a mão, branca como mármore. "Nunca! Até me dizer como posso lhe salvar", jurou o cavaleiro, ainda de joelhos. "Infelizmente, meu cruel destino condena-me a ficar aqui até meu tirano ser destruído." "Onde está o vilão?" "No salão violeta. Vá, ó, corajoso cavaleiro, e salve-me do desespero." "Obedeço-lhe, e hei de voltar vitorioso, ou morto!"

Com essas palavras emocionantes, ele correu para longe e, abrindo a porta do salão violeta, prestes a entrar, ele recebeu...

— Um baita golpe provocado por um dicionário enorme de grego, arremessado por um velho vestindo um traje preto — disse Ned. — Instantaneamente, Sir Qual-Era-O-Nome-Mesmo se recuperou, lançou o tirano pela janela e se virou para se juntar à dama, vitorioso, mas, com um galo na testa, encontrou a porta trancada, rasgou as cortinas, amarrou-as em uma escada de corda e havia descido metade da distância quando os panos se partiram, e ele foi de cabeça para o fosso, vinte metros abaixo. Entretanto, sabia nadar como um pato, e então agitou as pernas para dar a volta ao castelo até chegar a uma portinha guardada por dois sujeitos robustos, e bateu a cabeça dos dois uma contra a outra até racharem como nozes. Depois, com um esforço insignificante para sua força prodigiosa, arrebentou a porta, subiu os degraus de pedra cobertos por uma camada grossa de poeira, sapos tão grandes quanto um punho fechado e aranhas que a deixariam histérica, srta. March. No topo da escadaria, ele trombou com uma visão que lhe tirou o fôlego e gelou seu sangue...

— Uma figura alta, toda de branco, com um véu sobre o rosto e uma lamparina na mão deteriorada — continuou Meg. — Ela acenou, deslizando silenciosamente por aquele corredor tão escuro e frio quanto um túmulo. Efígies sombrias trajadas com armaduras guardavam o corredor de ambos os lados, um silêncio mortífero reinava, na lamparina queimava uma chama azul, e a figura fantasmagórica revelava o brilho de seus horríveis olhos através do véu branco. Andaram até alcançar uma porta acortinada, por trás da qual ressoava uma bela música. Ele se antecipou para entrar naquele cômodo, mas o espectro o puxou de volta e gesticulou ameaçadoramente, mostrando-lhe...

— Uma misteriosa caixa — disse Jo, em um tom sepulcral que arrepiou a audiência. — "Obrigado", disse o cavaleiro educadamente e cheirou sete vezes o odor que dali saía. O efeito foi tão violento que sua cabeça caiu. "Ha! Ha!", riu o fantasma. Depois, espiando pelo buraco da fechadura e vendo as princesas trabalhando com ímpeto, o espírito maligno tomou sua vítima e a colocou em um grande jazigo de latão, onde havia outros onze corpos de cavaleiros sem cabeça, empoleirados juntos como sardinhas, os quais então se levantaram e começaram a...

– Dançar! – interrompeu Fred, enquanto Jo pausava para respirar. – E, enquanto dançavam, o velho castelo encardido se transformou em um navio de guerra em plena atividade. "Subam a bujarrona, rizem as velas, protejam o timão e carreguem as armas!", rugiu o capitão quando uma embarcação pirata portuguesa apareceu à vista, com uma bandeira preta como nanquim, içada e tremeluzente no mastro. "Vão e vençam, meus queridos!", diz o capitão, e uma tremenda luta começa. É claro que os britânicos vencem, como sempre.

– Não, não vencem! – gritou Jo, fora da narrativa.

– Tendo tomado o capitão-pirata como prisioneiro, os ingleses avançaram contra os inimigos e lotaram seus conveses com cadáveres, fazendo verter sangue pelos drenos a sotavento, pois a ordem de seu comandante fora "À guerra e à morte!" Ele então disse: "Contramestre, pegue uma corda e ameace este vilão se ele não confessar seus pecados rapidamente." O português permaneceu calado como um morto e andou na prancha, enquanto os alegres marinheiros britânicos aplaudiam como loucos. Mas o espertinho mergulhou, nadou para a parte debaixo do navio, fez um buraco no casco, e o navio afundou, com as velas abertas. "Para o fundo do mar, do mar, do mar, onde...

– Ah, meu Deus! E o que eu falo agora? – exclamou Sallie, enquanto Fred terminava de tagarelar aquele amontoado de palavras náuticas difíceis e fatos históricos retirados de um de seus livros favoritos. – Bem, eles afundaram, e uma sereia adorável os recebeu, mas ficou muito triste ao encontrar a caixa dos cavaleiros sem cabeça e gentilmente os conservou em salmoura, na esperança de descobrir o mistério em torno deles. Por ser mulher, era curiosa.

Quando um mergulhador apareceu, a sereia disse: "Eu lhe dou uma caixa de pérolas se puder levá-la à superfície", pois ela queria que os cavaleiros voltassem à vida, mas não conseguia carregar sozinha a tão pesada caixa. Então, o mergulhador assim o fez, mas ficou muito desapontado ao não encontrar as pérolas. Ele abandonou a caixa em um grande campo solitário, onde foi encontrada por uma...

— Menininha-ganso, que cuidava de cem gansos gordos naquele campo — disse Amy, quando a imaginação de Sallie se esgotou. — A menina sentiu pena dos cavaleiros sem cabeça e perguntou a uma velha o que ela deveria fazer para ajudá-los. "Os teus gansos vão lhe dizer, pois eles sabem tudo", disse a velha. Então, ela perguntou o que deveria usar para fazer com que novas cabeças crescessem, já que as antigas tinham sumido, e todos os gansos abriram suas cem bocas e gritaram...

— "Repolhos!" — continuou Laurie de imediato. — "Isso mesmo!", disse a garota, correndo para pegar doze repolhos de seu jardim. Ela os colocou no lugar das cabeças, os cavaleiros ressuscitaram, agradeceram-lhe e seguiram seu caminho alegres, nunca percebendo a diferença, pois havia tantas outras cabeças inúteis como aquelas no mundo que ninguém ligava. O cavaleiro em quem estou interessado voltou para procurar a moça do rostinho bonito e descobriu que as princesas tinham conseguido a liberdade e se casaram; todas, menos uma. Ele estava bem agitado e, montando o potro, que ficou ao seu lado na alegria e na tristeza, correu para o castelo para ver qual restava. Ao espiar pela sebe, ele viu a rainha de seu coração colhendo flores em seu jardim. "Você me dará uma rosa?", disse ele. "Venha buscá-la. Não posso ir até você, não é apropriado", respondeu ela, tão doce como o mel. Ele tentou subir por cima da sebe, que crescia mais e mais para o alto. Empenhou-se para atravessá-la, mas a sebe ficava cada vez mais grossa, e ele começou a se desesperar. Então, pacientemente partiu galho por galho, até que fez um pequeno buraco pelo qual conseguiu espiar, dizendo, suplicante: "Deixe-me entrar! Deixe-me entrar!" Mas a linda princesa parecia não entender, pois continuou apanhando as rosas em silêncio e o deixou se virar sozinho para entrar. Se ele conseguiu ou não, cabe ao Frank nos contar.

– Não posso. Não estou jogando, nunca jogo – disse Frank, consternado por ter sido delegado à tarefa sentimental de resgatar um casal tão absurdo. Beth havia desaparecido atrás de Jo e Grace estava dormindo.

– Então o pobre cavaleiro ficará preso na sebe, é isso? – perguntou o sr. Brooke, ainda observando o rio e brincando com a rosa em sua lapela.

– Acho que a princesa lhe deu um ramalhete de flores e abriu o portão depois de um tempo – disse Laurie, sorrindo para si mesmo, enquanto atirava nozes em seu tutor.

– Mas que história sem pé nem cabeça nós compusemos! Com a prática, podemos fazer algo até bom. Vocês conhecem "A Verdade"? – perguntou Sallie.

– Espero que sim – disse Meg, bastante séria.

– Refiro-me ao jogo.

– E como é? – disse Fred.

– Colocamos nossas mãos uma em cima da outra. Daí, escolhemos um número e vamos retirando as mãos, uma por vez, e contando. Quando uma pessoa retirar a mão na vez do número escolhido, ela tem que responder a qualquer pergunta que o restante fizer, sem mentir. É muito divertido.

– Vamos tentar – disse Jo, que gostava de novas experiências.

A srta. Kate, o sr. Brooke, Meg e Ned recusaram, mas Fred, Sallie, Jo e Laurie juntaram as mãos e foram retirando. A vez foi de Laurie.

– Quem são seus heróis? – perguntou Jo.

– Meu avô e Napoleão.

– E que dama aqui você acha mais bonita? – questionou Sallie.

– Margaret.

– De quem gosta mais? – indagou Fred.

– Jo, é claro.

– Mas que perguntas tolas! – Jo, desdenhosa, deu de ombros enquanto os outros riam da maneira direta como Laurie respondeu.

– Vamos de novo. "A Verdade" não é um jogo ruim – disse Fred.

– É bom para você – retrucou Jo em voz baixa, e foi a próxima.

– Qual o seu maior defeito? – perguntou Fred, a fim de testar nela a virtude que faltava em si mesmo.

– Um temperamento explosivo.

– Maior desejo? – disse Laurie.

– Um par de botas com cadarços – respondeu Jo, adivinhando o propósito do amigo.

– Não foi uma resposta verdadeira. Deve dizer o que realmente quer.

– Genialidade. Algo que você bem que gostaria de me conceder, não é, Laurie? – sorriu, dissimulada, pela expressão de decepção no rosto dele.

– Quais virtudes admira mais em um homem? – perguntou Sallie.

– Coragem e honestidade.

– Agora é minha vez – disse Fred, quando retirou a mão por último.

– Vamos pegá-lo – sussurrou Laurie para Jo, que acenou com a cabeça e perguntou imediatamente:

– Você trapaceou no croqué?

– Bem, sim, um bocadinho.

– Ótimo! Tirou sua história de *The Sea Lion*? – perguntou Laurie.

– Um pouquinho.

— Acha que a nação inglesa é perfeita em todos os aspectos? — perguntou Sallie.

— Eu me envergonharia se não achasse.

— Ele é um verdadeiro John Bull.[8] Agora, srta. Sallie, terá uma oportunidade sem esperar sua vez. Primeiro, vou lhe atormentar ao perguntar se você não se acha linda e uma bela pretendente — disse Laurie, enquanto Jo acenava para Fred em sinal de paz.

— Seu moleque impertinente! Claro que não! — exclamou Sallie, com um ar que provava o contrário.

— O que você mais odeia? — perguntou Fred.

— Aranhas e arroz-doce.

— E do que gosta mais? — perguntou Jo.

— Dança e luvas francesas.

— Bem, eu acho que este é um jogo muito besta. Vamos jogar o baralho de autores para refrescar a memória — propôs Jo.

Ned, Frank e as meninas se juntaram e, enquanto isso, os três mais velhos se sentaram separadamente para conversar. A srta. Kate começou a desenhar de novo, e Margaret a observava, enquanto o sr. Brooke se deitava na grama com um livro, que não lia.

— Como você desenha bem! Eu gostaria de saber desenhar — disse Meg, com admiração e pesar na voz.

— E por que não aprende? Penso que você tem gosto e talento para isso — respondeu a srta. Kate, com delicadeza.

— Não tenho tempo.

— Sua mãe tem outras habilidades em vista, imagino eu. A minha também, mas eu provei que tinha talento ao participar de algumas

8 John Bull é uma caricatura que personifica a Grã-Bretanha. Criado pelo médico e matemático escocês John Arbuthnot, o personagem alegórico apareceu inicialmente em uma série de panfletos políticos. Uma representação posterior de John Bull trazia a figura de um fazendeiro simples e honesto, um contraste direto com a autoritária personificação norte-americana: o Tio Sam. [N.E.]

aulas por conta própria, e então ela ficou animada para que eu continuasse. Não pode tentar fazer o mesmo com a sua preceptora?

– Não tenho uma.

– Esqueci que as jovens norte-americanas vão mais à escola do que nós, britânicas. São escolas muito boas, meu pai diz. Suponho que frequente uma particular.

– Não, não vou para a escola. Eu mesma trabalho como preceptora de uma família.

– Ah, é mesmo? – foi o que disse a srta. Kate, mas poderia muito bem ter dito: "Minha nossa, que horrível!", porque seu tom implicou isso, e algo em sua expressão fez Meg corar e desejar não ter sido tão franca.

O sr. Brooke levantou o olhar e disse rapidamente:

– As jovens norte-americanas amam a independência tanto quanto seus ancestrais, e são admiradas e respeitadas por se sustentarem.

– Ah, sim, claro! É muito bom e apropriado que o façam. Temos muitas jovens respeitáveis e dignas que fazem o mesmo e trabalham para famílias nobres, porque, sendo filhas de cavalheiros, são bem-criadas e habilidosas – disse Kate em um tom complacente que feriu o orgulho de Meg e que fez com que seu trabalho parecesse não só algo desprezível, como também degradante.

– A canção alemã lhe agradou, srta. March? – perguntou o sr. Brooke, quebrando um silêncio constrangedor.

– Ah, sim! Muito agradável, e sou muito grata a quem quer que a tenha traduzido para mim. – O rosto abatido de Meg brilhou enquanto falava.

– Não lê em alemão? – perguntou a srta. Kate, com um olhar de surpresa.

– Não muito bem. Meu pai, que me dava aulas, está longe, e não sou muito boa em estudar sozinha, pois não há ninguém para corrigir minha pronúncia.

— Tente agora. Aqui está *Mary Stuart*, de Schiller, e um tutor que ama ensinar — disse o sr. Brooke, ao colocar o livro no colo de Meg com um sorriso incentivador.

— É tão difícil que tenho medo de tentar — disse Meg, agradecida, mas tímida na presença da jovem talentosa ao seu lado.

— Vou ler um pouco para lhe encorajar. — A srta. Kate leu uma das mais belas passagens de uma forma perfeitamente correta, embora sem nenhuma expressão.

O sr. Brooke não fez comentários quando devolveu o livro à Meg, que disse inocentemente:

— Pensei que fosse poesia.

— Algumas partes são. Tente esta passagem.

O sr. Brooke sorriu quando abriu o livro na parte do lamento da pobre Mary.

Meg obedientemente seguiu a longa folha com a qual seu novo tutor apontava para o livro, lendo lenta e timidamente, sem querer fazendo poesia com aquelas palavras difíceis através da suave entonação de sua voz musical. A folha verde chegou até o fim da página, e, esquecendo-se de seus ouvintes e se perdendo na bela e triste cena da história, Meg leu como se estivesse sozinha, dando um pequeno toque de tragédia às palavras da infeliz rainha. Se tivesse encarado os olhos castanhos, ela teria parado rapidamente, mas nunca desviou o olhar da página, então a lição se manteve intacta até o fim.

— Muito bem! — disse o sr. Brooke, enquanto Meg fazia uma pausa, ignorando seus muitos erros e demonstrando que ele de fato amava ensinar.

A srta. Kate colocou os óculos e, depois de analisar a situação à sua frente, fechou o livro de esboços e disse, com condescendência:

— Você tem um belo sotaque e com o tempo será uma leitora melhor. Meu conselho é que você aprenda, pois o alemão é uma conquista valiosa para aqueles que querem ensinar. Preciso tomar conta de Grace, ela está fazendo arte. – A srta. Kate se afastou, pensando com um dar de ombros: "Eu não vim para ser dama de companhia de uma preceptora, embora ela seja jovem e bonita. Que gente estranha esses ianques são. Receio que serão uma má influência para Laurie."

– Esqueci que os ingleses preferem esnobar a criadagem e não a trata como nós a tratamos – disse Meg, olhando com irritação para a silhueta que se afastava.

– Tutores também têm suas dificuldades por lá, e sei disso por experiência própria. Não há lugar como os Estados Unidos para nós, trabalhadores, srta. Margaret. – O sr. Brooke parecia tão contente e alegre que Meg se envergonhou por se lamentar de sua vida.

– Estou feliz por viver aqui, então. Não gosto do meu trabalho, mas ele me satisfaz em certo nível, por isso não vou me queixar. Só queria gostar de ensinar, assim como o senhor.

– Se tivesse Laurie como pupilo, penso que gostaria. Será uma pena não poder ensiná-lo ano que vem – disse o sr. Brooke, enquanto fazia buraquinhos na grama.

– Ele vai para a faculdade, não é? – perguntou Meg com palavras, mas seu olhar acrescentava: "E o que vai acontecer com você?"

– Sim, está na hora de ele ir, já está pronto, e assim que for, vou me alistar como soldado. Precisam de mim.

– Isso muito me alegra! – exclamou Meg. – Penso que todos os jovens deveriam ter essa vontade, embora seja difícil para as mães e irmãs que ficam em casa – comentou, dolorosamente.

– Eu não tenho mãe nem irmãs, e poucos são os amigos para se importarem se sairei vivo ou morto – disse o sr. Brooke com bastante amargura, enquanto, sem perceber, colocava uma rosa morta em um dos buracos que fizera e a cobria, como se fosse um pequeno sepultamento.

– Laurie e o avô se importariam muito, e todas nós também lamentaríamos muito se algum mal acontecesse com o senhor – disse Meg, de coração.

– Obrigado, isso é muito gentil – começou o sr. Brooke, parecendo alegre novamente, mas, antes que pudesse terminar a fala, Ned, que montava o velho cavalo, apareceu todo desajeitado para mostrar suas habilidades de equitador às jovens damas, e toda a calmaria cessou.

– Você não ama montar? – perguntou Grace para Amy, enquanto descansavam depois de uma corrida pelo campo com os outros, liderados por Ned.

– Eu amo. Minha irmã, Meg, costumava montar quando o papai era rico, mas agora não temos cavalos, exceto Ellen Tree – acrescentou Amy, rindo.

– Pois me conte mais sobre Ellen Tree. É um pônei? – perguntou Grace, curiosa.

– Jo é louca por cavalos, e eu também, mas só temos uma sela velha e nenhum cavalo. No nosso jardim, há uma macieira com um galho baixo muito bom, então Jo colocou a sela nele, amarrou rédeas na parte que se eleva, e nós cavalgamos Ellen Tree quando dá na telha.

– Que engraçado! – riu Grace. – Tenho um pônei em casa e ando quase todos os dias no parque com Fred e Kate. É muito agradável, porque meus amigos também vão, e o Row está sempre abarrotado de damas e cavalheiros.

– Nossa, que encantador! Espero um dia sair do país, mas prefiro ir a Roma do que ao Row – disse Amy, que não tinha a mais remota ideia do que era Row e não perguntaria por nada no mundo.

Frank, sentado logo atrás das meninas, ouviu a conversa e empurrou a muleta para longe com um gesto impaciente enquanto observava os garotos fazendo todo tipo de traquinagens. Beth, que recolhia as cartas espalhadas do baralho de autores, olhou para ele e disse, de forma tímida, mas amigável:

— Acho que está cansado. Posso fazer alguma coisa por você?

— Converse comigo, por favor. É chato ficar sentado sozinho — respondeu Frank, que evidentemente já estava acostumado a isso em casa.

Se ele tivesse pedido à Beth para rezar uma missa em latim ainda assim não teria sido uma tarefa mais impossível do que aquela, mas não havia para onde fugir, nem Jo para se esconder atrás, e o pobre rapaz olhou tão melancolicamente para ela. Corajosa, resolveu tentar.

— E sobre o que você quer conversar? — perguntou ela, mexendo nas cartas e deixando metade cair enquanto tentava juntá-las.

— Bem, eu gosto de falar de críquete, de barcos e de caça — disse Frank, que ainda não havia aprendido a equilibrar seus gostos com sua capacidade física.

"Meu Deus do céu! E agora? Não sei nada sobre isso", pensou Beth. Na pressa, esqueceu-se do infortúnio do rapaz e disse, esperando que ele falasse:

— Nunca fui à caçada alguma, mas suponho que você saiba tudo.

— Fiz parte de uma certa vez, mas nunca mais posso caçar, pois me machuquei saltando um maldito portão bem alto, então, nada de cavalos e cães de caça para mim — disse Frank, com um suspiro que fez Beth se odiar por seu erro inocente.

— Os cervos que têm lá são muito mais bonitos do que os nossos búfalos horrorosos — disse ela, voltando-se para as pradarias em busca de ajuda e se sentindo grata por ter lido um dos livros de meninos que Jo amava.

Falar de búfalos foi bom e agradável. Em sua ânsia para agradar o rapaz, Beth esqueceu-se de si mesma e estava bastante inconsciente da surpresa e do prazer das irmãs diante do espetáculo incomum que era ver Beth conversando com um dos terríveis rapazes, dos quais ela implorara para se manter afastada.

– Mas que coração bom! Ela tem pena dele, por isso age assim com gentileza – disse Jo, olhando para a irmã do campo de croqué.

– Eu sempre disse que ela era uma santa – acrescentou Meg, como se não houvesse mais dúvidas sobre isso.

– Não ouço Frank rir tanto há muito tempo – disse Grace para Amy, enquanto falavam de bonecas e criavam xícaras de chá com cascas de nozes.

– Minha irmã Beth é uma garota muito fastidiosa, quando quer – disse Amy, muito satisfeita com o sucesso de Beth. Ela quis dizer "fascinante", mas como Grace não sabia o significado exato de nenhuma das palavras, o "fastidiosa" soou bem e causou uma boa impressão.

Muitas brincadeiras, diversão e um jogo agradável de croqué encerraram a tarde. Ao entardecer, a tenda foi recolhida, as cestas, arrumadas, os arcos, retirados, os barcos, carregados, e todos desceram rio abaixo, cantando a plenos pulmões. Ned, um tanto emocionado, fez uma serenata que dava brechas à imaginação:

Sozinho, sozinho. Oh, sozinho, sozinho!

E os versos seguiam:

Somos jovens, temos um coração,
Por que devemos ficar friamente separados, então?

Ele olhou para Meg com uma expressão tão desanimada que ela riu e estragou a canção.

– Como pode ser tão cruel comigo? – sussurrou ele, por entre refrãos. – Ficou perto daquela inglesa engomadinha o dia todo e agora me esnoba.

— Não foi minha intenção, mas você estava tão engraçado que não pude evitar — respondeu Meg, esquivando-se da primeira parte da repreensão, pois era bem verdade que ela o evitara, lembrando-se da festa dos Moffat e da conversa que se seguiu.

Ned se ofendeu e procurou Sallie para se consolar, dizendo-lhe de forma um pouco irritada:

— Essa garota não sabe mesmo flertar, não é?

— Nem um pouco, mas ela é um amor — retrucou Sallie, defendendo a amiga, mesmo que reconhecesse suas falhas.

— De qualquer forma, ela não é um animalzinho assustado também — disse Ned, tentando ser espirituoso e conseguindo, tal como os jovens cavalheiros em geral conseguem.

No jardim onde haviam se reunido pela manhã, o grupo se separou com cordiais boas-noites e despedidas, pois os Vaughn iam para o Canadá em seguida. Enquanto as quatro irmãs voltavam para casa, a srta. Kate olhou para elas, dizendo, sem vestígio de tom complacente na voz:

— Apesar de seus modos, as meninas norte-americanas são muito simpáticas quando temos a chance de conhecê-las.

— Concordo plenamente com a senhorita — disse o sr. Brooke.

CAPÍTULO TREZE

Castelos no céu

Laurie balançava pomposamente em sua rede certa tarde quente de setembro, perguntando-se o que as vizinhas estariam fazendo, mas com preguiça demais para descobrir. Ele estava mal-humorado, pois o dia nada rendera e fora desagradável, e Laurie desejava poder vivê-lo novamente, de um jeito diferente. O clima quente o deixara indolente, e ele havia se esquivado dos estudos, testado a paciência do sr. Brooke ao máximo, desagradado o avô por ter tocado metade da tarde, dado um bom susto nas criadas ao insinuar maliciosamente que um dos cães estava com raiva e, depois de discutir com o cavalariço sobre alguma negligência fantasiosa com seu cavalo, jogara-se na rede para esbravejar contra a estupidez do mundo em geral, até que o lindo e pacífico dia o acalmou contra sua vontade. Olhando para a escuridão verde das castanheiras acima dele, sonhava todos os tipos de sonhos. Imaginava-se vagando pelo oceano em uma viagem ao redor do mundo quando o som de vozes o trouxe de volta em um piscar de olhos. Espiando através das malhas da rede, ele viu as March saindo, como se estivessem em alguma expedição.

"Mas que diabos estão aprontando agora?", pensou Laurie, abrindo os olhos cansados para dar uma boa olhadela, pois havia algo bastante peculiar na aparência das vizinhas. Cada uma usava um chapéu grande com aba, uma bolsa de linho marrom pendurada sobre um ombro e um longo cajado na mão. Meg levava uma almofada; Jo, um livro; Beth, uma cesta; e Amy, uma pasta. Andaram tranquilamente pelo jardim, atravessaram o portão dos fundos e começaram a subir a colina que ficava entre a casa e o rio.

– Que bonito – disse Laurie para si mesmo –, fazer um piquenique e não me convidar! Não devem usar o barco, pois não têm a chave. Talvez tenham se esquecido. Vou levá-la até lá e ver o que se passa.

Embora possuísse meia dúzia de chapéus, levou algum tempo para encontrar um, e depois houve a caçada à chave, a qual, por fim, encontrou no próprio bolso, de modo que as garotas estavam completamente fora de vista quando Laurie saltou a sebe e correu atrás delas. Pegando um atalho para a casa de barcos, esperou que elas aparecessem, mas ninguém deu as caras. Ele subiu a colina para dar uma olhada. Um bosque de pinheiros cobria aquela parte e, do coração daquela mancha verde, ecoava um som pouco mais nítido do que o suspiro suave dos pinheiros ou o chilrear sonolento dos grilos.

"Isso sim é uma bela paisagem!", pensou Laurie, espreitando pelos arbustos, desperto e bem-humorado.

Era uma cena bastante bonita: as irmãs estavam juntas e sentadas no recanto sombreado, com uma mescla de sol e sombra cintilando sobre elas, o vento aromático levantando os cabelos e arrefecendo as bochechas quentes, e todas as demais criaturinhas do bosque cuidando de seus afazeres como se as meninas não fossem estranhas, e sim velhas amigas. Meg estava sentada na almofada, costurando com as delicadas mãos brancas e parecendo tão jovial e bela quanto uma flor, trajada com um vestido rosa em meio à relva. Beth separava os pinhões derrubados pelo pinheiro próximo, planejando fazer belos objetos com eles. Amy desenhava um grupo de samambaias, e Jo tricotava enquanto lia em voz alta. Um semblante triste tomou o rosto de Laurie enquanto as observava; ele achava que deveria ir embora por não ter sido convidado. Ainda assim, permaneceu ali, porque seu lar era muito solitário e aquele grupinho tranquilo na floresta era mais convidativo para seu desassossego. Ele ficou tão quieto que um esquilo, ocupado com sua colheita, correu para perto dele e, quando o viu de repente, deu um pulo para trás e emitiu um som tão agudo que atraiu o olhar de Beth. Ao vislumbrar o rosto melancólico atrás das bétulas, ela acenou com um sorriso reconfortante.

— Posso me juntar a vocês, ou atrapalho? — perguntou Laurie, se aproximando lentamente.

Meg levantou as sobrancelhas, mas Jo lhe dirigiu um olhar provocador e disse imediatamente:

— Mas é claro que pode. Poderíamos ter te convidado, mas pensamos que atividades de meninas não seriam do seu gosto.

— Gosto muito das atividades que estão fazendo, mas, se a Meg não me quiser aqui, vou embora.

— Não tenho qualquer objeção, se fizer alguma coisa. É contra as regras ficar sem fazer nada aqui — respondeu Meg, séria, mas com educação.

— Muito obrigado. Farei qualquer coisa se eu puder ficar um pouquinho, porque é tão enfadonho quanto o Deserto do Saara lá em casa. Devo costurar, ler, colher pinhões, desenhar, ou fazer tudo ao mesmo tempo? Tragam seus desafios. Estou pronto. — Laurie se sentou com uma expressão prestativa, encantadora de se ver.

— Então termine de ler esta história aqui enquanto conserto meu sapato — disse Jo, entregando-lhe o livro.

— Sim, senhora — foi a resposta humilde dele, que estava prestes a dar seu melhor para mostrar gratidão por ter sido admitido na "Sociedade das Abelhas Operárias".

A história não era longa e, quando terminou, aventurou-se a fazer algumas perguntas como recompensa pelo mérito.

— Por favor, senhora, posso perguntar se esta instituição altamente instrutiva e encantadora é nova?

— Vocês querem contar? — perguntou Meg às irmãs.

— Ele vai rir — afirmou Amy, como se estivesse dando um aviso.

— E daí? — disse Jo.

— Acho que ele vai gostar — acrescentou Beth.

— Claro que vou! Dou minha palavra de que não vou rir. Vamos, Jo, conte sem medo.

— E eu lá tenho medo de você?! Bem, como vê, nós brincamos de O *peregrino*, e levamos isso muito a sério, durante todo o inverno e verão.

— Sim, eu sei — disse Laurie, acenando com a cabeça sabiamente.

— E quem lhe disse? — questionou Jo.

— Fantasmas.

— Não, fui eu. Tentei entretê-lo certa noite quando vocês estavam fora, porque ele estava bastante desanimado. Ele de fato gostou da ideia, então não me repreenda, Jo — disse Beth, com doçura.

— Mas você não consegue mesmo guardar um segredo, não é? Não tem problema, ao menos terei menos trabalho.

— Continue, por favor — disse Laurie, enquanto Jo estava absorta no trabalho, um tanto descontente.

— Ela não contou sobre nosso novo plano? Bem, tentamos não desperdiçar as férias, então cada uma se incumbiu de uma tarefa e trabalhou nela com vontade. As férias estão acabando, assim como o dinheiro, e estamos tão contentes por não termos procrastinado.

— Sim, imagino que estejam mesmo. — Laurie pensou com pesar sobre seus próprios dias de ociosidade.

— A mamãe gosta que passemos o máximo de tempo possível fora de casa, por isso trazemos nosso trabalho para cá e passamos bons momentos. Por diversão, trazemos nossas coisas nestes sacos, usamos chapéus velhos e cajados para subir a colina, e brincamos de peregrinas, como fazíamos anos atrás. Chamamos esta colina de Montanha Esplendorosa. Daqui podemos olhar para o horizonte e ver os campos onde esperamos viver algum dia.

Jo apontou, e Laurie se sentou para examinar; através de uma abertura no bosque, era possível ver, além do amplo rio azul, os prados do outro lado, muito acima dos limites da grande cidade, e as colinas verdes que se elevavam para encontrar o céu. O sol estava baixo e o céu brilhava com o esplendor de um entardecer de outono. Nuvens douradas e púrpura descansavam no topo das colinas e, subindo altivos na luz rubra, havia picos prateados que reluziam como torres etéreas de alguma Cidade Celestial.

— Como é lindo! — disse Laurie bem baixinho, porque ele era sensível a qualquer tipo de beleza.

— Quase sempre é esse espetáculo, e nós gostamos de contemplar o cenário, que nunca é o mesmo, apesar de sempre manter o esplendor — respondeu Amy, desejando poder pintá-lo.

— Jo falou sobre os campos onde esperamos viver um dia... campos de verdade, ela quer dizer, com porcos, galinhas e feno. Seria bom, mas eu gostaria que esses belos campos fossem reais e que pudéssemos ir até lá — disse Beth, com a imaginação a mil.

— Há um lugar ainda mais bonito do que esse, para onde iremos, cedo ou tarde, quando formos bons o suficiente — respondeu Meg em sua voz mais doce.

— Mas parece que vai demorar tanto, e é difícil esperar. Quero voar para longe de uma vez, como aquelas andorinhas voam, e entrar por aquele portão esplêndido.

— Você vai chegar lá, Beth, mais cedo ou mais tarde, sem dúvidas — disse Jo. — Eu é que vou ter de lutar, trabalhar, esperar e talvez nunca conseguir, no fim das contas.

— Serei sua companhia, se é que isso é de algum conforto. Terei que viajar muito para entrar em sua Cidade Celestial. Se eu chegar tarde, você pode interceder por mim, não é, Beth?

Algo no rosto do garoto perturbou a amiga, mas ela disse alegremente, com olhos calmos postos nas nuvens que mudavam de forma:

— Se as pessoas realmente querem ir, e tentam a vida toda, acho que podem conseguir, pois não acredito que haja fechaduras na porta ou qualquer guarda no portão. Sempre imagino que é como nas pinturas, onde os seres de luz estendem as mãos para receber o pobre cristão quando ele sai do rio.

— Não seria divertido se todos os castelos no céu que imaginamos pudessem virar realidade e pudéssemos morar neles? — disse Jo, depois de uma pequena pausa.

— Criei tantos que seria difícil escolher em qual morar — disse Laurie, deitado, atirando pinhões ao esquilo que o denunciara.

— Teria que morar em seu favorito. Qual é? — perguntou Meg.

— Se eu disser o meu, você conta o seu?

— Sim, se as meninas também contarem.

— Nós contaremos. Agora, Laurie, conte.

— Depois de ver tudo do mundo que tenho vontade, gostaria de me estabelecer na Alemanha e viver de música, da forma que eu quero. Quero ser um músico famoso e gostaria que todos tivessem vontade de me ouvir. Nunca me preocuparia com dinheiro ou negócios, apenas com diversão, além de viver minhas paixões. Esse é meu castelo favorito. Qual é o seu, Meg?

Margaret achava um pouco difícil contar e acenou diante do rosto, como se quisesse dispersar mosquitos imaginários, enquanto dizia lentamente:

— Queria morar em uma casa adorável, cheia de luxo: comida boa, roupas e móveis bonitos, pessoas agradáveis e montes de dinheiro. Quero ser a dona, administrá-la a meu bel-prazer, com muitos criados, de forma que nunca precisaria trabalhar, nem um pouquinho. Como eu aproveitaria! Eu não cairia na ociosidade, mas faria o bem e me esforçaria para que todos me amassem muito.

– Mas você não gostaria de um senhor para administrar seu castelo no céu? – perguntou Laurie, dissimulado.

– Eu mencionei que queria a companhia de "pessoas agradáveis". – Meg amarrou cuidadosamente o sapato enquanto falava, para que ninguém visse seu rosto.

– Por que não admite que gostaria de ter um marido maravilhoso, sensato e bondoso e alguns filhinhos angelicais? Você sabe que seu castelo não seria perfeito sem eles – disse Jo, que ainda não imaginava um futuro romântico e desdenhava dos romances, exceto nos livros.

– Você não teria nada além de cavalos, tinteiros e livros no seu – respondeu Meg, petulante.

– E você acha que não? Gostaria de um estábulo cheio de corcéis árabes, quartos cheios de livros, e escreveria usando um tinteiro mágico, para que minhas obras fossem tão famosas quanto a música de Laurie. Quero fazer algo esplêndido antes de entrar no meu castelo, algo heroico ou maravilhoso que não será esquecido depois da minha morte. Não sei o quê, mas estou atenta a isso, e pretendo lhes surpreender um dia. Acho que vou escrever livros e ficar rica e famosa. Isso bastaria; é meu sonho favorito.

– O meu é ficar segura em casa com o papai e a mamãe, e ajudar no cuidado da família – disse Beth, humilde.

– E você não deseja mais nada? – perguntou Laurie.

– Desde que ganhei meu piano, estou perfeitamente satisfeita. Só desejo que todos possamos ficar bem e juntos, nada mais.

– Tenho tantos desejos, mas o maior é ser uma artista, ir a Roma, pintar belos quadros e ser a melhor artista do mundo inteiro – era o modesto desejo de Amy.

– Somos um bando de ambiciosos, não somos? Cada um de nós, exceto Beth, quer ser rico, famoso e interessante em todos os aspectos. Eu me pergunto se algum de nós conseguirá realizar os desejos – disse Laurie, mastigando grama como um bezerro meditativo.

– Eu tenho a chave do meu castelo no céu, mas, se vou conseguir destrancar a porta, é um mistério – observou Jo, misteriosa.

– Tenho a chave do meu, mas não tenho permissão para entrar. Que se exploda a faculdade! – murmurou Laurie com um suspiro impaciente.

– Aqui está a minha! – Amy acenou com o lápis.

– Eu não tenho nenhuma – disse Meg, desanimada.

– Sim, você tem – retrucou Laurie imediatamente.

– Onde?

– Está bem aí, é o seu rosto.

– Mas que besteira, isso não serve de nada.

– Espere e veja se isso não lhe trará algo que valha a pena – respondeu o rapaz, rindo ao pensar em um segredinho encantador que imaginava saber.

Meg ficou vermelha, mas não fez perguntas e olhou para o outro lado do rio com a mesma expressão de expectativa que o sr. Brooke tinha no rosto quando contou a história do cavaleiro.

– Se estivermos todos vivos daqui a dez anos, vamos nos encontrar e ver quantos de nós já teremos realizado nossos desejos, ou quão mais perto estaremos do que agora – disse Jo, com um plano na manga.

– Misericórdia! Quantos anos terei... 27! – exclamou Meg, que já se sentia adulta, tendo acabado de chegar aos 17 anos.

– Nós dois teremos 26, Teddy; Beth, 24; e Amy, 22. Mas que grupinho maravilhoso! – disse Jo.

– Espero já ter feito algo de que possa me orgulhar até lá, mas sou tão preguiçoso... receio que estarei à toa na vida, Jo.

– O que você precisa é de uma motivação, como diria a mamãe. Quando há motivação, a mamãe sempre tem certeza de que o trabalho será feito admiravelmente.

– É mesmo? Por Deus, farei um trabalho esplêndido, se tiver oportunidade! – exclamou Laurie, sentando-se com uma energia repentina. – Eu deveria me contentar em agradar ao vovô, e eu tento, mas é uma tortura. Ele quer que eu seja um comerciante da Índia, como ele era, e prefiro a morte. Odeio chá, seda, especiarias e todos os outros tipos de tranqueiras que os velhos navios traziam, e não me importo se afundarem assim que eu os herdar. Ir para a faculdade deveria satisfazê-lo, pois, se eu lhe cedesse quatro anos, poderia me livrar dos negócios. Mas ele está decidido, e eu tenho que fazer tudo como ele fez, a menos que eu rompa com ele e vá viver a vida do meu próprio jeito, como meu pai fez. Se houvesse alguém para fazer companhia àquele velho cavalheiro, amanhã mesmo eu tomaria alguma atitude.

Laurie falou com entusiasmo e parecia prestes a colocar a ameaça em prática ao sinal da menor provocação, pois estava amadurecendo muito rápido e, apesar dos seus modos indolentes, tinha uma aversão natural à submissão, típica de um jovem, bem como o desejo inquieto por experienciar o mundo por conta própria.

– Meu conselho é que navegue em um de seus navios e nunca mais volte para casa até ter feito as coisas à sua maneira – disse Jo, cuja imaginação foi acesa pela ideia de uma exploração tão ousada, e cuja empatia era instigada pelo que ela chamou de "As Aventuras de Teddy".

– Isso não está certo, Jo, não fale assim, e, Laurie, não siga esse péssimo conselho. Você deve fazer exatamente o que seu avô deseja, meu querido menino – disse Meg em seu tom maternal. – Faça o seu melhor na faculdade e, quando ele perceber que tenta agradá-lo, tenho certeza de que não vai ser duro ou injusto com você. É como diz: não há mais ninguém para ficar com ele e amá-lo, e você nunca se perdoaria se o deixasse sem a bênção dele. Não fique desesperado, cumpra seu dever e receberá sua recompensa, como o bom sr. Brooke fez, sendo respeitado e amado.

— E o que você sabe sobre ele? — perguntou Laurie, agradecido pelos bons conselhos, mas se opondo ao sermão e contente por mudar de assunto após seu desabafo, que era algo incomum.

— Só o que seu avô nos contou: como cuidou bem da própria mãe até a morte e que se recusou a ir para o exterior como tutor de alguma boa pessoa porque não a deixaria sozinha. Contou também que ele ajuda a velhinha que cuidou da mãe dele, mas que nunca conta isso a ninguém, e que é tão generoso, paciente e gentil quanto se pode ser.

— E ele é mesmo, aquele bom e velho amigo! — disse Laurie, emocionado, enquanto Meg pausava, um tanto corada e agitada com a história. — É bem a cara do vovô descobrir tudo sobre o sr. Brooke sem que ele saiba e contar sobre seus atos de bondade aos outros, para que gostem dele. Brooke não entende por que a sra. March é tão gentil com ele, sempre estendendo os convites feitos a mim para ele e o tratando daquele jeito amável. Ele simplesmente pensou que ela era o ser humano mais perfeito; falou sobre isso durante dias e dias, e assim continuou calorosamente com relação a todas vocês. Se algum dia meu desejo se realizar, verão o que farei por Brooke.

— Então comece agora e pare de atormentar o pobre coitado — disse Meg, sem rodeios.

— E como sabe que eu faço isso, senhorita?

— Consigo notar pela cara dele quando vai embora. Quando você se comporta, ele parece satisfeito e caminha ligeiro. Quando você o atormenta, ele fica sério e caminha devagar, como se quisesse voltar e fazer um trabalho melhor.

— Ora, veja só. Então você fica de olho no meu comportamento, bom e ruim, pelo semblante de Brooke? Eu vejo bem como ele se curva e sorri ao passar por sua janela, mas não sabia que vocês dois se comunicavam.

— Não nos comunicamos. Não fique bravo. E, ah! Não diga que te contei! Foi só para mostrar que eu me importo com seu desempenho, e o que é dito aqui é dito em segredo! — exclamou Meg, muito alarmada com o pensamento do que aquele descuido poderia acarretar.

— Eu não faço fofoca — respondeu Laurie, com seu ar "todo poderoso", como Jo apelidou uma certa expressão que ele ocasionalmente mostrava. — Se Brooke vai ser o termômetro, preciso tomar cuidado e instaurar um clima ameno com ele para a medição.

— Por favor, não se ofenda. Não era minha intenção fofocar, passar sermão ou agir como tola. Só pensei que Jo estava lhe encorajando a fazer algo de que se arrependeria cedo ou tarde. Você é tão gentil conosco, é como se fosse nosso irmão, então dizemos o que pensamos. Perdoe-me, falei na melhor das intenções. — Meg ofereceu a mão, em um gesto ao mesmo tempo afetuoso e tímido.

Envergonhado pelo ressentimento momentâneo, Laurie apertou aquela mãozinha gentil e disse com sinceridade:

— Sou eu quem precisa pedir desculpas. Estou irritado e passei o dia fora de mim. Gosto que apontem meus defeitos e sejam como irmãs, então não reparem se eu estiver mal-humorado às vezes. Sempre serei grato a todas, de qualquer forma.

Decidido a mostrar que não estava ofendido, Laurie tentou ser o mais agradável possível: fiou algodão para Meg, recitou poesia para agradar Jo, sacudiu pinheiros para Beth pegar pinhões e ajudou Amy com as samambaias, provando ser uma pessoa apta a pertencer à "Sociedade das Abelhas Operárias". No meio de uma animada discussão sobre os hábitos domésticos das tartarugas (pois uma dessas criaturas amáveis saiu do rio), o som sutil de um sino avisou que Hannah havia acabado de servir o chá, e elas chegariam bem a tempo para o jantar.

— Posso vir de novo para este tipo de reunião? — perguntou Laurie.

— Sim, se você for bom e ler todos os livros que precisa, assim como todo calouro é aconselhado a fazer — disse Meg, sorrindo.

— Vou tentar.

— Então está permitida sua volta. Vou ensiná-lo a tricotar como os escoceses. Há uma demanda por meias atualmente — acrescentou Jo, acenando a dela como uma grande faixa azul enquanto se separavam no portão.

Quando Beth tocou para o sr. Laurence naquela noite, Laurie, de pé, à sombra da cortina, ouviu a interpretação impecável. Aquilo sempre acalmava seu espírito temperamental, e ele observou o velho, que se sentava com a cabeça grisalha apoiada na mão, pensando ternamente na criança já falecida que tanto amara. Recordando a conversa da tarde, o menino disse para si mesmo, com a determinação de fazer aquele sacrifício com alegria:

— Vou desapegar de meu castelo e ficar com meu querido avô enquanto ele precisar de mim, pois sou tudo que lhe resta.

CAPÍTULO QUATORZE

Segredos

Jo estava muito ocupada no sótão; os dias em outubro começaram a esfriar e as tardes, a encurtar. Durante duas ou três horas, o sol resplandecia quentinho na janela alta, revelando Jo sentada no velho sofá, escrevendo, ocupada com seus papéis espalhados sobre um baú diante dela, enquanto Scrabble, o rato de estimação, caminhava pelas vigas acima, acompanhado de seu filhote mais velho, um belo rapazinho, evidentemente muito orgulhoso de seus bigodes. Bastante absorta no trabalho, Jo rabiscou até que a última página fosse preenchida. Assinou seu nome com um floreio e jogou longe a pena, exclamando:

– Pronto, fiz o melhor que pude! Se isto aqui não servir, vou ter que esperar até que eu possa fazer melhor.

Deitada no sofá, leu cuidadosamente o manuscrito, fazendo traços aqui e ali e colocando muitos pontos de exclamação estilizados. Depois, amarrou-o com uma fita vermelha bem bonita e se sentou um minuto para contemplá-lo, com uma expressão séria e pensativa que mostrava claramente o quão duro havia trabalhado. A escrivaninha de Jo era uma velha pia de lata projetada na parede. Ali, guardava seus papéis e alguns livros, trancados a salvo de Scrabble, que, tal como ela, tinha veia literária e sentia prazer em criar uma biblioteca itinerante com os livros que ficavam em seu caminho ao roer as páginas. Dali Jo retirou outro manuscrito e, colocando ambos no bolso, desceu calmamente as escadas, deixando para seus pequenos amigos as penas a serem mordiscadas e a tinta a ser provada.

Ela colocou o chapéu e o casaco o mais silenciosamente possível e, dirigindo-se para a saída dos fundos, passou pelo alpendre e tomou um caminho alternativo até a estrada. Ao chegar lá, ela se recompôs, sinalizou para uma diligência que passava e rumou para a cidade, muito alegre e misteriosa.

Se alguém a observasse, teria achado seus movimentos muito peculiares, pois, ao descer do veículo, ela andou bem rápido até chegar a um certo número, em certa rua movimentada. Depois de encontrar o lugar com alguma dificuldade, Jo passou pela porta, olhou para as escadas sujas e, depois de ficar parada um minuto, de repente voltou para a rua e se afastou tão rápido quanto chegou. Repetiu várias vezes essa manobra, para grande divertimento de um jovem de olhos escuros que espreitava pela janela de um prédio em frente. Ao voltar pela terceira vez, Jo deu a si mesma um aperto de mão, levantou o chapéu e subiu as escadas, com o semblante de alguém que está prestes a ter todos os dentes arrancados.

Havia uma plaquinha de dentista, dentre outras, adornando a entrada; e, depois de olhar um momento para o par de maxilares artificiais que lentamente se abriam e fechavam para atrair a atenção a um belo conjunto de dentes, o jovem senhor vestiu o casaco, pegou o chapéu e desceu para ficar de pé na porta oposta, dizendo, com um sorriso e um arrepio:

— É a cara dela vir sozinha, mas, se passar por maus bocados, vai precisar de alguém para acompanhá-la até em casa.

Em dez minutos, Jo desceu correndo escada abaixo com o rosto muito vermelho e a aparência de uma pessoa que acabara de passar por algum tipo de provação. Quando viu o jovem cavalheiro, ela parecia tudo, menos satisfeita, e passou por ele com um aceno de cabeça. Mas ele a seguiu, perguntando, com ares de empatia:

– Você passou por maus bocados?

– Não muitos.

– Até que foi rápido.

– Sim, graças a Deus!

– Por que foi sozinha?

– Não queria que ninguém soubesse.

– Você é a pessoa mais estranha que já conheci. Quantos tirou?

Jo olhou para o amigo como se não entendesse nada, depois começou a rir, como se estivesse se divertindo muito com alguma coisa.

– Queria tirar mais dois, mas tenho de esperar uma semana.

– Por que está rindo? Está aprontando algo, Jo – disse Laurie, parecendo confuso.

– Assim como você. O que estava fazendo naquele salão de bilhar, senhor?

– Com todo respeito, senhora, não era um salão de bilhar, mas um ginásio, e eu estava em uma aula de esgrima.

– Pois estou muito feliz.

– Por quê?

– Você vai poder me ensinar. Quando encenarmos *Hamlet*, você pode ser Laertes, e nós faremos uma bela cena de esgrima.

Laurie soltou uma gargalhada sincera, o que automaticamente fez vários transeuntes sorrirem sem querer.

– Vou ensinar, seja para encenar *Hamlet* ou não. É muito divertido e pode ajudá-la a manter a postura. Mas não acredito que essa seja a única razão para dizer "estou muito feliz" dessa maneira tão decidida. O que há?

— Fiquei feliz por não ter ido ao salão, porque espero que nunca frequente tais lugares. Você os frequenta?

— Não muito.

— Realmente não quero que os frequente.

— Mas não há mal algum nisso, Jo. Tenho uma mesa de bilhar em casa, mas não é divertido, a menos que haja bons jogadores para competir. Por isso, como este é um jogo que gosto, às vezes venho jogar com Ned Moffat ou com alguns outros companheiros.

— Oh, minha nossa! Eu lamento, porque você vai começar a gostar cada vez mais, e vai perder tempo e dinheiro, e ficar como aqueles garotos horríveis. Espero que continue sendo um sujeito respeitável e um orgulho para seus amigos — disse Jo, balançando a cabeça.

— Então um camarada não pode se divertir inocentemente vez ou outra sem que as pessoas parem de respeitá-lo? — perguntou Laurie, um tanto irritado.

— Isso depende de como é e de até onde vai a diversão. Não gosto de Ned e seus colegas, e queria muito que você ficasse longe deles. A mamãe não quer visitas dele, embora ele queira nos visitar. Se seguir o caminho dele, ela não deixará mais que brinquemos juntos por aí como fazemos agora.

— É sério? — perguntou Laurie, ansioso.

— Sim, porque ela não suporta jovens metidos a modernos e espertinhos, tanto que preferiria nos trancar em caixas a nos deixar socializar com eles.

— Bem, ela ainda não precisa de medidas tão drásticas. Não sou metido a moderno e não quero ser, mas gosto de algumas travessuras inofensivas de vez em quando. Você não?

— Sim, com isso ninguém se importa, então se divirta, mas com moderação, tudo bem? Ou chegará o fim de nossos bons tempos.

— Serei um santo duplamente purificado.

— Não suporto santinhos. Seja apenas um rapaz humilde, honesto e respeitável e nunca te deserdaremos. Não sei o que eu faria se começasse a agir como o filho do sr. King. Ele tinha muito dinheiro, mas não sabia como gastá-lo, então passou a se embriagar, entrou em apostas, fugiu e falsificou o nome do pai, se não me engano. Um horror.

— Então acha que sou capaz disso? Muito obrigado.

— Não, não! Minha nossa, não! Mas ouço as pessoas falarem sobre o dinheiro ser uma tentação, então às vezes eu queria que você fosse pobre. Eu não teria com o que me preocupar.

— E você se preocupa comigo, Jo?

— Um pouco, principalmente quando está triste e mal-humorado, como ocorre certas vezes. Você é tão obstinado que, se alguma vez tomar o caminho errado, tenho medo de que seja difícil impedi-lo.

Laurie caminhou em silêncio por alguns minutos, e Jo o observou, desejando ter segurado a língua, pois ele parecia zangado, embora sorrisse diante daqueles conselhos.

— Vai me dar sermão até chegarmos em casa? — perguntou ele.

— Claro que não. Por quê?

— Porque se for, eu chamo uma diligência. Se não, gostaria que caminhasse comigo, porque tenho algo muito interessante para contar.

— Não vou mais dar sermões e quero muito saber das novidades.

— Muito bem, então, vamos. É um segredo, e, se eu te contar, você precisa me contar o seu.

— Eu não tenho nenhum... — começou Jo, interrompendo-se de repente ao se lembrar que tinha.

— Sabe muito bem que isso não é verdade. Você não consegue esconder nada, por isso, ande logo e confesse, ou eu não conto! — exclamou Laurie.

— E seu segredo é algo bom?

— Ah, nem imagina! É sobre pessoas que você conhece e é muito engraçado! Você tem que ouvir, e faz tempo que quero lhe contar. Vamos, você primeiro.

— E você não vai contar para ninguém, vai?

— Nem uma palavra.

— E não vai ficar me provocando quando estivermos sozinhos?

— Mas eu nunca faço isso.

— Faz, sim. Você consegue tudo o que quer das pessoas. Não sei como faz isso, mas é um bajulador por natureza.

— Obrigado. Agora, desembuche.

— Bem, deixei duas histórias minhas com um jornalista, e ele vai me dar um retorno na próxima semana — sussurrou Jo, ao ouvido de seu confidente.

— Viva a srta. March, a famosa autora norte-americana! — gritou Laurie, atirando o chapéu para cima e pegando-o novamente, para o grande deleite de dois patos, quatro gatos, cinco galinhas e meia dúzia de crianças irlandesas, pois já estavam fora da cidade.

— Silêncio! Não vai dar em nada, eu acho, mas não sosseguei até tentar, e não disse nada porque não queria que mais ninguém ficasse desapontado.

— Claro que vai dar certo. Ora, Jo, suas histórias são obras shakespearianas comparadas às porcarias que são publicadas todos os dias. Será tão maravilhoso vê-las publicadas! E sentiremos tanto orgulho de nossa escritora!

Os olhos de Jo brilharam, pois é sempre esplendoroso quando as pessoas acreditam no potencial de seus amigos, e os elogios de alguém importante para nós são sempre mais doces do que uma dúzia de críticas superficiais em um jornal.

— E o seu segredo? Jogue limpo, Teddy, ou nunca mais vou acreditar em você — disse ela, tentando extinguir as brilhantes esperanças que se acenderam com os incentivos de Laurie.

— Posso estar me metendo em uma enrascada ao contar isso, mas, como não prometi guardar segredo, então vou contar, porque nunca fico em paz até transmitir a você as novidades que chegam a mim. Eu sei onde está a luva de Meg.

— Mas só isso? — disse Jo, desapontada, enquanto Laurie acenava com a cabeça e piscava, com o rosto cheio de mistério.

— É o suficiente, por agora, e você concordará quando eu lhe disser onde está.

— Pois então diga.

Laurie curvou-se e sussurrou três palavras ao ouvido de Jo, causando uma mudança engraçada no rosto dela. Ela ficou paralisada, olhando para ele por uns instantes, surpresa e descontente ao mesmo tempo, e depois continuou caminhando.

— Como você sabe? — disse bruscamente.

— Eu vi.

— Onde?

— No bolso.

— E por todo esse tempo?

— Sim, não é romântico?

— Não, é horrível.

— Então não gostou de saber?

— Claro que não. É ridículo e não será tolerado. Por Deus! O que Meg diria?

— Não pode contar para ninguém. Lembre-se disso.

— Eu não prometi nada.

— Estava subentendido, e eu confiei em você.

— Bem, não vou contar nada por enquanto, de qualquer forma. Mas estou enojada! Queria que não tivesse me dito.

— Pensei que ficaria contente.

— Com a ideia de alguém levar Meg embora? Não, obrigada.

— Vai se sentir melhor quando alguém fizer o mesmo com você.

— Ora, eu queria mesmo é ver alguém tentar! — exclamou Jo ferozmente.

— Eu também! — Laurie riu da ideia.

— Acho que segredos não combinam comigo. É como se tivessem dado um nó na minha cabeça desde que você me contou — disse Jo, um tanto ingrata.

— Vamos descer correndo esta colina, e você ficará bem — sugeriu Laurie.

Não havia ninguém por perto, a estrada lisinha se inclinava convidativamente diante dela e, achando a tentação irresistível, Jo se atreveu. O chapéu saiu voando, o penteado foi desfeito e os grampos de cabelo foram espalhados por toda parte enquanto corria. Laurie chegou primeiro e ficou bastante satisfeito com o sucesso do tratamento receitado, pois sua Atalanta[9] chegou ofegante, com cabelos bagunçados, olhos brilhantes, bochechas avermelhadas e sem sinais de insatisfação no rosto.

— Quem me dera ser um cavalo, para poder correr quilômetros neste ar esplêndido e não perder o fôlego. Foi incrível, mas veja como fiquei parecendo um menino. Vá, pegue minhas coisas, como o bom anjinho que é — disse Jo, refestelando-se debaixo de uma árvore de bordo, cujas folhas carmesim forravam a margem do rio.

Laurie partiu sem pressa para recuperar as posses perdidas, e Jo prendeu as tranças, torcendo para que ninguém passasse por ali até que ela estivesse arrumada novamente. Mas alguém passou, e era ninguém mais, ninguém menos que Meg, mais donzela do que de costume, usando seu traje social, já que estava fazendo algumas visitas.

---

9 Atalanta é uma figura da mitologia grega que aparece em uma série de narrativas. Diz-se que era muito veloz e que por vezes escapou de casamentos indesejados ao desafiar os pretendentes para uma corrida. [N.E.]

– Que raios faz aqui? – perguntou para a irmã desgrenhada, em um tom polido de perplexidade.

– Apanhando folhas – respondeu Jo calmamente, pegando um punhado de folhas rosadas que havia acabado de juntar.

– E grampos de cabelo – acrescentou Laurie, atirando meia dúzia no colo de Jo. – Eles crescem nesta estrada, Meg, assim como chapéus de palha marrom.

– Você estava correndo por aí, Jo. Como pode? Quando vai parar com essas brincadeirinhas? – disse Meg, repreendendo a irmã enquanto ajeitava o cabelo, bagunçado pelo vento.

– Nunca! Só quando eu ficar velha, corcunda e tiver que usar uma bengala. Pare de querer que eu amadureça antes do tempo, Meg. Já é duro o suficiente ter que lidar com você toda mudada, então deixe que eu seja uma criança pelo tempo que eu puder.

Enquanto falava, Jo se escondeu atrás das folhas para ocultar o tremor dos lábios, pois sentia que Margaret rapidamente se tornava uma mulher, e o segredo de Laurie a fez temer pela separação que certamente viria com o tempo, mas que parecia muito mais próxima. Ele notou que Jo estava perturbada e chamou a atenção de Meg, perguntando:

– E onde é que você foi, toda arrumada assim?

– Nos Gardiner, e Sallie me contou tudo sobre o casamento de Belle Moffat. Foi um esplendor; estão em Paris para o inverno. Pense como deve ser deslumbrante!

– E você tem inveja dela, Meg? – perguntou Laurie.

– Receio que sim.

– Fico feliz! – murmurou Jo, desamassando o chapéu com um tapa.

– Por quê? – perguntou Meg, surpresa.

— Porque se você se importa tanto com os ricos, nunca vai se casar com um homem pobre — disse Jo, franzindo o cenho para Laurie, que a avisou silenciosamente para prestar atenção no que diria.

— Eu nunca vou me casar com ninguém — observou Meg, caminhando com dignidade, enquanto os outros a seguiam, rindo, sussurrando, pulando pedras e "comportando-se como crianças", como pensou Meg, embora pudesse ter sido tentada a se juntar a eles se não estivesse com seu melhor vestido.

Durante uma semana ou duas, Jo se comportou de forma tão estranha que suas irmãs ficaram desconcertadas. Ela corria até a porta quando o carteiro chegava, era rude com o sr. Brooke toda vez que o encontrava, sentava-se encarando Meg com uma cara de poucos amigos, vez ou outra saindo do cômodo, e depois voltava e a beijava de uma maneira muito misteriosa. Laurie e ela estavam sempre fazendo sinais um para o outro e falando sobre o jornal *Spread Eagles*, até que, por fim, as garotas declararam que ambos haviam perdido o juízo. No segundo sábado depois que Jo saiu sorrateiramente, Meg, sentada perto da janela, costurando, ficou escandalizada com a visão de Laurie perseguindo Jo por todo o jardim e finalmente a capturando na pérgula de Amy. O que se passou ali Meg não conseguiu ver, mas ouviam-se gritos e risos, seguidos de murmúrios e do som de jornais sendo revirados.

— O que vamos fazer com essa menina? Ela *nunca* se comportará como uma dama — suspirou Meg, enquanto assistia à cena com reprovação.

— Espero que não se comporte mesmo. Ela é tão engraçada e querida do jeitinho que é — disse Beth, que nunca transpareceu estar um tanto magoada por Jo ter segredos com alguém além dela.

— É difícil, mas nunca conseguimos fazer com que ela aja *commy la fo*[10] — acrescentou Amy, enquanto fazia novos babados para suas

10 Tentativa de Amy de dizer "*comme il faut*", que quer dizer: "do modo como deve ser". [N.E.]

roupas, com seus cachos presos de uma forma muito adequada, duas coisas adoráveis que a faziam se sentir elegante e feminina.

Em poucos minutos, Jo saltou para dentro de casa, deitou-se no sofá e fingiu que estava lendo.

– Alguma coisa interessante aí? – perguntou Meg, com condescendência.

– Nada além de uma história que não significa muita coisa, eu acho – retrucou Jo, mantendo cuidadosamente o nome do jornal fora de vista.

– É melhor ler em voz alta. Isso vai nos divertir e manter você fora de encrencas – disse Amy, em seu tom mais adulto.

– Qual é o nome da história? – indagou Beth, perguntando-se por que Jo mantinha o rosto atrás das folhas.

– *Os pintores rivais*.

– Parece bom. Vamos, leia – disse Meg.

Com um sinal de concordância e uma longa tomada de fôlego, Jo leu muito rápido. As meninas ouviram com interesse, pois a história era romântica e um tanto patética, já que a maioria dos personagens morria no final.

– Gostei da parte que tem um quadro bonito – foi o comentário de Amy, quando Jo fez uma pausa.

– Prefiro a parte que tem amor. Viola e Angelo são dois dos nossos nomes favoritos, não é esquisito? – disse Meg, enxugando os olhos, pois a tal parte romântica era trágica.

– Quem escreveu? – perguntou Beth, que vislumbrara o semblante de Jo.

A leitora de repente se sentou, colocou o jornal de lado, revelando seu rosto corado, e, com uma mistura engraçada de solenidade e emoção, respondeu em voz alta:

– Sua irmã.

— Você?! — gritou Meg, deixando o bordado cair.

— É muito bom! — disse Amy, fazendo uma crítica positiva.

— Eu sabia! Eu sabia! Oh, minha Jo, estou tão orgulhosa! — Beth correu para abraçar a irmã e se regozijar com aquele esplêndido sucesso.

Minha nossa, como todas ficaram encantadas, posso assegurar! Meg não acreditou até ver as palavras "Srta. Josephine March" realmente impressas no jornal! Amy criticou educadamente as partes artísticas da história e ofereceu dicas para uma sequência, que infelizmente não poderia acontecer, já que o herói e a heroína estavam mortos. Beth ficou entusiasmada, saltitou e cantou com alegria! Hannah exclamou "Ora, mas quem diria!", impressionada pelo feito de Jo. A sra. March ficou muito orgulhosa quando soube. Jo riu, com lágrimas nos olhos, e disse para pararem a bajulação ou ela ficaria metida como um pavão. E o jornal *Spread Eagle* esvoaçou triunfantemente de mão em mão pela casa dos March.

"Conte mais!", "Quando foi publicado?", "Quanto você recebeu por isso?", "O que será que o papai vai dizer?", "Será que Laurie vai rir?" comentava a família, todas falando ao mesmo tempo enquanto se aglomeravam em torno de Jo, pois aquelas pessoas bobas e amorosas transformavam cada pequena alegria doméstica em um evento.

— Parem de tagarelar, meninas, para que eu possa contar tudo — disse Jo, perguntando-se se a srta. Burney se sentira tão importante com sua *Evelina* quanto ela com seus *Pintores rivais*. Tendo contado como organizara tudo, Jo acrescentou: — E quando fui buscar a resposta, o homem disse que gostou das duas, mas que não pagava iniciantes, apenas os deixava publicar no jornal e anunciava as histórias. Ele explicou ser vantajoso, porque, quando os iniciantes melhoram, todos querem pagá-los. Então permiti que ele ficasse com as duas histórias, e hoje me enviaram isto, e Laurie me flagrou com o jornal e insistiu em vê-lo, então eu deixei. Ele disse que escrevo bem e que devo escrever mais, garantindo que o próximo trabalho seja pago. Estou muito feliz, pois, com o tempo, poderei me sustentar e ajudar minhas meninas.

Jo perdeu o fôlego e, embrulhando a cabeça no jornal, molhou seu conto com algumas lágrimas esperadas, pois ser independente e ganhar os elogios das pessoas que ela amava eram os desejos mais verdadeiros de seu coração, e aquele parecia ser o primeiro passo para um final feliz.

CAPÍTULO QUINZE

Um telegrama

– Novembro é o mês mais desagradável do ano – disse Margaret, parada à janela em uma tarde monótona, olhando para o jardim congelado.

– E é por isso mesmo que nasci nele – observou Jo pensativa, inconsciente de uma mancha em seu nariz.

– Se algo muito agradável acontecesse agora, pensaríamos que é um mês encantador – disse Beth, que tinha uma visão otimista de tudo, até mesmo do mês de novembro.

– Pode ser que sim, mas nada agradável acontece nesta família – disse Meg, que estava fora de si. – Trabalhamos dia após dia, sem que nada de diferente aconteça, e nos divertimos muito pouco. É como se andássemos em círculos.

– Por Deus, como você está deprimida! – exclamou Jo. – Não me espanto com isso, minha pobre irmã, já que sempre vê outras garotas tendo momentos maravilhosos enquanto você trabalha e trabalha, ano após ano. Ah, quem me dera eu pudesse administrar sua vida assim como faço com minhas heroínas! Você já é bonita e bondosa o suficiente, então eu criaria um parente rico que te deixaria uma fortuna inesperadamente. Então, você seria uma herdeira, desprezaria todos que a desprezaram, iria para o exterior e voltaria para casa como sra. Alguma Coisa, em um brilho de esplendor e elegância.

— As pessoas não ganham fortunas assim hoje em dia. Os homens têm de trabalhar e as mulheres se casam por dinheiro. É um mundo terrivelmente injusto — disse Meg amargamente.

— Jo e eu vamos deixar todas vocês ricas. Esperem dez anos e vejam se não conseguiremos — disse Amy, sentada em um canto fazendo tortinhas de lama, que era o nome dado por Hannah a suas pequenas esculturas de pássaros, frutas e rostos de barro.

— Mal posso esperar, mas receio que deposito pouca fé em tinta e lama, embora seja grata por suas boas intenções.

Meg suspirou e se voltou para o jardim congelado novamente. Jo gemeu e desabou sobre a mesa com desânimo; Amy continuou sua tarefa alegremente, e Beth, sentada perto da outra janela, disse, sorrindo:

— Duas coisas agradáveis vão acontecer agorinha mesmo. Mamãe está descendo a rua, e Laurie está caminhando pelo jardim como se ele tivesse algo agradável para contar.

Ambos apareceram. A sra. March fez sua habitual pergunta: "Alguma carta do papai, meninas?", e Laurie disse, à sua maneira persuasiva:

— Vocês não querem dar uma volta? Estou estudando matemática há tanto tempo que minha cabeça deu um nó, preciso desanuviar os pensamentos com um passeio. O dia está chato, mas o clima não é dos piores e vou levar Brooke para casa. Então, mesmo que esteja terrível lá fora, dentro da carruagem será só alegria. Vamos. Jo, você e Beth vão, não vão?

— Claro que vamos!

— Muito obrigada, mas estou ocupada — disse Meg, dando um tapinha na caixa de costura, pois havia concordado com a mãe que era melhor, pelo menos para ela, não andar muito com o jovem sr. Brooke.

— Nós três estaremos prontas em um minuto! — gritou Amy, correndo para lavar as mãos.

— Posso ajudá-la em algo, sra. March? — perguntou Laurie, inclinado sobre a cadeira da sra. March com aquele olhar afetuoso que ele sempre lhe dirigia.

— Não, obrigada, exceto dar uma passadinha no correio, se puder fazer essa gentileza, querido. É nosso dia de receber uma carta, mas o carteiro ainda não apareceu. O papai é pontual como o sol, então houve algum atraso no caminho, talvez.

Um som agudo a interrompeu, e um minuto depois Hannah entrou com uma carta.

— É um daqueles telegramas horrorosos, senhora — disse ela, lidando com o papel como se tivesse medo de que explodisse e causasse algum dano.

Ao ouvir "telegrama", a sra. March arrancou-o da mão de Hannah, leu as únicas duas linhas e caiu na cadeira tão pálida como se o pequeno papel tivesse lhe dado um tiro no coração. Laurie correu para buscar água, enquanto Meg e Hannah a acudiam, e Jo leu em voz alta, assustada:

Sra. March:

O seu marido está muito doente. Venha imediatamente.

S. Hale,

Blank Hospital, Washington

A sala ficou mergulhada em um silêncio profundo, enquanto prendiam a respiração e escutavam aquela notícia. O dia escureceu de maneira estranha do lado de fora, e de repente o mundo inteiro parecia diferente enquanto as meninas se reuniam em torno da mãe, sentindo como se toda felicidade e amparo que tinham na vida estivessem prestes a lhes ser tirados.

A sra. March recobrou a razão, releu a mensagem e estendeu os braços para as filhas, dizendo, em um tom que elas nunca esqueceriam:

– Preciso ir agora mesmo, mas pode ser tarde demais. Oh, minhas crianças, ajudem-me a suportar isso!

Durante vários minutos não houve nada além do som de soluços na sala, misturados com palavras de conforto, ternas garantias de apoio mútuo e sussurros esperançosos que se desfaziam em lágrimas. A pobre Hannah foi a primeira a se recuperar e, com sabedoria inconsciente, deu a todo o resto um bom exemplo, pois, com ela, o trabalho era uma panaceia para a maioria das aflições.

– O Senhor cuidará do bom homem! Não vou perder tempo chorando, e sim preparando suas coisas, senhora – disse calorosamente e, enquanto enxugava o rosto no avental, deu à patroa um aperto de mão carinhoso com a mão áspera e se afastou para trabalhar como se fosse três mulheres em uma só.

– Ela está certa, não há tempo para lágrimas agora. Tenham calma, meninas, e me deixem pensar.

Elas tentaram ficar calmas, as pobrezinhas, enquanto a mãe endireitava a postura. Parecia um fantasma, mas estava firme, e deixou de lado os lamentos para pensar e planejar com clareza.

– Cadê o Laurie? – perguntou ela, quando organizou as ideias e decidiu as primeiras atitudes a serem tomadas.

– Aqui, senhora. Por favor, me deixe fazer alguma coisa para ajudar! – exclamou o rapaz, rapidamente retornando da sala ao lado para onde havia se retirado, sentindo que a tristeza da família era demasiado sagrada até mesmo para amigos íntimos compartilharem.

– Envie um telegrama dizendo que irei imediatamente. O próximo trem parte amanhã cedo, então é nele que vou.

— O que mais? Os cavalos estão prontos. Posso ir a qualquer lugar, fazer qualquer coisa — disse ele, parecendo pronto para correr até os confins da Terra se assim mandassem.

— Deixe um bilhete na casa da tia March. Jo, me arranje uma pena e um pedaço de papel.

Arrancando o lado em branco de uma das páginas recém-copiadas, Jo arrastou a mesa até a mãe, sabendo bem que o dinheiro para a longa e triste jornada precisaria ser emprestado e sentindo que faria qualquer coisa para acrescentar um pouco à quantia para o pai.

— Agora, vá, querido, mas não se mate tentando ir rápido demais. Não há necessidade disso.

O aviso da sra. March foi evidentemente ignorado, e, cinco minutos depois, Laurie passou a toda pela janela montado no próprio cavalo, cavalgando como se não houvesse amanhã.

— Jo, diga à sra. King que não poderei ir. No caminho, compre estas coisas da lista. Serão necessárias, preciso de materiais para exercer o cuidado de enfermagem. As coisas vendidas em hospitais nem sempre são boas. Beth, peça ao sr. Laurence um par de garrafas de vinho envelhecido. Não sou orgulhosa a ponto de não pedir coisas em benefício de seu pai, que deve ter o melhor de tudo. Amy, diga à Hannah para descer o baú preto, e Meg, me ajude a encontrar minhas coisas, estou meio desnorteada.

Escrever, pensar e administrar tudo de uma vez poderia desorientar de vez a pobre senhora, assim, Meg implorou que ela se sentasse em silêncio no quarto por um tempo e as deixasse trabalhar. Todas estavam dispersas como folhas espalhadas por uma rajada de vento, e a casa quieta e feliz foi abalada por inteiro como se o telegrama fosse um feitiço maligno.

O sr. Laurence apareceu depressa com Beth, trazendo todo o conforto que um velho cavalheiro como ele poderia oferecer aos necessitados e promessas sinceras de proteção para as meninas durante a ausência da mãe, o que foi de grande ajuda. Não havia nada que ele não tivesse oferecido, desde as próprias roupas do corpo a si mesmo como acompanhante, mas aquilo era impossível. A sra. March não queria imaginar o velho cavalheiro enfrentando uma longa viagem. Embora estivesse ansioso, uma expressão de alívio passou pelo rosto dele. Ele franziu as sobrancelhas cheias, esfregou as mãos e se retirou abruptamente, dizendo que voltaria em um instante. Ninguém teve tempo de pensar nele novamente quando, enquanto Meg corria pela entrada, com um par de galochas em uma mão e uma xícara de chá na outra, ela trombou de repente com o sr. Brooke.

– Lamento muito por tudo, srta. March – disse ele, em um tom calmo que foi muito agradável aos ânimos perturbados de Meg. – Vim para me oferecer como acompanhante de sua mãe. O sr. Laurence tem serviços para mim em Washington e será uma alegria estar ao seu dispor.

Meg derrubou as galochas e o chá estava muito próximo de seguir esse destino, pois ela estendeu a mão, com o rosto transbordando tanta gratidão que o sr. Brooke teria se sentido recompensado até mesmo por um sacrifício maior do que aquele, insignificante, de tempo e conforto que estava prestes a enfrentar.

– Como todos vocês são amáveis! A mamãe vai aceitar, tenho certeza, e será um alívio saber que haverá alguém para cuidar dela. Muito, muito obrigada!

Meg falou do fundo do coração e se esqueceu completamente de si até que algo naqueles olhos castanhos a fez se lembrar do chá que esfriava, fazendo-a retornar para a sala de estar e dizendo que chamaria a mãe.

Tudo estava resolvido quando Laurie voltou com uma nota da tia March, com a quantia solicitada e algumas linhas repetindo o que ela dissera muitas vezes antes: que era um absurdo o sr. March ir para a guerra, que sempre soubera que nada de bom aconteceria e que esperava que eles aceitassem seu conselho da próxima vez. A sra. March jogou o bilhete no fogo, o dinheiro na bolsa, e continuou com os preparativos, com os lábios pressionados de uma forma que Jo entendia bem.

A breve tarde chegou ao fim. Todas as outras tarefas foram feitas, e, enquanto Meg e a mãe estavam ocupadas com algumas costuras necessárias, Beth e Amy tomavam chá, e Hannah terminava de passar as roupas. Entretanto, Jo ainda não tinha retornado. Começaram a ficar ansiosas, e Laurie foi procurá-la, pois ninguém sabia no que a excêntrica Jo poderia ter se metido. Ele não a encontrou, mas logo ela apareceu, com uma expressão muito estranha, uma mistura de divertimento e medo, satisfação e arrependimento, que intrigou a família tanto quanto o bolo de dinheiro que ela colocou diante da mãe, dizendo com uma voz um tanto trêmula:

— Esta é minha contribuição para deixar o papai confortável e trazê-lo para casa.

— Minha querida, mas onde é que arranjou isso? Vinte e cinco dólares! Jo, espero que não tenha feito nada precipitado!

— Não, eu ganhei honestamente. Não saí pedindo, nem mesmo emprestado, nem roubei. Ganhei este dinheiro e acho que não vai me culpar, pois só vendi o que era meu.

Enquanto falava, Jo tirou o chapéu, e uma comoção brotou de todos os lados, porque ela havia cortado o cabelo volumoso bem curtinho.

"O seu cabelo! Seu lindo cabelo!", "Oh, Jo, como pôde? Era sua única beleza", "Minha querida menina, não havia necessidade disso", "Ela não se parece mais com a minha Jo, mas eu a amo muito por isso!", foram alguns dos comentários.

Enquanto todos exclamavam com alvoroço, e Beth abraçava com ternura a cabeça de madeixas tosadas da irmã, Jo assumiu uma postura indiferente, que não enganou ninguém, e disse, acariciando os cabelinhos castanhos como se fingisse gostar do resultado:

— Meu cabelo curto não afeta o destino da nação, então não chore, Beth. Será bom para tolher minha vaidade, eu estava ficando muito orgulhosa do meu cabelo. Vai fazer bem para os meus pensamentos ter arrancado aquela juba. Sinto um frescor e uma leveza, e o barbeiro disse que logo nascerão alguns cachos curtos. Ficarei parecendo um menino, mas será adequado e fácil de cuidar. Estou satisfeita, então, por favor, mamãe, pegue o dinheiro e vamos jantar.

— Conte-me como foi tudo, Jo. Não estou muito satisfeita, mas não posso culpá-la, pois sei que sacrificou voluntariamente sua vaidade, tal como você a chama, em nome do amor. Mas, minha querida, não era necessário, e receio que um dia possa se arrepender — disse a sra. March.

— Não, não vou me arrepender! — retrucou Jo com firmeza, sentindo-se muito aliviada por não ter sido totalmente condenada pela atitude.

— E por que você fez isso? — perguntou Amy, que preferia que lhe cortassem a cabeça inteira antes de ter seu lindo cabelo sequer aparado.

— Bem, eu estava louca para fazer algo pelo papai — respondeu Jo, enquanto se reuniam em torno da mesa, pois jovens saudáveis sentem fome mesmo em meio a problemas. — Odeio pedir dinheiro emprestado tanto quanto a mamãe e sabia que a tia March reclamaria. Ela sempre reclama, mesmo se você pedir centavos. Meg deu todo o salário trimestral para o aluguel, e eu apenas comprei algumas roupas com o meu, então me senti mal, e estava decidida a conseguir algum dinheiro, ainda que fosse preciso vender um rim para consegui-lo.

— Não precisava se sentir mal, minha filha! Você não tinha roupas de inverno e comprou as mais simples com seu dinheirinho suado — disse a sra. March com um olhar que aqueceu o coração de Jo.

— Não tinha nem pensado em vender meu cabelo no início, mas, à medida que fui matutando, refletindo sobre o que poderia fazer, sentindo vontade de entrar em alguma loja chique e pegar qualquer coisa, vi na janela de uma barbearia algumas mechas de cabelo à mostra com os preços marcados. Uma mecha preta, não tão grossa quanto as minhas, era quarenta dólares. E então caiu a ficha de que eu tinha algo que poderia me render algum dinheiro e, sem pensar muito, entrei, perguntei se compravam cabelo e quanto dariam pelo meu.

– Não consigo entender como conseguiu fazer isso – disse Beth em um tom de estarrecimento.

– Ah, o barbeiro era um homenzinho que parecia viver apenas para passar óleo no cabelo. No início, ele ficou me encarando, como se não estivesse acostumado com garotas entrando em sua loja e lhe pedindo para comprar o cabelo delas. Ele disse que o meu não interessava, não era a cor da moda e que de todo modo não pagava muito. O esforço torna tudo mais interessante. Estava ficando tarde, e eu temia que, se demorasse mais, poderia desistir, e você sabe que quando começo a fazer uma coisa, odeio desistir. Por isso, implorei que aceitasse e disse por que estava com muita pressa. Foi tolice, ouso dizer, mas o fez mudar de ideia, pois me exaltei e contei a história do meu jeito atrapalhado. A esposa dele ouviu e disse gentilmente: "Ajude-a, Thomas, faça um favor à jovem senhorita. Eu faria o mesmo pelo nosso Jimmy se tivesse um fio de cabelo que valesse a pena vender."

– Quem é Jimmy? – perguntou Amy, que sempre queria que as coisas fossem devidamente explicadas conforme as histórias eram contadas.

– Ela explicou que é o filho deles, que está no exército. Como essas coisas aproximam as pessoas, não é? Ela conversou comigo enquanto o marido cortava meu cabelo, o que me distraiu bastante.

– E você não se sentiu mal quando ele deu a primeira tesourada? – perguntou Meg, com um arrepio.

— Dei uma última olhadela no meu cabelo enquanto o barbeiro arrumava as coisas, e pronto. Nunca choramingo por bobeiras como essa. Confesso, porém, que me senti estranha quando vi meu querido cabelo estendido sobre a mesa e toquei as pontas curtas e ásperas que restaram. Era como se tivessem arrancado um braço ou uma perna. A mulher me observou e pegou uma mecha comprida para eu guardar. É sua, mamãe, só para que guarde e se lembre das glórias passadas, porque um cabelo curtinho é tão confortável que acho que nunca mais vou deixar aquela juba crescer.

A sra. March enrolou a mecha castanha e a colocou junto a uma mecha grisalha em sua escrivaninha, dizendo apenas "Obrigada, querida", mas algo em seu rosto fez as meninas mudarem de assunto e falarem o mais alegremente possível acerca da bondade do sr. Brooke, da perspectiva de um belo dia seguinte e dos momentos felizes que elas teriam quando o pai chegasse em casa para ser cuidado.

Ninguém queria ir para a cama quando, às dez horas, a sra. March acabou a última tarefa e disse:

— Vamos, meninas.

Beth abriu o piano e tocou a canção favorita do pai. Todas a acompanharam com coragem, mas foram parando de cantar uma a uma, desabando em lágrimas, até que Beth se tornou a única, cantando com todo o coração, porque a música sempre era o mais doce dos apoios.

— Vão dormir e não fiquem conversando, pois temos que acordar cedo e vamos precisar descansar o máximo que der. Boa noite, minhas queridas — disse a sra. March, quando a canção terminou. Ninguém queria cantar outra de qualquer forma.

Deram um beijo terno na mãe e foram para cama tão silenciosas que era como se o querido enfermo estivesse no quarto ao lado. Beth e Amy logo adormeceram, apesar do grande problema, mas Meg ficou acordada, com a mente martelando os pensamentos mais sérios que já tivera em sua breve vida. Jo ficou imóvel, e a irmã imaginou que ela estivesse dormindo, até que um soluço abafado a fez perguntar, enquanto tocava a bochecha molhada:

– Jo, querida, o que foi? Está chorando por causa do papai?

– Não, agora não.

– E o que é então?

– Meu... meu cabelo! – explodiu a pobre Jo, tentando em vão sufocar sua emoção no travesseiro.

Aquilo não era nada engraçado para Meg, e ela beijou e acariciou a heroína aflita da maneira mais terna.

– Não me arrependo – alegou Jo, engasgando-se. – Eu faria tudo de novo amanhã, se pudesse. É só minha vaidade que chora dessa maneira ridícula. Não conte a ninguém, já passou. Pensei que estava dormindo, por isso dei um solucinho discreto pela minha única beleza. Por que está acordada?

– Não consigo dormir, estou muito ansiosa – disse Meg.

– Pense em algo agradável que logo você pega no sono.

– Eu tentei, mas me senti mais desperta que nunca.

– E você pensou em quê?

– Em rostos bonitos... olhos, particularmente – respondeu Meg, sorrindo para si mesma no escuro.

– E de qual cor você gosta mais?

– Castanho... digo... às vezes. Olhos azuis são lindos.

Jo riu, e Meg ordenou que ela ficasse quieta. Depois, prometeu a Jo em um tom amigável que enrolaria seu cabelo e adormeceu, sonhando que morava em seu castelo no céu.

Os relógios bateram meia-noite, e os quartos estavam no mais profundo silêncio quando uma figura deslizou calmamente entre as camas, suavizando um cobertor aqui, assentando um travesseiro ali e parando para olhar longa e ternamente para cada rostinho inconsciente, para beijar cada um deles com lábios que os abençoavam em silêncio e para rezar as fervorosas preces que só as mães proferem. Ao levantar a cortina para olhar a noite sombria, a lua apareceu de repente por trás das nuvens e brilhou sobre a sra. March como uma amiga brilhante e bondosa, que parecia sussurrar no silêncio: "Fique firme, amada! Há sempre uma luz no fim do túnel."

CAPÍTULO DEZESSEIS

Cartas

Na aurora nublada e fria, as irmãs acenderam as lamparinas e leram seus livros com uma seriedade nunca antes sentida, pois a sombra de um verdadeiro problema havia chegado, e aquelas páginas ofereciam apoio e conforto. Enquanto se vestiam, concordaram em se despedir alegre e esperançosamente e enviar a mãe em sua árdua viagem sem lágrimas ou queixas. Tudo parecia muito estranho quando desceram, tão escuro e quieto do lado de fora, tão cheio de luz e de alvoroço do lado de dentro. O café da manhã tomado naquele horário era esquisito, e até mesmo o rosto familiar de Hannah não parecia natural enquanto ela corria pela cozinha ainda com a touca de dormir na cabeça. O grande baú estava pronto no corredor, o manto e o gorro da mãe estirados no sofá, e ela própria tentando comer, mas com um ar tão pálido e cansado pela insônia e ansiedade que as meninas acharam muito difícil manter a decisão de uma despedida alegre. Os olhos de Meg continuavam a marejar contra sua vontade, Jo foi obrigada a esconder o rosto com o rolo de macarrão mais de uma vez, e as outras meninas carregavam uma expressão séria e preocupada, como se a tristeza fosse uma nova experiência para elas.

Ninguém falou muito, mas à medida que o horário se aproximava e elas aguardavam a carruagem, ocupadas com as coisas da mãe – uma dobrando o xale, outra ajeitando seu chapéu, uma terceira calçando suas galochas e a quarta fechando a mala de viagem –, a sra. March disse às filhas:

– Crianças, vocês ficarão aos cuidados de Hannah e à vigilância do sr. Laurence. Hannah é a confiança em pessoa, e nosso bom vizinho vai cuidar de vocês como se fossem suas netas. Não temo pelo seu bem-estar, mas fico ansiosa ao pensar em como vão lidar com tudo o que está acontecendo. Não se preocupem, não se lamentem enquanto eu estiver fora e não pensem que podem ficar à toa, largadas ao ócio para tentar esquecer os problemas. Continuem trabalhando como sempre, pois o trabalho é um consolo abençoado. Mantenham a esperança e ocupem a mente. Aconteça o que acontecer, lembrem-se de que nunca perderão o papai.

– Sim, mamãe.

– Meg, querida, seja prudente, cuide de suas irmãs, peça conselhos à Hannah e, qualquer problema, corra até o sr. Laurence. Seja paciente, Jo, não se desespere ou faça coisas precipitadas, me escreva muitas cartas e seja minha garota corajosa, pronta para ajudar e animar a todos. Beth, procure conforto na música e mantenha as pequenas tarefas domésticas em ordem, e você, Amy, ajude o quanto puder, seja obediente e fique feliz e segura em casa.

– Nós vamos fazer tudo isso, mamãe! Nós vamos!

O barulho da carruagem que se aproximava fez com que se sobressaltassem. Aquele foi o momento mais difícil, mas as garotas aguentaram bem. Ninguém chorou, ninguém saiu correndo ou entoou um lamento, embora sentissem o coração pesado enquanto mandavam mensagens de amor ao pai, lembrando-se, enquanto falavam, que talvez fosse tarde demais para entregá-las. Beijaram a mãe em silêncio, agarraram-se a ela com ternura e tentaram acenar alegremente enquanto ela partia.

Laurie e o avô foram se despedir, e o sr. Brooke parecia tão forte, sensível e gentil que as garotas o batizaram de "sr. Coração Bondoso" na hora.

– Adeus, meus amores! Que Deus nos abençoe e nos guarde! – sussurrou a sra. March, enquanto beijava uma carinha atrás da outra, apressando-se para entrar na carruagem.

Enquanto ela se afastava, o sol saiu e, olhando para trás, a sra. March viu os raios cintilarem sobre o grupinho no portão como um bom presságio. Todos tiveram a mesma sensação, sorrindo e acenando efusivamente, e a última coisa que ela viu ao virar a esquina foram os quatro rostos iluminados e, atrás deles, como um guarda-costas, o velho sr. Laurence, a fiel Hannah e o devoto Laurie.

– Como todos são amáveis conosco! – disse ela, virando-se para encontrar ainda mais provas dessa amizade na simpatia respeitosa do jovem sr. Brooke.

– Não vejo como poderiam evitar – respondeu o sr. Brooke, rindo de forma tão contagiosa que a sra. March não pôde deixar de sorrir. E assim a viagem começou com os bons presságios do sol, dos sorrisos e das palavras alegres.

– Sinto como se um terremoto tivesse acontecido – disse Jo, quando os vizinhos foram para casa tomar café da manhã, deixando-as para descansar e se recompor.

– Parece que metade da casa desapareceu – acrescentou Meg, desanimada.

Beth abriu a boca para dizer algo, mas só podia apontar para a pilha de calças bem-remendadas que estava sobre a mesa da mãe, mostrando que, mesmo nos últimos momentos apressados, ela havia pensado nas meninas e trabalhado por elas. Era algo pequeno, mas sentiram aquele gesto direto no coração e, apesar das corajosas resoluções, todas desabaram e choraram amargamente.

Muito sensata, Hannah permitiu que as meninas aliviassem suas dores e, quando percebeu que o chororô estava passando, ela apareceu para o resgate, armada com um bule de café.

— Agora, minhas queridas, lembrem-se do que a mamãe disse e não se preocupem. Venham tomar um café e, depois, vamos colocar as mãos na massa e ser um orgulho para a família.

O café foi um deleite, e Hannah mostrou grande tato ao deixá-lo pronto de antemão. Ninguém conseguiu resistir aos seus acenos persuasivos, ou ao convite perfumado que saía do bule. Correram até a mesa, trocaram os lenços por guardanapos e, em dez minutos, estavam bem de novo.

— Mantenham a esperança e ocupem a mente, esse é o lema para todas nós. Vamos ver quem se lembrará melhor. Preciso ir à tia March, como sempre. Espero mesmo que ela não me dê um sermão! — disse Jo, enquanto bebia o café com ânimos renovados.

— Bem, e eu tenho que ir até os King, embora preferisse ficar em casa e cuidar das coisas aqui — disse Meg, desejando que não tivesse chorado tanto e ficado com os olhos vermelhos.

— Não se preocupe, Beth e eu podemos manter a casa em perfeita ordem — afirmou Amy, decidida.

— Hannah vai nos dizer o que fazer, e tudo estará no lugar quando você voltar para casa — acrescentou Beth, pegando sem rodeios o esfregão e o balde.

— Eu acho a ansiedade algo muito interessante — observou Amy, comendo um torrão de açúcar, pensativa.

As meninas não conseguiram evitar uma risada e se sentiram melhor por isso, embora Meg tenha balançado a cabeça para a mocinha que conseguia encontrar consolo em um pote de açúcar.

A visão das tortinhas frescas fez Jo recobrar a concentração. Quando ela e Meg saíram para o serviço, olharam dolorosamente para a janela onde estavam acostumadas a ver o rosto da mãe. Ela não estava lá, mas

Beth havia se lembrado da pequena cerimônia doméstica, postando-se na janela e acenando para as irmãs, com seu rostinho rosado.

– Mas isso é mesmo a cara da minha querida Beth! – disse Jo, abanando o chapéu e transbordando gratidão. – Adeus, Meggy, espero que os King não sejam duros hoje. Não se preocupe com o papai, querida – acrescentou, enquanto se separavam.

– E eu espero que a tia March não reclame. Seu cabelo está muito bom; parece de um menino, está bem bonito – respondeu Meg, tentando não rir dos cachinhos, que pareciam comicamente pequenos na cabeça da irmã alta.

– Esse é meu único conforto. – Dando um toque no chapéu *à la* Laurie, Jo foi embora, sentindo-se como uma ovelha tosada em um dia de inverno.

As notícias do pai confortaram muito as meninas, pois, embora perigosamente doente, a presença da melhor e mais terna enfermeira já lhe fizera bem. O sr. Brooke enviava um boletim todos os dias, e, como encarregada da família, Meg insistia em ler as correspondências, que se tornaram mais alegres à medida que a semana passava. No início, estavam ansiosas para escrever, e os envelopes volumosos foram cuidadosamente colocados na caixa de correio por uma das irmãs, que se sentiam bastante importantes por trocar correspondências com Washington. Os envelopes continham as nuances características das meninas daquele grupo, de forma que podemos perfeitamente roubar uma correspondência imaginária e lê-la:

Minha querida mamãe,

É impossível dizer o quanto sua última carta nos deixou felizes, pois as notícias foram tão boas que não pudemos deixar de rir e chorar por elas. O sr. Brooke é muito gentil, e que sorte enorme os negócios do sr. Laurence o manterem por perto, já que ele é tão útil a você e ao papai! As meninas estão se comportando como anjos. Jo me ajuda com as costuras e insiste em fazer todo tipo de trabalho. Eu até temeria um exagero, se não soubesse que seu lapso moral não durará muito. Beth é tão pontual nas tarefas quanto um relógio e nunca esquece o que você lhe disse. Ela está triste pelo papai e parece séria, exceto quando toca o piano. Amy cuida de mim, e eu também tomo conta dela muito bem. Ela arruma o próprio cabelo, e estou lhe ensinando a fazer casinhas de botão e a remendar meias. Ela se esforça muito, e sei que vai ficar satisfeita com o quanto ela melhorou quando voltar. O sr. Laurence nos protege como se fosse uma mamãe-galinha, velha e preocupada com seus ovos, como diz Jo, e Laurie é muito gentil e simpático. Ele e Jo nos alegram, pois às vezes ficamos muito deprimidas e nos sentimos órfãs, com você tão longe. Hannah é uma santa em pessoa. Ela não nos repreende de jeito algum e sempre me chama de srta. Margaret, o que é bastante apropriado, e me trata com respeito. Estamos bem e ocupadas, mas desejamos, dia e noite, ter vocês de volta. Mande meu amor mais terno ao papai e confie em mim. Da sempre sua,

Meg

Essa carta, lindamente escrita em papel perfumado, era um senhor contraste com a seguinte, que foi rabiscada em uma folha grande de papel estranho e fino, ornamentado com manchas e todo o tipo de floreios e letras elaboradas:

Minha preciosa mamãe,

Três vivas para o querido papai! Brooke foi um amor ao telegrafar e nos avisar assim que o papai estava melhor. Corri até o sótão quando a carta chegou e tentei agradecer a Deus por ser tão bom para nós, mas só consegui chorar e dizer "Sou grata!

Sou grata!". Isso é suficiente como uma oração comum? Eu sinto o coração cheio. Nós nos divertimos muito, e agora posso desfrutar desses momentos, porque todas nós estamos agindo muito bem, como se morássemos em um ninho de pombinhas. Você riria se visse Meg como líder, tentando ser mãe. Ela fica mais bonita a cada dia, e eu a amo cada vez mais. As crianças são os anjinhos de sempre, e eu... bem, sou a Jo e nunca serei nada além disso. Ah, preciso contar que quase briguei feio com Laurie. Deixei escapar uma opinião sobre certa coisinha tola, e ele ficou ofendido. Eu tinha razão, mas não falei como devia, e ele foi para casa, zangado, dizendo que não voltaria até eu lhe pedir perdão. Eu afirmei que não pediria e fiquei furiosa o dia todo. Me senti mal, e queria muito que você estivesse aqui. Laurie e eu somos tão orgulhosos que é difícil pedir perdão. Pensei que ele pediria, porque eu estava certa. Ele não apareceu, e só à noite me lembrei do que você dissera quando Amy caiu no rio. Li meu livro, melhorei de ânimo, resolvi não deixar a raiva tomar conta de mim e corri para dizer a Laurie que lamentava ter discutido com ele. Encontrei-o no portão, com o mesmo objetivo. Nós dois rimos, pedimos perdão um ao outro e nos sentimos bem e confortáveis novamente.

Escrevi um poema ontem, enquanto ajudava Hannah a faxinar, e como o papai gosta das tolices que escrevo, aí vai para animá-lo. Abrace-o por mim da forma mais terna que já fez. Muitos e muitos beijos,

Destrambelhada Jo

A canção das bolinhas de sabão

Com as mãos na bacia eu canto alegremente,
Enquanto a espuma branca sobe mais e mais,
Lavei, enxaguei e torci vigorosamente,
E pendurei as roupas para secar nos varais.
Elas balançam ao vento, ao frescor irreverente
Sob o céu ensolarado, ao som do canto dos pardais.

Quem dera pudéssemos lavar a mancha da semana,
Tirá-la de nossos corações e de nossas almas,
Deixar que a água e o ar a tornassem leviana,
Por magia restaurar a paz, a felicidade e a calma.
E então, esta Terra, tão sujinha e mundana,
Veria um dia de limpeza digno de palmas!

Se levarmos uma vida ativa,
A tranquilidade do coração floresce.
A mente atarefada se torna furtiva,
Das tristezas e pesares se esquece.
Os pensamentos ansiosos e a expectativa
São varridos pela vassoura que os espairece.

Fico feliz pelas tarefas que me são dadas,
Dia após dia eu as realizo com devoção.
O trabalho traz boa saúde, me deixa motivada,
E me levou a refletir sobre a emoção.
Com a cabeça, penso; com o coração me sinto amada;
Mas o trabalho duro depende de minhas mãos.

Querida mamãe,

Só há espaço para eu mandar muito amor e algumas flores que tenho cuidado em casa para o papai ver. Leio todas as manhãs, tento ser boa o dia todo e canto sozinha a canção favorita do papai até dormir. Agora não consigo cantar "Land Of The Leal" porque me faz chorar. Todos são muito gentis, e somos tão felizes quanto podemos ser sem vocês. Amy quer usar o resto do papel, então preciso encerrar. Não me esqueci de cobrir os castiçais, dou corda no relógio e arejo os quartos todos os dias. Dê um beijo na bochecha do papai que ele diz ser minha.

Bethzinha

Querida mamãe estamos todos bem eu faço minhas lições sempre e nunca corrobo as garotas a Meg diz que eu quis dizer contradigo então eu coloco ambas as palavras e você pode escolher a mais correta. Meg é um amorzinho pra mim e me deixa comer geleia todas as noites na hora do chá faz tão bem pra mim que a Jo diz que me mantém doce e bem-humorada. Laurie não é tão respeitozo como deveria ser agora que estou quase na adolescência ele me chama de Garotinha e me magoa falando francês comigo muito rápido quando eu digo merci ou bon jour como Hattie King faz. As mangas do meu vestido azul estavam todas surradas e Meg colocou novas mas está tudo errado elas são mais azuis que o vestido. Fiquei mal mas não me preocupei muito porque sei lidar com os problemas mas gostaria que a Hannah engomasse mais minhas roupas e que fizesse bolinhos todos os dias. Ela não pode fazer? Meu pontinho de interrogassão não ficou lindo? Meg diz que a minha pontuassão e ortografia são vergonhozas e eu estou envergonhada mas minha nossa tenho tantas coisas para fazer que não consigo parar. Tchauzinho mando todo meu amor para o papai. Assinado sua filha carinhosa Amy Curtis March.

Querida senhora March,

Só escrevo para contar que estamos bem. As meninas são espertas e andam para lá e para cá bem rápido. A srta. Meg vai ser uma boa governanta. Ela tem jeito para a coisa e resolve tudo num instantinho. Jo sai trombando em tudo na pressa e não para um segundo, e nunca temos como saber onde ela vai dar as caras. Ela lavou um monte de roupas na segunda, mas engomou as peças antes de secar tudo e manchou de azul um vestidinho rosa, e eu quase morri de rir. Beth é a melhor criaturinha, e é de tremenda ajuda para mim, porque é ligeira e confiável. Ela tenta aprender tudo e consegue trazer mais coisas do mercado do que o esperado para sua idade. Também mantém as contas em ordem muito bem, com minha assistência. A gente economizou bastante até agora. Não deixo as meninas tomarem café, só uma vez por semana, como você pediu, e só dou comida da boa. Amy é um anjinho quando não fica irritada, não veste as roupas chiques e não come os doces. O sr. Laurie vive de travessuras, como sempre, e vira a casa de cabeça para baixo toda hora, mas ele anima as garotas, então eu deixo todos se divertirem. O velho cavalheiro manda um montão de coisas, gastador demais, mas faz o bem, e não é da minha conta me intrometer. Estou com pãezinhos no forno, preciso ir. Me coloco à disposição do sr. March e espero que ele esteja melhor da pneumonia.

Respeitosamente,

Hannah Mullet

À enfermeira-chefe da Ala 2,

Tudo tranquilo em Rappahannock, tropas em bom estado, departamento do Comissário bem conduzido, a Guarda Doméstica sob comando do Coronel Teddy sempre em serviço, o Comandante Geral Laurence avalia o exército diariamente, o Intendente Mullet mantém a ordem no acampamento e o Major Lion faz a vigilância à noite. Uma saudação de vinte e quatro disparos foi feita à luz das boas notícias de Washington, e um desfile de trajes aconteceu no quartel-general. O Comandante envia os melhores votos, e me junto a ele nestes desejos sinceros.

Coronel Teddy

Cara senhora,

As meninas estão todas bem. A Beth e meu rapaz me dão notícias diariamente. Hannah é uma excelente criada e protege a doce Meg como um dragão. Estou feliz que o clima segue firme. Por favor, faça Brooke ser útil e me escreva se precisar de dinheiro, caso as despesas excedam seu planejamento. Não deixe faltar nada ao seu marido. Graças a Deus que ele está melhorando. De seu sincero amigo à disposição,

James Laurence

CAPÍTULO DEZESSETE

A pequena fiel

Durante uma semana, houve tanta virtude na antiga casa que seria possível abastecer o bairro inteiro. Era realmente incrível, pois todos pareciam estar em um estado de espírito celestial, e a abnegação era a palavra de ordem. Aliviadas da primeira ansiedade em relação ao pai, as meninas relaxaram um pouco e começaram a cair de novo nos velhos hábitos. Elas não se esqueceram do lema, mas esperar e se manter ocupadas parecia ficar mais fácil e, depois de tremendos esforços, sentiram que aquele empenho merecia uma folguinha, e assim fizeram.

Jo pegou uma gripe severa por não cobrir bem a cabeça desprotegida, e ordenaram que ficasse em casa até melhorar, pois a tia March não gostava de ouvir as pessoas lerem quando resfriadas. Jo amou isso e, depois de perambular entre o sótão e o porão, deitou no sofá para cuidar da gripe com livros e remédios. Amy descobriu que trabalho doméstico e arte não combinavam e voltou para as tortinhas de lama. Meg precisava ir à casa dos King todos os dias e costurava, ou pensava que costurava, em casa, mas muito tempo era gasto escrevendo longas cartas à mãe, ou lendo as correspondências de Washington repetidamente. Beth mantinha o ritmo, com apenas ligeiras recaídas na ociosidade ou na tristeza.

Ela cumpria todos os pequenos deveres fielmente a cada dia, e também muitos dos de suas irmãs, pois estas se esqueciam de fazê-los, e a casa parecia um relógio cujo pêndulo se soltara. Quando seu coração pesava de saudade da mãe ou de medo pelo pai, ela se trancava em um armário, escondia o rosto nas pregas de um velho e querido vestido, chorava um pouquinho e rezava uma oraçãozinha em silêncio, sozinha. Ninguém sabia o que a animava depois de uma crise de tristeza, mas todas viam como Beth era gentil e prestativa e criaram o hábito de ir até ela para buscar conforto ou conselhos em seus pequenos problemas.

Não perceberam que essa experiência era um teste de caráter. Quando a empolgação inicial passou, sentiram que haviam agido bem e que mereciam elogios. De fato, era verdade, mas seu erro foi deixar de fazerem suas obrigações direito, e aprenderam essa lição por meio de muita ansiedade e arrependimento.

– Meg, queria que você visitasse os Hummel. Sabe que a mamãe nos disse para não nos esquecermos deles – disse Beth, dez dias após a partida da sra. March.

– Estou muito cansada para ir esta tarde – respondeu Meg, balançando-se na cadeira confortavelmente enquanto costurava.

– E você, Jo? – perguntou Beth.

– O tempo está chuvoso demais, e eu ainda estou resfriada.

– Pensei que estivesse quase curada.

– O suficiente para sair com Laurie, mas não o suficiente para ir aos Hummel – disse Jo, rindo, mas parecendo um pouco envergonhada com sua inconsistência.

– E por que você não vai? – perguntou Meg.

– Estou indo todos os dias, mas o bebê está doente, e não sei o que fazer por ele. A sra. Hummel vai para o trabalho e Lottchen cuida dele. Mas o pobrezinho está cada vez mais doente, e acho que você ou a Hannah deviam ir.

Beth falou bem séria, e Meg prometeu que iria no dia seguinte.

– Peça à Hannah para fazer um lanchinho e vá dar uma volta, Beth. O ar puro vai te fazer bem – disse Jo, acrescentando, com uma desculpa: – Eu iria, mas quero terminar minha história.

– Estou com dor de cabeça e cansada, por isso pensei que talvez alguma de vocês pudesse ir – disse Beth.

– Amy logo chegará, então ela pode ir por nós – sugeriu Meg.

Então Beth se deitou no sofá, as outras voltaram às suas atividades, e os Hummel foram esquecidos. Uma hora se passou, Amy não apareceu, Meg foi ao quarto para experimentar um vestido novo, Jo estava absorta em sua história, e Hannah dormia profundamente em frente à lareira da cozinha. Beth vestiu o casaco, encheu a cesta com guloseimas para as pobres crianças e saiu rumo ao ar frio com a cabeça pesada e um olhar de tristeza nos olhos pacientes. Já era tarde quando ela voltou, e ninguém a viu subir as escadas e se trancar no quarto da mãe. Meia hora depois, Jo foi ao armário da mãe buscar algo e lá encontrou a pequena Beth sentada no baú dos remédios, com uma aparência muito séria, olhos vermelhos e um frasco de cânfora na mão.

– Meu Deus do céu! Mas o que aconteceu? – gritou Jo, enquanto Beth agitou a mão para afastar qualquer rodeio e perguntou:

– Você teve escarlatina, não teve?

– Anos atrás, quando a Meg teve. Por quê?

– Jo, o bebê morreu!

– Que bebê?

– Da sra. Hummel! Ele morreu no meu colo antes de ela chegar em casa! – exclamou Beth com um soluço.

– Minha pobrezinha, que horrível! Eu deveria ter ido – disse Jo, tomando a irmã nos braços enquanto se sentava na poltrona grande da mãe, com uma expressão de remorso.

– Não foi horrível, Jo, só muito triste! Percebi na hora que ele estava mais doente, mas Lottchen disse que a mãe tinha ido buscar um médico, então eu peguei o bebê e deixei Lotty descansar. Parecia estar dormindo, mas, de repente ele deu um chorinho e tremeu, depois ficou muito quieto. Tentei aquecer os pés dele, e Lotty deu um pouco de leite, mas ele não se mexeu, então percebi que estava morto.

– Não chore, querida! O que você fez?

– Fiquei sentada com ele no colo até a sra. Hummel vir com o médico. Ele disse que o bebê estava morto e olhou para Heinrich e Minna, que estavam com dor de garganta. "Escarlatina, minha senhora. Devia ter me chamado antes", disse ele, atravessadamente. A sra. Hummel disse que era pobre e que ela própria tinha tentado curar o bebê, mas agora era tarde demais. Ela só pôde pedir que ele ajudasse os outros e confiasse na caridade como pagamento. O médico sorriu e foi mais gentil. Mas foi muito triste, e chorei com a família até que o médico se virou de repente e me disse para ir para casa tomar beladona imediatamente, ou eu teria escarlatina.

– Não, você não vai ter! – gritou Jo, abraçando-a mais perto, com um olhar assustado. – Ah, Beth, se você ficar doente, nunca vou me perdoar! O que devemos fazer?

– Não se preocupe, acho que não vou ficar tão ruim. Eu olhei no livro da mamãe e vi que os sintomas iniciais são dor de cabeça, de garganta e sensações estranhas, como as minhas, então eu tomei um pouco de beladona e me sinto melhor – disse Beth, colocando as mãos frias na testa quente e tentando parecer bem.

– Quem me dera a mamãe estivesse em casa! – exclamou Jo, pegando o livro e sentindo que Washington era longe demais. Ela leu uma página, olhou para Beth, colocou a mão em sua testa, examinou sua garganta e depois disse gravemente: – Você esteve com o bebê todos os dias por mais de uma semana, e entre aqueles que também pegaram, então temo que também vá pegar, Beth. Vou chamar Hannah, ela sabe tudo sobre doenças.

– Não deixe a Amy vir. Ela nunca teve escarlatina, e eu odiaria passar para ela. Você e Meg não podem pegar de novo, podem? – perguntou Beth, ansiosa.

– Acho que não, mas não me importo se pegar. Seria muito bem feito para mim, tremenda egoísta, deixei você ir e fiquei escrevendo besteiras! – murmurou Jo, enquanto ia consultar Hannah.

A bondosa senhora logo estava de pé e tomou as rédeas, assegurando que não havia necessidade de se preocupar, porque todo mundo pegava escarlatina e, se bem-tratada, não haveria risco de morte. Jo acreditou naquilo, sentindo-se muito aliviada quando subiram para chamar Meg.

– Agora vou lhe dizer o que faremos – disse Hannah, depois de examinar e interrogar Beth. – Chamaremos o dr. Bangs, só para dar uma olhada em você, querida, e ver se começamos bem. Depois enviaremos Amy para a tia March por um tempinho, para mantê-la fora de perigo, e uma das outras pode ficar em casa e entreter Beth por um ou dois dias.

– Eu devo ficar, é claro, sou a mais velha – começou Meg, com um ar ansioso e de repreensão contra si mesma.

– Não, eu devo, porque é minha culpa ela estar doente. Eu disse à mamãe que faria essas tarefas e não fiz – disse Jo com firmeza.

– E quem você escolhe, Beth? Não precisa das duas – ajudou Hannah.

– Jo, por favor. – Beth recostou a cabeça na irmã com um olhar contente, o que efetivamente resolveu a questão.

– Vou contar à Amy – disse Meg, um pouco magoada, mas aliviada no geral, pois não gostava de cuidar dos outros, ao passo que Jo adorava.

Amy se revoltou e declarou efusivamente que preferia ter escarlatina a ficar com a tia March. Meg argumentou, suplicou e ordenou, tudo em vão. Amy protestou que não iria, e Meg, desesperada, correu para perguntar a Hannah o que deveria ser feito. Antes que ela voltasse, Laurie entrou e encontrou Amy soluçando, com a cabeça nas almofadas do sofá. Ela lhe contou a história, esperando ser consolada, mas Laurie só colocou as mãos nos bolsos e andou pelo cômodo, assobiando suavemente, enquanto franzia as sobrancelhas, pensativo. Ele então se sentou ao lado dela e disse, em seu tom mais persuasivo:

— Vamos, seja uma mocinha sensata e faça o que lhe dizem. Não, não chore, e ouça o plano divertido que bolei. Você vai para a casa da tia March, e todos os dias eu vou passear com você, de carruagem ou a pé, e será muito legal. Não é melhor do que ficar mofando aqui?

— Mas eu não quero ser mandada para longe como se estivesse atrapalhando — retrucou Amy, chateada.

— Acalme seu coração, menina, é para o seu bem. Você não quer ficar doente, quer?

— Não, não quero, mas acho que vou ficar, porque estive com Beth o tempo todo.

— E é por isso que precisa partir agorinha mesmo, para não correr esse risco. A mudança de ar e de cuidados vai mantê-la segura, atrevo-me a dizer; caso não, a febre será mais leve. Meu conselho é que vá o mais rápido possível, pois escarlatina não é brincadeira, senhorita.

— Mas é chato demais na casa da tia March, e ela está tão zangada — disse Amy, bastante assustada.

— Não vai ser chato, pois irei lá todos os dias para contar como Beth está e também para levá-la num passeio. A velha senhora gosta de mim, e vou tentar ser o mais gentil possível, então ela não vai ficar nos incomodando, seja lá o que façamos.

— Vamos passear na carruagem com o Puck trotando?

— Palavra de honra.

— E você vai todos os dias?

— Tenha certeza!

— E vai me trazer de volta assim que a Beth estiver bem?

— No mesmo instante.

— Podemos ir ao teatro também?

— Uma dúzia de teatros, se houver.

— Bem... então acho que vou — disse Amy lentamente.

— Boa garota! Chame a Meg e diga que você cedeu — disse Laurie, com uma palmadinha de aprovação, o que irritou Amy mais do que ter de "ceder".

Meg e Jo correram para testemunhar o milagre operado, e Amy, sentindo-se muito importante, como se estivesse fazendo um enorme sacrifício, prometeu ir para a casa da tia se o médico dissesse que Beth ficaria doente.

— Como está a pobrezinha? — perguntou Laurie, pois Beth era muito querida, e ele se preocupava com a menina mais do que gostaria de expressar.

— Está deitada na cama da mamãe e se sente melhor. A morte do bebê a deixou desconcertada, porém penso que talvez seja apenas um resfriado. Hannah diz que também acha isso, mas parece preocupada, o que me deixa nervosa — respondeu Meg.

— Que mundo difícil! — disse Jo, enrolando o cabelo, muito irritada. — Assim que saímos de um problema, vem outro. Não parece haver nada a que se agarrar quando a mamãe está longe, então estou à deriva.

— Bem, não precisa ficar tão nervosa. De nada adianta. Pare de mexer no cabelo, Jo, e me diga logo se devo mandar um telegrama à sra. March, ou qualquer coisa – disse Laurie, que nunca conseguiu aceitar a perda da maior beleza de sua amiga.

– É isso que me preocupa – disse Meg. – Acho que precisamos contar que Beth está doente, mas Hannah diz que não, pois a mamãe não pode deixar o papai, e isso só os deixará ansiosos. Beth não ficará doente por muito tempo, e Hannah sabe exatamente o que fazer. A mamãe disse para seguirmos os conselhos dela, então suponho que assim deve ser, embora eu não ache que seja o certo.

– Bem, não sei. E se perguntarmos ao vovô depois que o médico vier?

– Nós vamos. Jo, vá buscar o dr. Bangs imediatamente – ordenou Meg. – Não podemos decidir nada até ouvirmos dele.

– Fique aí mesmo, Jo. Eu sou o mensageiro desta casa – disse Laurie, pegando o chapéu.

– Você não está ocupado? – perguntou Meg.

– Não, já fiz minhas lições por hoje.

– Você estuda nas férias? – perguntou Jo.

– Eu sigo o bom exemplo que minhas vizinhas me deram.

– Tenho grandes esperanças para o meu menino – observou Jo, vendo-o passar correndo pela sebe com um sorriso de aprovação.

– Ele é ótimo, para um menino – foi a resposta um pouco indelicada de Meg, pois o assunto não lhe interessava.

O dr. Bangs apareceu e disse que Beth tinha sintomas de febre, mas pensava que seriam leves, embora parecesse sério por causa da história dos Hummel. Ele ordenou que Amy partisse imediatamente, com alguns remédios para afastar o perigo. A menina partiu muito abalada, com Jo e Laurie na escolta.

A tia March os recebeu com sua habitual hospitalidade:

– Mas o que querem agora? – perguntou, olhando por cima dos óculos, enquanto o papagaio, atrás da cadeira dela, gritou:

— Vá embora! Nada de meninos aqui!

Laurie caminhou até uma janela, e Jo contou a história.

— Não é de se espantar, quando se fica perambulando entre os pobres. Amy pode ficar e ser útil se não estiver doente, embora esteja nítido que vai ficar, não tenho dúvidas. Não chore, criança, me irrita ouvir as pessoas fungarem.

Amy estava a ponto de chorar, mas Laurie puxou o rabo do papagaio sorrateiramente, o que fez com que Polly crocitasse assustado e gritasse "Mas que diabos!" de uma maneira tão engraçada que ela acabou rindo.

— E quais são as notícias de sua mãe? — perguntou a velha, ríspida.

— O papai está muito melhor — respondeu Jo, tentando não rir também.

— Ora, é mesmo? Bem, não por muito tempo, eu imagino. March nunca teve muita resistência — foi a previsão otimista.

— Ha, ha! Não chame a morte! Quem sabe assim não tem sorte?! — berrou Polly, dançando no poleiro e bicando a touca da velha enquanto Laurie puxava seu rabo.

— Olhe esse bico, seu pássaro velho e desrespeitoso! E, Jo, é melhor ir imediatamente. Não é apropriado ficar andando até tarde com um garoto maluco como...

— Olhe esse bico, seu pássaro velho e desrespeitoso! — gritou Polly, saltando do poleiro e correndo para bicar o garoto "maluco", que morria de rir com essa última fala.

"Acho que não vou aguentar isso, mas vou tentar", pensou Amy, assim que foi deixada sozinha com a tia March.

— Suma daqui, feiosa! — gritou Polly.

Amy não conseguiu conter um lamento diante daquela atitude rude.

CAPÍTULO DEZOITO

Dias sombrios

Beth teve escarlatina e ficou muito mais doente do que todos, a não ser Hannah e o médico, esperavam. As meninas não sabiam nada sobre doenças, e o sr. Laurence não tinha permissão para vê-la, então Hannah fazia tudo à sua maneira, e o ocupado dr. Bangs fazia o seu melhor, mas deixava boa parte do trabalho para a excelente enfermeira. Meg ficou em casa para não infectar os King, administrando o lar, sentindo-se muito ansiosa, além de um pouco culpada, por escrever cartas nas quais não mencionava a doença de Beth. Ela não achava certo enganar a mãe, mas prometera obedecer Hannah, e esta não queria nem ouvir falar da possiblidade de a "Sra. March ser informada e se preocupar por besteira".

Jo se dedicou a Beth dia e noite, o que não era uma tarefa difícil, pois Beth era muito paciente e suportava a dor sem se queixar quando estava no controle de si. Entretanto, chegou um momento em que, em meio à febre, sua voz ficou rouca e falha, ela tocava no cobertor como se estivesse no seu amado piano e tentava cantar com a garganta tão inchada que música alguma saía; ela não reconhecia mais os rostos familiares ao seu redor, dirigindo-se a eles com nomes errados, e clamava pela presença da mãe. Jo estava apavorada, e Meg implorou para ser autorizada a escrever a verdade; Hannah disse que "pensaria nisso, embora ainda não houvesse perigo". Uma carta de Washington aumentou as preocupações, pois o sr. March tivera uma recaída e não havia previsão de retorno para casa por mais um longo tempo.

Como os dias pareciam sombrios, como a casa estava triste e solitária e como os corações das irmãs estavam pesados enquanto trabalhavam e esperavam — enquanto a sombra da morte pairava sobre o lar outrora feliz. Foi então que Margaret, sentada sozinha, vertendo lágrimas sobre tudo em que tocava, sentiu como fora verdadeiramente rica nas coisas mais preciosas do que qualquer luxo que o dinheiro pudesse comprar: amor, proteção, paz e saúde, as verdadeiras bênçãos da vida. Foi então que Jo, vivendo no quarto escuro, com sua irmãzinha padecendo diante de seus olhos, aquela voz doente soando em seus ouvidos, aprendeu a ver a beleza e a doçura da natureza de Beth, a sentir o quão profundo e doce era o lugar que ela preenchia em todos os corações e a reconhecer o valor do jeito altruísta de Beth de viver para os outros e tornar o lar feliz ao exercitar aquelas simples virtudes que todos deveriam amar e valorizar mais do que talento, riqueza ou beleza. E Amy, em seu exílio, ansiava em demasia estar em casa, para poder trabalhar por Beth, sentindo que nenhum serviço seria duro ou incômodo e lembrando, com pesar e arrependimento, quantas tarefas negligenciadas aquelas mãos dispostas haviam feito por ela. Laurie assombrava a casa como um fantasma inquieto, e o sr. Laurence trancou o piano de cauda, porque não suportava lembrar da jovem vizinha que costumava tornar o crepúsculo agradável para ele com seu dom para música. Todos sentiam falta de Beth. O leiteiro, o padeiro, o verdureiro e o açougueiro perguntavam como ela estava, a pobre sra. Hummel apareceu para pedir perdão pela falta de consideração e para pegar uma mortalha para Minna, os vizinhos mandaram todo tipo de palavras de conforto e bons desejos. Até mesmo aqueles que a conheciam bem ficaram surpresos ao descobrir quantos amigos a tímida e pequena Beth tinha.

Enquanto isso, a menina permanecia deitada na cama com a velha Joanna ao seu lado, pois mesmo em seus delírios não se esquecia de sua protegida desamparada. Ela sentia falta dos gatos, mas não queria que os trouxessem, para que não adoecessem, e em suas horas de silêncio morria de ansiedade por Jo. Enviava mensagens de amor a Amy, pedia que dissessem à mãe que escreveria logo e muitas vezes pedia lápis e papel para tentar anotar algo, para que o pai não pensasse que ela o negligenciava. No entanto, chegou um ponto em que até mesmo esses intervalos conscientes acabaram, e ela ficava deitada horas a fio, remexendo-se de um lado para o outro, com palavras incoerentes escapando dos lábios, ou afundava em um sono pesado que não trazia nenhuma melhora. O dr. Bangs a visitava duas vezes por dia, Hannah ficava com ela à noite, Meg mantinha um telegrama na mesa pronto para ser enviado a qualquer minuto, e Jo nunca saía do lado de Beth.

O primeiro dia de dezembro trouxe consigo um clima invernal pesado; um vento terrível soprava, a neve caía rapidamente e o ano parecia pronto para chegar ao fim. Quando o dr. Bangs foi até lá naquela manhã, ele olhou para Beth por um longo tempo, segurou a mãozinha quente dela nas suas por um minuto e a repousou de novo suavemente, dizendo, em voz baixa para Hannah:

— Se a sra. March puder deixar o marido e vir para casa, é melhor avisá-la.

Hannah balançou a cabeça sem falar nada, pois seus lábios tremiam de nervoso, Meg caiu em uma cadeira enquanto a força parecia se esvair de seus membros ao som daquelas palavras, e Jo, por um instante, ficou de pé com o rosto pálido e então correu para a sala, pegou o telegrama e, vestindo-se de qualquer jeito, saiu às pressas na tempestade. Ela logo voltou e mal tirara o casaco quando Laurie entrou com uma carta, dizendo que o sr. March estava melhorando novamente. Jo leu a mensagem e agradeceu, mas o peso horrível não parecia mais leve em seu coração, e seu rosto estava tão melancólico que Laurie perguntou na mesma hora:

— O que foi? Beth piorou?

— Mandei chamar a mamãe — disse Jo, tirando as galochas com uma expressão trágica.

— Muito bem, Jo! Você mesma decidiu isso? — perguntou Laurie, enquanto a sentava na cadeira do corredor e a ajudava a tirar as galochas rebeldes, vendo como as mãos dela tremiam.

— Não. O médico nos aconselhou.

— Oh, Jo, mas ela não está tão mal, está?! — lamentou Laurie, assustado.

— Sim, está. Ela não nos reconhece, nem sequer fala das "pombinhas verdes", que é como chama as folhas de videira do papel de parede. Ela não se parece em nada com a minha Beth, e não há ninguém para nos ajudar a passar por isso. A mamãe e o papai não estão aqui, e Deus parece estar tão distante que não consigo encontrá-Lo.

Enquanto as lágrimas corriam aos montes pela bochecha da pobre Jo, ela estendeu a mão de forma inútil, como se estivesse tateando no escuro, e Laurie a pegou, sussurrando o melhor que pôde, pois também tinha um nó na garganta:

— Eu estou aqui. Estou aqui para ajudá-la, querida Jo! Pode se apoiar em mim.

Ela não conseguia falar, mas realmente "se apoiou", e o aperto caloroso da mão amiga reconfortou seu coração dolorido e pareceu levá-la para mais perto do abraço Divino, que sozinho poderia sustentá-la naquela provação.

Laurie ansiava por dizer algo sensível e amigável, mas não conseguiu pensar em palavras adequadas, então ficou em silêncio, acariciando suavemente os cabelos da amiga, como a mãe dela fazia. Foi a melhor coisa que poderia ter feito, muito mais gentil do que as palavras mais eloquentes, pois Jo sentiu a empatia não dita e, no silêncio, compreendeu o doce consolo que o afeto traz à tristeza.

Logo ela secou as lágrimas que precisaram sair e olhou para Laurie com o rosto cheio de gratidão.

— Obrigada, Teddy, estou melhor agora. Não me sinto tão sozinha e vou tentar suportar o que quer que aconteça.

— Continue esperando o melhor, Jo, isso vai ajudar. Logo sua mãe estará aqui, e depois tudo ficará bem.

— Estou tão contente pelo papai estar melhor. Agora a mamãe não vai se sentir tão mal por deixá-lo. Ai de mim! Parece que todos os problemas vieram juntos, e a parte mais pesada recaiu sobre mim — suspirou Jo, passando um lenço sobre os joelhos para secá-los.

— Meg não ajuda também? — perguntou Laurie, parecendo indignado.

— Ah, sim, ela tenta, mas não consegue amar Beth como eu, e não sentirá falta dela como eu sentirei. Beth é a voz da minha consciência, e não posso viver sem ela. Eu não posso! Não posso!

Jo escondeu o rosto no lenço molhado e chorou desesperadamente. Até aquele dia, ela havia mantido a coragem e evitado derramar qualquer lágrima. Laurie cobriu o rosto com a mao e não conseguiu falar até que tivesse acalmado a sensação de nó na garganta e feito os lábios pararem de tremer. Aquela reação poderia ser considerada pouco masculina, mas ele não pôde evitar, e, particularmente, fico feliz por isso. Quando os soluços de Jo diminuíram, ele retomou, esperançoso:

— Eu não acho que ela vá morrer. Ela é tão boa, e nós a amamos tanto, que não acredito que Deus a levará embora.

— As pessoas boas e queridas sempre morrem — murmurou Jo, parando de chorar, pois as palavras do amigo a animaram, apesar de suas próprias dúvidas e medos.

— Jo, pobrezinha! Você está péssima. Não é nada típico de você ficar desanimada. Dê uma pausa. Vou animá-la num instante.

Laurie bateu em retirada, e Jo deitou a cabeça cansada no pequeno gorro marrom de Beth, que ninguém pensara em tirar de cima da mesa, onde ela o deixara. A peça devia possuir algum feitiço, pois o espírito subserviente da gentil dona parecia ter tomado conta de Jo, e, quando Laurie veio correndo com um copo de vinho, ela o tomou com um sorriso e disse corajosamente:

– Eu bebo... Saúde à minha Beth! Você é um bom médico, Teddy, e um amigo muito gentil. Como posso retribuir? – acrescentou, enquanto o vinho animava seu corpo, do modo como as amáveis palavras fizeram com sua mente perturbada.

– Vou mandar a conta, cedo ou tarde, e esta noite vou lhe dar algo que vai aquecer seu coração mais do que goles de vinho – disse Laurie, sorrindo para Jo com satisfação contida.

– O que é?! – exclamou Jo, esquecendo-se por um minuto dos pesares durante aquele momento de expectativa.

– Mandei um telegrama à sua mãe ontem, e Brooke respondeu que ela viria imediatamente e que estaria aqui hoje à noite, e, então, tudo ficará bem. Não está contente por eu ter feito isso?

Laurie falou muito rápido, ficando vermelho e agitado, pois mantivera seu plano em segredo, por medo de desapontar as meninas ou perturbar Beth. Jo ficou pálida, saltou da cadeira e, no momento em que Laurie parou de falar, ela o assustou ao jogar os braços em torno do pescoço dele, gritando, com alegria:

– Ah, Laurie! Ah, mamãe! Estou tão contente! – Jo não mais chorava, e sim ria histericamente, tremia e se agarrava ao amigo como se estivesse desnorteada com a notícia repentina.

Laurie, embora bastante animado, comportou-se com enorme compostura. Com gentileza, ele deu tapinhas nas costas de Jo e, ao perceber que ela se acalmava, deu-lhe um ou dois beijos tímidos no rosto, o que a trouxe de volta à Terra na mesma hora. Agarrando-se aos corrimões, ela o afastou gentilmente, dizendo sem fôlego:

– Oh, não! Não era minha intenção, foi estúpido da minha parte, mas você foi tão querido em fazer isso, mesmo contra a vontade de Hannah, que não pude deixar de pular em você. Me conte tudo e nunca mais me dê vinho, porque eu faço essas coisas.

– Eu não ligo – riu Laurie, enquanto arrumava a gravata. – Ora, você sabe que fiquei nervoso, e o vovô também. Achamos que Hannah estava pesando a mão na autoridade, e sua mãe deveria saber da situação. Ela nunca nos perdoaria se Beth... Bem, se alguma coisa acontecesse. Então, eu disse ao vovô que já era hora de tomarmos uma atitude. Fui ao correio ontem, pois o médico parecia muito sério, e Hannah quase me matou quando propus enviar o telegrama. Não suporto que mandem em mim, então a atitude dela me fez ter certeza, assim, postei o telegrama. Sua mãe virá, eu sei, e o trem da madrugada chega às duas da manhã. Vou buscá-la, e você só precisa se controlar e manter Beth quieta até a abençoada senhora sua mãe chegar aqui.

– Laurie, você é um anjo! Como posso lhe agradecer?

– Me abrace daquele jeito outra vez. Eu até que gostei – disse Laurie, com um olhar divertido, coisa que não acontecia há duas semanas.

– Não, obrigada. Farei isso com outra pessoa, quando seu avô vier. Não me provoque, vá para casa e descanse, pois vai ficar acordado metade da noite. Deus te abençoe, Teddy, Deus te abençoe!

Jo havia recuado para um canto e, ao terminar de falar, ela desapareceu pela cozinha, onde se sentou em cima do móvel e disse aos gatos ali reunidos que estava "feliz, oh, tão feliz", enquanto Laurie partia, sentindo que fizera uma boa ação.

– Nunca vi rapaz mais intrometido, mas está perdoado, e espero que a sra. March venha logo – disse Hannah, com alívio, quando Jo contou a boa notícia.

Meg comemorou em silêncio e depois ficou pensando na carta, enquanto Jo arrumava o quarto da acamada e Hannah preparava algumas tortas em caso de companhia inesperada. Uma lufada de ar fresco parecia soprar através da casa, e algo melhor do que o sol iluminava os quartos silenciosos. Tudo parecia sentir a mudança esperançosa. O novo pássaro de Beth voltou a chilrear, e uma rosa sem algumas pétalas foi achada no arbusto de Amy. As lareiras pareciam arder com alegria incomum, e sempre que as meninas se esbarravam, seus rostos pálidos se abriam em sorrisos enquanto se abraçavam, sussurrando incentivos como "a mamãe está chegando, querida, a mamãe está chegando!". Todas se regozijavam, menos Beth, que permanecia deitada naquele pesado estupor, inconsciente tanto de esperança e alegria quanto de dúvida e perigo. Era uma visão terrível: o rosto, outrora rosado, tão mudado e vazio; as mãos, outrora ocupadas, tão fracas e inutilizadas; os lábios, outrora sorridentes, mudos e apáticos; e os cabelos, outrora bonitos e bem-cuidados, espalhados e emaranhados no travesseiro. Ficava deitada assim o dia inteiro, só de vez em quando se erguia para murmurar "água!", com lábios tão ressequidos que mal conseguiam moldar a palavra. Jo e Meg ficavam com ela o tempo todo, observando, esperando, rezando e confiando em Deus e na mãe; a neve caía sem parar, o vento cortante assobiava e as horas passavam lentamente. Enfim a noite chegou, e cada vez que o relógio batia, as irmãs, ainda sentadas, cada uma de um lado da cama, entreolhavam-se com olhos brilhantes, pois cada hora aproximava a chegada da ajuda necessária. O médico estivera lá para dizer que alguma mudança, para melhor ou para pior, provavelmente aconteceria por volta da meia-noite, hora em que ele voltaria.

Hannah, bastante cansada, deitou-se no sofá aos pés da cama e adormeceu rapidamente; o sr. Laurence marchava de um lado para o outro na sala de estar, sentindo que preferia enfrentar um batalhão de rebeldes do que o semblante da sra. March quando ela entrasse. Laurie deitou-se no tapete, fingindo descansar, mas fitando o fogo com uma atenção que deixava seus olhos escuros lindamente iluminados.

As meninas nunca se esqueceriam daquela noite. Não dormiram sequer um minuto durante a vigília, com aquela terrível sensação de impotência que nos acomete em horas como aquelas.

– Se Deus poupar Beth, nunca mais vou me queixar – sussurrou Meg com seriedade.

– Se Deus poupar Beth, tentarei amá-lo e servi-lo toda a minha vida – respondeu Jo, com igual fervor.

– Quem me dera não ter coração, dói tanto – suspirou Meg, após uma pausa.

– Se a vida é muitas vezes tão difícil assim, não vejo como poderemos sobreviver – acrescentou a irmã, desanimada.

O relógio, então, bateu meia-noite, e ambas se esqueceram de si próprias enquanto observavam Beth, pois imaginavam que algo havia mudado em seu semblante pálido. A casa estava quieta como um cemitério, e nada além do lamento do vento quebrava o silêncio profundo. Hannah, esgotada, dormia, e ninguém além das irmãs viu a sombra lúgubre que parecia recair sobre a pequena cama. Uma hora se passou, e nada aconteceu, exceto a partida de Laurie para a estação. Mais uma hora e ainda ninguém havia aparecido, e o medo e a ansiedade de que o atraso fosse por conta da tempestade, ou de acidentes, ou, o pior de tudo, uma grande perda em Washington, assombrava as meninas.

Já passava das duas, quando Jo, que estava à janela pensando como o mundo parecia tenebroso em sua mortalha de neve cortante, ouviu um movimento junto à cama e, virando-se rapidamente, viu Meg ajoelhada diante da poltrona da mãe, com o rosto escondido. Um medo terrível tomou Jo enquanto ela pensava: "Beth está morta, e Meg não quer me contar."

Ela voltou ao seu posto em um instante, e seus olhos agitados pareceram notar uma grande mudança: a febre e o semblante de dor desapareceram de Beth, e aquele rosto amado parecia tão pálido e pacífico em seu último repouso que Jo não sentiu vontade de chorar ou lamentar. Inclinada sobre a mais querida de suas irmãs, ela beijou a testa úmida com o coração nos lábios e sussurrou suavemente: "Adeus, minha Beth. Adeus!"

Acordada por uma inquietação, Hannah despertou, correu para a cama, olhou para Beth, sentiu as mãos, ouviu a respiração e, então, tirando o avental sobre a cabeça, sentou-se e começou a balançar o corpo, exclamando, ofegante:

— A febre passou, ela dorme sossegada, está suando e respira bem! Louvado seja Deus! Oh, meu bom Deus!

Antes que as meninas pudessem acreditar na feliz verdade, o médico apareceu para confirmá-la. O dr. Bangs era um homem simples, mas elas acharam seu rosto angelical quando ele sorriu e disse, com um olhar paternal:

— Sim, minhas queridas, acho que a menina vai sobreviver desta vez. Mantenham a casa em silêncio, deixem-na dormir e, quando ela acordar, deem...

O que deviam dar ninguém ouviu, pois as irmãs se arrastaram para o corredor escuro e, sentadas nas escadas, abraçaram-se, comemorando com o coração cheio demais para emitir qualquer palavra. Quando voltaram e foram beijadas e afagadas pela fiel Hannah, encontraram Beth deitada do modo como sempre fazia, com a mão na bochecha; a palidez terrível havia desaparecido e sua respiração era calma. Parecia que a menina acabara de cair no sono.

— Quem me dera a mamãe chegasse agora! — disse Jo, quando a noite de inverno já esvanecia.

— Olhe aqui — disse Meg, segurando uma rosa branca meio aberta —, pensei que esta flor dificilmente desabrocharia para repousar na mão de Beth amanhã se ela fosse tirada de nós. Mas ela floresceu durante a noite, então vou colocá-la neste vaso, assim, quando nossa querida irmã acordar, a primeira coisa que verá é esta pequena rosa e o rosto da mamãe.

Nunca o sol raiou tão lindamente, e nunca o mundo pareceu tão belo aos olhos pesados de Meg e Jo quando olharam para a manhã daquele novo dia, encerrando a longa e triste vigília.

– Parece um mundo de fadas – disse Meg, sorrindo para si mesma por detrás da cortina, observando a deslumbrante visão.

– Ouçam! – gritou Jo, dando um pulo.

Sim, o som de sinos na porta soou no andar debaixo, seguido por um grito de Hannah e a voz de Laurie dizendo em um sussurro alegre:

– Meninas, ela chegou! Ela chegou!

CAPÍTULO DEZENOVE

O testamento de Amy

Enquanto tudo isso acontecia, Amy estava tendo momentos difíceis na casa da tia March. Ela sentiu profundamente o exílio e, pela primeira vez em sua vida, percebeu o quanto era amada e mimada em casa. A tia March não mimava ninguém, pois não aprovava esse tipo de atitude. Ainda assim, queria ser gentil, já que a menina bem-comportada a agradava muito, e ela tinha um lado doce em seu velho coração reservado para as filhas de seu sobrinho, embora não achasse apropriado confessar. Ela realmente fez o melhor para deixar Amy feliz, mas, bom Deus, que erros cometeu! Alguns idosos se mantêm jovens de coração, apesar das rugas e dos cabelos grisalhos, e, assim, conseguem dar a devida consideração às pequenas preocupações e alegrias das crianças, fazê-las se sentirem em casa e ensinar lições sábias disfarçadas de agradáveis brincadeiras, fazendo amizade da maneira mais doce. Tia March não tinha esse dom, e sobrecarregava muito Amy com suas regras e ordens, seu jeito primitivo e suas longas conversas prosaicas. Ao descobrir que a criança era mais dócil e amável que a irmã, a velha senhora sentiu o dever de tentar neutralizar, na medida do possível, os maus efeitos da liberdade e da indulgência no lar. Então, pegou Amy pela mão e tentou ensinar as coisas da maneira como ela mesma havia sido ensinada sessenta anos antes, algo que pesava a alma de Amy e a fazia se sentir como uma mosca na teia de uma aranha muito rígida.

Ela tinha que lavar taças todas as manhãs, polir os talheres antiquados, o jogo de chá de prata e toda a vidraçaria até que tinissem e, depois, tirava o pó da sala, o que era uma tremenda trabalheira. Nem uma poeirinha escapava aos olhos da tia March, e todos os móveis tinham muitos detalhes entalhados, cuja limpeza nunca bastava. Além disso, Polly precisava ser alimentado, o cachorrinho, escovado, e Amy precisava fazer uma dúzia de viagens para cima e para baixo para pegar e levar coisas, pois a velha mal andava e raramente deixava sua grande poltrona. Depois de tanto trabalho cansativo, ela tinha que fazer suas lições, o que era uma prova diária de toda virtude que possuía. Então, sobrava apenas uma hora para se exercitar ou brincar, e era o momento que mais aproveitava.

Laurie ia até lá todos os dias e bajulava a tia March até convencê-la a deixar Amy sair com ele. Os dois caminhavam, cavalgavam e se divertiam bastante. Depois do almoço, ela tinha que ler em voz alta e ficar sentada em silêncio enquanto a velha dormia, em geral, durante uma hora, logo após a primeira página ser lida. E então, sempre havia reparos a serem feitos, e Amy costurava com brandura exterior e rebelião interior até o anoitecer, quando lhe era permitido se divertir como quisesse até a hora do chá. Ainda assim, as noites eram piores, pois a tia March desembestava a contar longas histórias sobre a juventude, que eram tão indizivelmente monótonas que Amy só pensava em ir para a cama, com a intenção de chorar por causa de seu duro destino. Geralmente caía no sono antes de derramar mais do que uma lágrima ou duas.

Se não fosse por Laurie e pela velha Esther, a criada, Amy sabia que nunca teria passado por aquele período difícil. Só o papagaio teria sido suficiente para enlouquecê-la, pois o bicho logo sentiu que ela não gostava dele e se vingou, sendo o mais arteiro possível: puxava-lhe o cabelo sempre que se aproximava, derrubava o pão e o leite para irritá-la depois de limpar a gaiola, fazia Mop latir ao bicá-lo enquanto a dona da casa dormia, xingava-a de alguns nomes feios na frente das visitas e se comportava em todos os aspectos como um pássaro velho e repreensível. Ela também não suportava o cachorro, uma besta gorda e rabugenta, que rosnava e latia quando Amy limpava sua sujeira, e que se deitava de costas com as pernas para o ar e uma expressão muito pateta quando queria algo para comer, o que acontecia cerca de uma dúzia de vezes por dia. A cozinheira era mal-humorada, o velho cocheiro era surdo e Esther era a única que se preocupava com a menina.

Esther era francesa e morava com a *madame*, como chamava a patroa, havia muitos anos, e até mandava na velha senhora, que não aguentava viver sem ela. Seu verdadeiro nome era Estelle, mas a tia March mandou que mudasse, e ela obedeceu, com a condição de que nunca lhe pedisse para mudar de religião. Ela gostou da *mademoiselle* e a divertiu muito com histórias estranhas da vida na França, enquanto Amy a acompanhava para arrumar os laços da *madame*. Esther também permitia que Amy vagasse pela grande casa e examinasse as coisas curiosas e bonitas guardadas nos grandes armários e baús antigos. Tia March era de fato uma acumuladora. O encanto principal de Amy era um armário indiano, cheio de gavetas esquisitas, pequenos compartimentos e esconderijos secretos, nos quais se guardavam todo tipo de ornamentos, alguns preciosos, outros meramente curiosos, todos mais ou menos antigos. Examinar e arrumar aquelas coisas deu à Amy grande satisfação, especialmente as caixas de joias, forradas com veludo, recheadas de enfeites que haviam adornado uma bela mulher quarenta anos antes. Havia o conjunto de joias encrustadas de granadas, que a tia March usava quando saía; as pérolas que seu pai lhe dera no dia do casamento; os diamantes ganhados do marido; os anéis e broches pretos para dias de luto; os medalhões esquisitos, com retratos de amigos mortos e salgueiros-chorões feitos de cabelo por dentro; as pulseiras de bebê que a filha havia usado; o relógio grande do tio March, com o selo vermelho com que tantas mãos infantis brincaram; e, em uma caixa separada, estava o anel de casamento da tia March, demasiado pequeno para o dedo gordo, mas guardado cuidadosamente como a joia mais preciosa de todas.

– Qual escolheria, *mademoiselle*, se estivesse no testamento dela? – perguntou Esther, que se sentava sempre perto para vigiar e trancar os objetos de valor.

– Eu gosto mais dos diamantes, mas não estão em um colar, e gosto de colares, são lindos. Escolheria isto aqui se pudesse – respondeu Amy, olhando com grande admiração para um fio de ouro e contas de ébano, em que se pendurava uma pesada cruz do mesmo material.

– Eu também gosto desse, mas não como um colar. Oh, não! Para mim é um rosário, e como tal devo usá-lo como uma boa católica – disse Esther, olhando com os olhos saudosos para o lindo objeto.

– É para usar igual aquele terço de contas perfumadas que você deixa pendurado no espelho? – perguntou Amy.

– Sim, isso mesmo. Usamos para rezar. Os santos ficariam muito felizes se usássemos um lindo rosário desses em rezas, em vez de apenas como uma mera bijuteria.

– Você parece encontrar muito conforto em suas orações, Esther, sempre tão serena e feliz. Quem me dera eu conseguisse.

– Se a *mademoiselle* fosse católica, encontraria verdadeiro conforto, mas como não é, seria bom que reservasse um momento do dia para meditar e rezar, como fazia a boa senhora a quem eu servi antes da *madame*. Ela tinha uma pequena capela, e lá encontrava consolo para muitos problemas.

– Seria correto se eu fizesse isso? – perguntou Amy, que em sua solidão sentia a necessidade de algum tipo de ajuda e percebeu que se esquecia de ler a Bíblia, uma vez que Beth não estava lá para lembrá-la disso.

— Seria excelente e encantador, e terei o maior prazer em arrumar um espaço, se quiser. Não diga nada à *madame*, mas, quando ela dormir, vá e fique sozinha por um momento para pensar coisas boas e rezar ao amado Deus para que cuide de sua irmã.

Esther era uma devota fervorosa e bastante sincera em seus conselhos, pois tinha um coração afetuoso e lamentava muito a situação das irmãs. Amy gostou da ideia e permitiu que ela liberasse o espaço de um pequeno closet ao lado do seu quarto, torcendo para que aquilo lhe fizesse bem.

— Gostaria de saber para onde irão todas essas coisas bonitas quando a tia March morrer — disse Amy, enquanto guardava lentamente o rosário brilhante e fechava as caixas de joias uma a uma.

— Para você e suas irmãs. Sei disso porque *madame* confia em mim. Servi de testemunha para o testamento dela, e assim será — sussurrou Esther, sorrindo.

— Que maravilha! Mas eu queria tanto que pudéssemos tê-las agora. Sempre dizem que procrastinar não é bom — observou Amy, dando uma última olhada nos diamantes.

— Ainda é muito cedo para damas tão jovens usarem essas coisas. A primeira que se casar terá as pérolas, conforme disse a *madame*, e acho que o pequeno anel turquesa será seu quando sair de casa, pois a *madame* aprova seu bom comportamento e suas maneiras encantadoras.

— Você acha mesmo? Ah, eu ficaria linda com aquele anel adorável! É muito mais bonito que o da Kitty Bryant. Eu gosto da tia March, no fim das contas. — Amy experimentou o anel azul com o rosto cintilante e uma firme determinação em ganhá-lo.

Daquele dia em diante, ela foi um modelo de obediência, e a velha senhora complacentemente admirava o sucesso de seu treinamento. Esther equipou o armário que havia separado para Amy com uma pequena mesa, um banquinho e, sobre a mesa, colocou uma pintura, retirada de uma das salas fechadas. Achava que a pintura não tinha grande valor, mas, sendo apropriada, pegou emprestada, sabendo que a *madame* nunca saberia, nem se importaria. Era, porém, uma cópia muito valiosa de um dos quadros mais famosos do mundo, e os olhos de Amy, apaixonados pela arte, nunca se cansavam de olhar para o rosto gentil da Mãe Divina, enquanto seus pensamentos vagavam até sua própria mãe. Sobre a mesa, Amy colocou a Bíblia e o hinário e mantinha um vaso sempre cheio com as melhores flores que Laurie lhe trazia. Todos os dias, a menina se sentava sozinha, pensando coisas boas e rezando ao querido Deus para cuidar de sua irmã. Esther lhe dera um rosário de contas pretas com uma cruz de prata, mas Amy o pendurou e não o usou, ponderando se seria adequado para orações protestantes.

A pequena era muito sincera em tudo isso e, sozinha e longe do ninho seguro de seu lar, sentia uma necessidade tão urgente de alguma mão gentil para segurar que instintivamente se voltou para o Amigo mais forte e terno de todos, cujo amor paternal aquece de perto o coração de Seus filhinhos. Ela sentia falta da ajuda da mãe para compreender e controlar a si mesma, mas, tendo sido ensinada a procurar auxílio no lugar certo, fez o melhor para encontrar o caminho e trilhá-lo com confiança. Ainda assim, embora Amy fosse uma jovem peregrina, seu fardo parecia muito pesado. Tentou se esquecer de si mesma, manter-se alegre e contentar-se em fazer o bem, embora ninguém a visse ou a elogiasse por isso. Em seu primeiro esforço para ser muito, muito boa, ela decidiu fazer seu testamento, como a tia March havia feito, para que, se adoecesse e morresse, seus bens pudessem ser justa e generosamente divididos. Foi bem doloroso pensar em desistir dos pequenos tesouros que aos seus olhos eram tão preciosos como as joias da velha senhora.

Durante algumas horas de seu tempo livre, Amy escreveu o importante documento tão bem quanto pôde, com a ajuda de Esther quanto a certos termos legais. Quando a bondosa francesa assinou o documento como testemunha, Amy se sentiu aliviada e o guardou para mostrar a Laurie, quem ela queria como segunda testemunha.

Como era um dia chuvoso, subiu para se divertir em um dos grandes cômodos e levou Polly para lhe fazer companhia. Na sala em que estava, havia um guarda-roupa cheio de trajes antiquados com os quais Esther lhe permitia brincar, e era seu divertimento favorito se vestir com os brocados desbotados e desfilar para cima e para baixo diante do longo espelho, fazendo reverências majestosas e varrendo o chão com as longas caudas dos vestidos, com um barulho que encantava seus ouvidos. Estava tão ocupada que não ouviu Laurie chegar nem percebeu que ele a espiava, enquanto ela dançava de um lado para o outro, abanando o leque e atirando a cabeça para trás, envolta em um enorme lenço rosa, o qual contrastava estranhamente com o vestido azul e a anágua amarela. Amy precisava andar com cuidado, pois estava de salto alto, e, como Laurie disse a Jo depois, foi uma visão cômica vê-la andar com delicadeza naqueles trajes alegres, com Polly perambulando hesitante ao seu lado, imitando-a o melhor que podia e ocasionalmente parando para rir ou exclamar: "Não estamos maravilhosos? Suma daqui, feiosa! Olhe o bico! Beije-me, querida! Ha! Ha!"

Com muita dificuldade, Laurie se conteve para não explodir em risadas, a fim de não ofender Sua Majestade. Bateu à porta e foi graciosamente recebido.

— Sente-se e descanse enquanto guardo estas coisas, depois quero conversar sobre um assunto muito sério — disse Amy, depois de exibir todo seu esplendor e afastar Polly para um canto. — Aquele pássaro é a provação da minha vida — continuou, removendo a montanha de pano rosa da cabeça, enquanto Laurie se sentava em uma cadeira. — Ontem, quando a titia estava dormindo e eu tentava ficar tão quieta quanto um ratinho, Polly começou a esvoaçar e a bater na gaiola, então eu o deixei sair e encontrei uma grande aranha lá. Atirei-a para fora, e ela correu para debaixo da estante. Polly marchou atrás dela, abaixou-se, espreitou debaixo da estante e disse, desse jeito engraçado: "Saia e venha dar uma voltinha, minha querida." Não pude deixar de rir, o que fez Polly me xingar. A titia acordou e nos deu um baita sermão.

– A aranha aceitou o convite? – perguntou Laurie, bocejando.

– Sim, saiu, e Polly fugiu, morrendo de medo e se empoleirando na poltrona da titia, gritando: "Apanhem-na! Apanhem-na! Apanhem-na!", enquanto eu perseguia a aranha.

– Mentirosa! Ó, Deus! – gritou o papagaio, bicando os dedos do pé de Laurie.

– Eu torceria seu pescoço se fosse meu, sua praga! – gritou Laurie, mostrando o punho para o pássaro.

Polly virou a cabeça de lado e crocitou:

– Aleluia! Que Deus te abençoe, amado!

– Agora está tudo pronto – disse Amy, fechando o guarda-roupa e tirando um pedaço de papel do bolso. – Quero que leia isto, por favor, e me diga se é legal e correto. Senti que devia fazê-lo, pois a vida é incerta e não quero que haja nenhum mal-entendido à beira do meu túmulo.

Laurie mordeu os lábios e, dando um pouco as costas à tagarela pensativa, leu o seguinte documento, com louvável seriedade, levando em conta a ortografia:

Meu último dezejo e testamento

Eu Amy Curtis March estando sã vou dar e legar todos os meus bens terrenos pras seguintes testemunhas:

Pro meu pai meus melhores quadros esbossos mapas e obras de arte incluindo molduras. Também os meus cem dólares para ele fazer o que quiser.

Pra minha mãe todas as minhas roupas menos o vestido azul. Também meu retrato e minha medalha com muito amor.

Pra minha querida irmã Margaret dou o meu anel turqueza (se eu ganhar) e também minha caixa verde minha fita de renda de pescosso e o desenho que fiz dela como memorial de sua "menininha".

Pra Jo deixo meu broche (aquele remendado com cera de selar cartas) e também o meu tinteiro de bronze (ela perdeu a tampa) e meu mais preciozo coelho de gesso porque lamento muito ter queimado sua história.

Pra Beth (se ela viver depois de mim) dou minhas bonecas e o armarinho meu leque meus colarinhos de linho e minhas pantufas novas se ela conseguir usar mesmo estando magra quando ficar boa da doença. E aqui deixo o meu arrependimento por ter zombado da velha Joanna.

Pro meu amigo e vizinho Theodore Laurence deixo minha pasta de papel machê e meu modelo de cavalo de barro (embora ele tenha dito que faltava o pescosso). Em troca de sua grande bondade em tempos de agonia oferesso também qualquer uma de minhas obras artísticas que agrade. "Notre Dame" é a melhor.

Pro nosso venerável benfeitor sr. Laurence deixo minha caixa roxa com um espelho na tampa que será adequada para suas penas e para que se lembre da menina falecida que agradesse pelos seus favores especialmente o carinho por Beth.

Desejo que minha melhor amiga Kitty Bryant fique com o vestido de seda azul e meu anel dourado. Um beijo pra ela.

Pra Hannah dou a caixa de fitas que ela queria e a colcha de retalhos na esperança que ela se lembre de mim.

E agora que dei meus bens mais valiosos espero que todos fiquem satisfeitos e que não culpem os mortos. Estão perdoados. Espero que a gente se encontre quando as trombetas tocarem. Amém.

Sobre estes dezejos e testamento dou minha palavra e concluo neste 20 de novembro de 1861.

Amy Curtis March

Testemunhas: Estelle Valnor, Theodore Laurence

O nome de Laurie foi escrito a lápis, e Amy explicou que ele deveria reescrevê-lo com tinta e selá-lo adequadamente.

– Mas por que inventou de fazer um testamento? Alguém disse algo sobre a Beth distribuir as coisas dela desse modo? – perguntou Laurie sério, enquanto Amy colocava uma fita vermelha, cera, um selo e um pratinho diante dele.

Ela explicou e depois perguntou, ansiosa:

– O que aconteceu com a Beth?

– Desculpe ter comentado, mas, como já foi, eu explico. Ela se sentiu muito mal certo dia e disse a Jo que queria dar o piano para Meg, os gatos para você e a pobre boneca velha para Jo, que ficaria muito feliz de ganhá-la em respeito à irmã. Beth lamentou ter tão pouco para dar e deixou mechas de cabelo para o resto de nós, e seu amor para o vovô. Ela nunca pensou em um testamento.

Laurie assinou e selou o documento enquanto falava e não olhou para Amy até que uma grande lágrima caiu sobre o papel. O rosto da menina estava cheio de preocupação, mas ela só disse:

– As pessoas não colocam um tipo de adendo nos testamentos, às vezes?

– Sim, são os "codicilos".

– Ponha um no meu então: desejo que meu cabelo seja cortado e distribuído igualmente entre meus amigos. Esqueci disso, mas quero que seja feito, mesmo que estrague minha aparência.

Laurie acrescentou o que ela pediu, sorrindo para o último e maior sacrifício de Amy. Depois, ele a entreteve por uma hora e ficou muito interessado em saber todas as provações pelas quais a menina estava passando. Antes de ele partir, Amy sussurrou, com lábios trêmulos:

– Beth corre algum perigo?

– Receio que algum, mas precisamos torcer pelo melhor, por isso, não chore, querida – e Laurie a abraçou com um gesto fraternal muito reconfortante.

Depois, Amy se dirigiu à sua pequena capela personalizada e, sentada ao crepúsculo, orou por Beth, derramando muitas lágrimas e sentindo, com o coração dolorido, que um milhão de anéis turquesa não a consolaria pela perda de sua gentil irmãzinha.

CAPÍTULO VINTE

Confidencial

Acho que não tenho palavras para narrar o reencontro entre mãe e filhas. Momentos como aquele são lindos de se viver, mas muito difíceis de descrever, por isso vou deixar à imaginação de meus leitores, apenas ressaltando que a casa se encheu de felicidade genuína e que a terna esperança de Meg se realizou, pois, quando Beth acordou daquele longo e restaurativo sono, as primeiras coisas que seus olhos viram foram a pequena rosa e o rosto da mãe. Demasiado fraca para se maravilhar com qualquer coisa, ela só sorriu e se aninhou naqueles braços amorosos, sentindo que a saudade sôfrega fora finalmente satisfeita. Então, ela dormiu novamente, e as meninas esperaram pela mãe, que não queria largar a mãozinha magra que se agarrava à dela mesmo dormindo.

Hannah organizou um maravilhoso café da manhã para a recém-chegada, não encontrando forma melhor de descarregar sua emoção, e Meg e Jo serviram a mãe, enquanto ouviam o relato sussurrado sobre o estado do pai, a promessa do sr. Brooke de ficar e cuidar dele, os atrasos que a tempestade causou na viagem de volta para casa e o indizível alívio que o rosto esperançoso de Laurie lhe proporcionara quando ela chegou, abatida pela fadiga, ansiedade e frio.

Que dia estranho, mas agradável! Tão resplandecente e alegre do lado de fora, pois parecia que todos os vizinhos saíram para receber a primeira neve; tão quieto e sereno do lado de dentro, enquanto os membros da família dormiam ou vigiavam, e o silêncio reinava pela casa. Hannah montava guarda à porta. Com uma sensação boa de fardos mais leves, Meg e Jo fecharam os olhos cansados e deitaram-se para descansar, como barcos maltratados pela tempestade, a salvo, ancorados em um porto tranquilo. A sra. March não saía do lado de Beth. Descansava na poltrona, acordando muitas vezes para olhar, tocar e cuidar da filha, como se ela fosse um tesouro recuperado.

Laurie, enquanto isso, correu para reconfortar Amy e contou a história tão bem que a própria tia March "fungou" um pouquinho e não disse nem uma única vez "eu avisei". Amy se fortaleceu tanto que, acredito, os bons pensamentos dedicados na pequena capela realmente estavam dando frutos. Ela secou as lágrimas rapidamente, segurou a impaciência para ver a mãe e nem sequer pensou no anel turquesa quando a velha senhora concordou com Laurie que ela se comportava "como uma menininha honrada". Até Polly parecia impressionado, pois ele a chamou de boa menina, a abençoou e a chamou para "dar uma volta" em seu tom mais afável. Amy teria saído de bom grado para aproveitar o tempo resplandecente do inverno, mas, ao descobrir que Laurie estava caindo de sono, apesar de seus esforços viris para esconder o fato, ela o convenceu a descansar no sofá, enquanto escrevia um bilhete para a mãe. Demorou um tempo até que terminasse a nota e, quando voltou, Laurie estava esticado com os dois braços debaixo da cabeça, dormindo profundamente, e tia March, que fechara as cortinas, estava sentada em silêncio, em um inusitado gesto de bondade.

Depois de um tempo, começaram a achar que o garoto não acordaria até a noite, e, de fato, não sei se ele acordaria antes mesmo do dia seguinte, se não tivesse sido despertado de modo eficaz pelo grito de alegria de Amy ao ver a mãe. É provável que houvesse muitas meninas felizes na cidade naquele dia, mas arrisco-me a dizer que

Amy era a mais feliz de todas ao se sentar no colo da mãe e contar todos os desafios pelos quais passara, recebendo consolo e compensação em forma de sorrisos e carinhos. Estavam sozinhas na capela improvisada, à qual a mãe não se opôs quando o propósito foi explicado.

– Pelo contrário. Eu gostei muito, querida – disse a mãe, olhando do rosário empoeirado para o livrinho desgastado e a bela pintura, com a guirlanda de sempre-vivas. – É um excelente plano ter um lugar para ir e ficar quietinha quando as coisas nos irritam ou nos entristecem. Há muitos momentos difíceis na vida, mas podemos suportá-los se pedirmos ajuda da maneira correta. Acho que minha filhinha está aprendendo.

– Sim, mamãe. Quando eu voltar para casa, quero ter um cantinho para colocar meus livros e a cópia que tentei fazer daquela imagem. O rosto da mulher não está bom, é bonito demais para eu desenhar, mas o bebê está melhor, e eu gosto demais. Gosto de pensar que Ele já foi uma criança, porque assim não parece tão distante, e isso me ajuda.

Enquanto Amy apontava para o Cristo menino sorridente sentado no joelho da Mãe, a sra. March viu algo na mão levantada da filha que a fez sorrir. Ela não disse nada, mas Amy entendeu o olhar e, depois de um minuto de pausa, ela acrescentou seriamente:

– Queria falar com você sobre isso, mas esqueci. A titia me deu o anel hoje. Ela me chamou, me deu um beijo e o colocou no meu dedo, dizendo que eu era uma joia para ela e que gostaria de me manter por perto para sempre. Ela ainda me deu este outro anel estranho para segurar o de turquesa, que é muito grande. Queria usá-los, mamãe, posso?

– Eles são muito bonitos, mas acho que você é muito jovem para tais adereços, Amy – disse a sra. March, olhando para a mãozinha enfeitada com a faixa de pedras azul-celeste no dedo indicador e o distinto guarda-anel formado por duas minúsculas mãos douradas enlaçadas.

– Vou tentar não ser vaidosa – disse Amy. – Acho que gosto não só porque é tão bonito, mas quero usá-lo como a menina da história usou a pulseira, para me fazer lembrar de uma coisa.

– A coisa é a tia March? – perguntou a mãe, rindo.

– Não. Quero me lembrar de não ser egoísta. – Amy parecia tão séria e sincera que a mãe parou de rir e ouviu respeitosamente. – Tenho pensado muito ultimamente nas minhas travessuras, e ser egoísta é a pior delas. Por isso, vou me esforçar para mudar, se puder. Beth não é egoísta, e essa é a razão pela qual todos a amam e se sentem tão mal ao pensar que podem perdê-la. As pessoas não se sentiriam tão mal se eu estivesse doente, e eu não mereceria mesmo. Porém, eu gostaria de ser amada e queria que minha falta fosse sentida por muitos amigos, então vou tentar ser como a Beth o máximo que puder. Eu tendo a esquecer minhas resoluções, mas, se eu tivesse algo que pudesse sempre carregar e me lembrar, acho que funcionaria melhor. Podemos tentar assim?

– Sim, mas eu tenho mais fé no cantinho da reflexão. Use o anel, querida, e faça o melhor que puder. Acredito que você vai prosperar, pois o desejo sincero de ser boa é meio caminho andado. Agora, preciso voltar para Beth. Mantenha a fé, filhinha, e em breve estará em casa de novo.

Naquela noite, enquanto Meg escrevia ao pai para informar que a mãe havia chegado bem, Jo entrou furtivamente no quarto de Beth e, encontrando a sra. March no lugar de sempre, ficou uns instantes enrolando os dedos no cabelo, com um gesto de preocupação e um olhar indeciso.

– O que foi, meu amor? – perguntou a sra. March, estendendo a mão, com uma expressão que oferecia confiança.

– Preciso contar uma coisa, mamãe.

– Sobre a Meg?

— Como você adivinhou tão rápido? Sim, é sobre ela e, mesmo que não seja nada importante, me incomoda.

— Beth está dormindo. Fale baixo e me conte tudo. Aquele Moffat não esteve aqui, espero? — perguntou a sra. March, um tanto alterada.

— Não. Eu teria batido a porta na cara dele, caso tivesse aparecido — disse Jo, sentando-se no chão aos pés da mãe. — No verão passado, Meg deixou um par de luvas na casa dos Laurence e só uma foi devolvida. Nós esquecemos disso, até que Teddy me disse que o sr. Brooke gosta da Meg, mas que não ousa dizer, porque ela é muito jovem, e ele muito pobre. Isso não é horrível?

— E você acha que a Meg gosta dele? — perguntou a sra. March, com um olhar ansioso.

— Tenha misericórdia! Eu não sei nada sobre amor e essas tolices! — exclamou Jo, com uma mistura estranha de interesse e desprezo. — Nos romances, as mocinhas demonstram estar apaixonadas corando, desmaiando, emagrecendo e agindo como tontas. Meg não faz nada do tipo. Ela come, bebe e dorme como uma criatura sensata, olha diretamente nos meus olhos quando falo daquele homem e só cora um pouquinho quando Teddy faz alguma piada. Eu o proíbo de fazer isso, mas ele não me ouve como deveria.

— Então você acha que a Meg não está interessada em John?

— Em quem? — indagou Jo, espantada.

— No sr. Brooke. Eu o chamo de John agora. Comecei no hospital, e ele gostou.

— Meu Deus! Eu sabia que tomaria partido dele. O sr. Brooke tem sido bom para o papai, daí você não vai mandá-lo embora e deixará que a Meg se case com ele, se ela quiser. Que coisa horrível! Ficar paparicando o papai e te ajudar só para que goste dele. — Jo puxou o próprio cabelo com raiva.

— Minha querida, não se zangue com isso. Vou dizer o que houve. John foi comigo a pedido do sr. Laurence, e se dedicou tanto ao seu pobre pai que não tivemos outra opção a não ser criar muito carinho por ele. John foi perfeitamente sincero e educado sobre a Meg e nos disse que a amava, mas que queria ter um lar confortável antes de pedi-la em casamento. O rapaz apenas queria nossa autorização para amá-la e o direito de tentar conquistá-la, se possível. Ele é um jovem de grande coração, então foi impossível não lhe dar ouvidos, mas não consentirei que Meg se case tão jovem.

– Claro que não. Seria uma idiotice! Eu sabia que tinha coisa por trás disso. Eu já sentia, e é pior do que eu imaginava. Quem me dera poder eu mesma me casar com a Meg e mantê-la a salvo na família.

Esse arranjo estranho fez a sra. March sorrir, mas, bem séria, ela disse:

– Jo, eu confio em você e não quero que diga nada à Meg ainda. Quando John voltar, e eu os vir juntos, posso julgar melhor os sentimentos dela em relação a ele.

– Ela vai ver aqueles olhos bonitos de que tanto fala e daí já era. Ela tem um coração tão mole que vai derreter como manteiga ao sol se alguém lhe dirigir um olhar com sentimentos. Ela leu os relatórios curtos que ele enviou mais do que suas cartas e me beliscou quando falei sobre isso, e disse que gosta de olhos castanhos, e que não acha John um nome feio, e então ela vai se apaixonar, e será o fim da paz e da diversão e de nosso aconchego. Já vi tudo! Eles vão ficar de namorico pela casa, e nós teremos que nos esquivar. Meg ficará com a cabeça nas nuvens e não me servirá para mais nada. Brooke vai arranjar uma fortuna de alguma forma, roubá-la e fazer um buraco na família, e meu coração será partido, e vai ser tudo abominável. Oh, Deus! Por que não somos meninos? Então não haveria problema algum.

Jo encostou o queixo nos joelhos em uma atitude desconsolada e sacudiu o punho para o censurável John. A sra. March suspirou, e Jo olhou para cima com um ar de alívio.

— Você não aprova, não é, mamãe? Estou contente por isso. Vamos mandá-lo às favas, não diremos uma palavra à Meg e continuaremos a ser felizes juntos, como sempre fomos.

— Eu fiz mal em suspirar, Jo. É natural e correto que todas vocês tenham suas casas um dia, embora eu queira manter minhas meninas por perto o máximo de tempo possível. Lamento muito que isso esteja acontecendo tão cedo, pois Meg tem apenas 17 anos e levará alguns anos até que John possa construir um lar para ela. Seu pai e eu concordamos que ela não ficará noiva de forma alguma neste momento, nem se casará antes dos vinte. Se ela e John se amam, podem esperar e colocar o amor à prova. Ela é cuidadosa, e eu não tenho medo de que o trate mal. Minha linda menina do coração de ouro! Espero que as coisas corram bem para ela.

— Você não preferiria que ela se casasse com um homem rico? — perguntou Jo, enquanto a voz da mãe vacilava um pouco com as últimas palavras.

— Dinheiro é uma coisa boa e útil, Jo, e espero que nunca falte nada para minhas meninas, nem que sejam tentadas pelo excesso. Seria bom que John se firmasse em algum bom negócio que lhe garantisse uma renda suficientemente boa para se manter livre de dívidas e deixar Meg confortável. Não tenho ambições de que se casem por uma fortuna imensa, posição social ou sobrenome importante. Se esses aspectos vierem acompanhados de amor e virtude, eu os aceitaria com gratidão e ficaria feliz por sua boa sorte, mas sei, por experiência, quanta felicidade genuína se pode ter em uma casinha simples, onde o pão de todo dia é obtido honestamente e algumas privações trazem doçura aos poucos prazeres. Me contento em ver Meg partir de um começo humilde, pois, se não me engano, ela será rica ao possuir o coração de um bom homem, e isso é melhor do que uma fortuna.

— Eu entendo, mamãe, e concordo plenamente, mas estou decepcionada com a Meg, porque eu planejava casá-la com Teddy, cedo ou tarde, para que ela se rodeasse de luxo todos os dias. Não seria bom? – perguntou Jo, olhando para a mãe com uma expressão mais radiante.

– Ele é mais novo do que ela, você sabe disso, e... – disse a sra. March, mas Jo a interrompeu:

– Só um pouco mais novo. Ele é maduro para a idade que tem, é alto e consegue ser bastante adulto em seus modos, quando quer. E ele é rico, generoso e bom, e nos ama. É uma pena que meu plano tenha sido destruído.

– Receio que Laurie não seja maduro o suficiente para Meg e, no geral, muito instável para que esperemos isso dele. Não faça planos, Jo, e deixe o tempo e os corações decidirem quem ficará com quem. Não podemos nos intrometer com segurança em tais assuntos, e não saia colocando essa "bobagem romântica", como você a chama, na cabeça das pessoas, para não estragar amizades.

– Bem, não vou, mas odeio ver as coisas se embaraçando assim, quando um empurrãozinho aqui e ali endireitaria tudo. Quem me dera passar ferro nas nossas cabeças nos impedisse de crescer. Mas botões sempre se tornarão rosas; filhotes sempre se tornarão gatos! Que lástima!

– Mas que história é essa de ferro de passar e gatos? – perguntou Meg, enquanto entrava no quarto com a carta finalizada em mãos.

– Apenas minhas abobrinhas de sempre. Vou dormir. Vamos, Peggy – disse Jo.

– Muito bem, a carta está lindamente escrita. Por favor, acrescente que eu envio meu amor a John – disse a sra. March, depois de terminar de ler.

– E agora você o chama de "John"? – perguntou Meg, sorrindo, com olhos inocentes fitando a mãe.

– Sim, ele tem sido como um filho, e nós gostamos muito dele – respondeu a sra. March, devolvendo o olhar inocente com outro bem penetrante.

– Fico feliz, porque ele é muito sozinho. Boa noite, mamãe. Não consigo expressar o quanto é bom tê-la de volta – foi a resposta de Meg.

A mãe deu-lhe um beijo carinhoso e, quando ela saiu, a sra. March pensou, com uma mistura de satisfação e pesar: "Ela ainda não ama John, mas logo aprenderá a amar."

CAPÍTULO VINTE E UM

A travessura de Laurie e a bandeira branca de Jo

No dia seguinte, a expressão de Jo poderia ter entregado alguma coisa, pois o fardo do segredo pesava bastante, e foi difícil para ela não parecer misteriosa e importante por deter informações sigilosas. Meg reparou, mas não se incomodou em fazer perguntas. Aprendera que a melhor maneira de lidar com a irmã era pela psicologia reversa; estava certa, portanto, de que seria informada de tudo se não perguntasse. Entretanto, ficou bastante surpresa com a predominância do silêncio, e Jo assumiu um ar condescendente que irritou Meg. Esta, por sua vez, assumiu um ar digno de pouco caso e se dedicou à mãe. Isso deixou Jo à própria sorte, já que a sra. March havia tomado seu posto de enfermeira e ordenado que descansasse, se exercitasse e se divertisse depois do longo confinamento. Com a ausência de Amy, Laurie era seu único refúgio, e, por mais que gostasse da companhia dele, preferia evitá-lo naquele momento, pois ele era um provocador incorrigível, e ela temia ter o segredo arrancado à força.

Jo estava coberta de razão; o rapaz, amante de travessuras, logo suspeitou de um mistério e se propôs a descobri-lo, colocando a amiga em maus lençóis. Ele persuadiu, subornou, zombou, ameaçou e brigou; fingiu indiferença, para que pudesse arrancar a verdade dela; declarou que já sabia, portanto, não se importava; e, finalmente, por uma questão de perseverança, ele se convenceu de que se tratava de Meg e do sr. Brooke. Sentindo-se indignado por não estar por dentro do assunto envolvendo seu tutor, colocou a mente para trabalhar a fim de descobrir uma retaliação apropriada para essa ofensa.

Meg, enquanto isso, havia aparentemente esquecido o assunto e estava absorta nos preparativos para o retorno do pai, mas de repente uma mudança recaiu sobre ela, e, por um dia ou dois, agiu de modo bem diferente. Assustava-se quando falavam com ela, corava quando a olhavam, estava muito quieta e ficava isolada costurando, com um semblante perturbado. Quando a mãe lhe fazia perguntas, ela respondia que estava ótima; quando era Jo, implorava para ser deixada em paz.

– Ela sente no ar... o amor, eu digo... e está indo tudo muito rápido. Os sintomas estão quase todos ali: não come, não dorme e anda sem rumo pelos cantos. Eu a peguei cantando aquela música que ele dedicou a ela, e uma vez a ouvi dizer "John", como você faz, e depois ficou vermelha como um tomate. O que devemos fazer? – disse Jo, pronta para tomar qualquer medida, por mais radical que fosse.

– Nada além de esperar. Deixe sua irmã em paz, seja gentil e paciente, e a vinda do papai vai resolver tudo – respondeu a mãe.

Enquanto distribuía os conteúdos da caixinha de correio no dia seguinte, Jo disse:

– Aqui está uma carta para você, Meg, selada. Que estranho! Teddy nunca sela as minhas.

A sra. March e Jo estavam mergulhadas nos próprios assuntos quando Meg fez um barulho que chamou a atenção das duas, que ergueram os olhos e a viram fitando a carta muito assustada.

— Minha filha, o que foi?! — gritou a mãe, correndo, enquanto Jo tentava pegar o papel que causara aquele pânico.

— Foi tudo um engano, não foi ele quem escreveu! Ah, Jo, como pôde? — Meg escondeu o rosto nas mãos, chorando, como se seu coração tivesse sido partido.

— Eu?! Eu não fiz nada! Mas do que está falando? — gritou Jo, confusa.

Os olhos gentis de Meg a fulminaram de raiva enquanto tirava um bilhete amarrotado do bolso e o atirava na irmã, dizendo de forma condenadora:

— Você quem escreveu isso, e aquele moleque maldoso ajudou. Como pôde ser tão rude, tão má e tão cruel conosco?

Jo mal a ouviu, pois ela e a mãe estavam lendo o bilhete, escrito em uma caligrafia esquisita:

Minha querida Margaret,

Não posso mais conter minha paixão e devo saber meu destino antes de voltar. Ainda não ouso contar a seus pais, mas acho que consentiriam se soubessem que nos amamos. O sr. Laurence me ajudará a conseguir uma boa colocação e, então, minha doce menina, você me fará muito feliz. Imploro que ainda não diga nada à sua família, mas que envie uma palavra de esperança através de Laurie,

Seu dedicado John

— Ah, aquele vilãozinho! Então é assim que ele decidiu retaliar o fato de eu ter mantido a palavra dada à nossa mãe. Vou dar uma tremenda bronca nele e trazê-lo aqui para se desculpar! — gritou Jo, ensandecida para executar justiça imediata. Mas a mãe a segurou, dizendo, com um olhar que raramente demonstrava:

— Jo, pare. Precisa provar que é inocente antes. Você já pregou tantas peças que receio que tenha seu dedo nisso.

— Mamãe, eu juro que não! Nunca vi esse bilhete antes e não sei nada sobre isso, juro por tudo que é mais sagrado! — disse Jo, com tanta seriedade que acreditaram nela. — Se eu tivesse algo a ver com isso, teria feito muito melhor e escrito um bilhete sensato. Eu pensaria de antemão que você notaria que o sr. Brooke não escreve coisas assim — acrescentou, amassando o papel com desdém.

— Mas é o estilo de escrita dele — gaguejou Meg, comparando com o bilhete em sua mão.

— Ah, Meg, você respondeu?! — perguntou a sra. March no mesmo instante.

— Sim, respondi! — Meg escondeu o rosto outra vez, envergonhada.

— Mas que confusão! Me deixem trazer aquele moleque atrevido até aqui para que ele ouça um sermão! Não vou ficar em paz até apanhá-lo. — Jo se dirigiu para a porta de novo.

— Silêncio! Deixem que eu cuido disso, porque é pior do que eu pensava. Margaret, me conte a história toda — ordenou a sra. March, sentada ao lado de Meg, mas segurando Jo, para que ela não saísse correndo.

— Laurie me entregou a primeira carta e não parecia saber de nada sobre o conteúdo — começou Meg, sem olhar para cima. — Estava preocupada no início e queria contar, mas depois me lembrei de como a senhora gosta do sr. Brooke, por isso pensei que não se importaria se eu guardasse esse segredinho durante alguns dias. Sou tão tola. Pensei que ninguém sabia e, enquanto decidia o que dizer, me sentia como as garotas dos livros que vivem esse tipo de impasse. Me desculpe, mamãe, agora estou pagando pela minha tolice. Nunca mais conseguirei olhar para ele.

— E o que você disse? — perguntou a sra. March.

— Eu só disse que era muito jovem para algo assim, que não queria esconder coisas de você e que ele deveria falar com o papai. Disse que eu estava muito feliz por ele ser tão gentil e que seria sua amiga, mas nada mais, por um bom tempo.

A sra. March sorriu, como se estivesse satisfeita, e Jo bateu palmas, exclamando e rindo:

— Você é quase a Caroline Percy de Edgeworth: um modelo de prudência! Conte mais, Meg. O que ele disse?

— Ele escreveu de uma maneira completamente diferente, dizendo que nunca enviou carta de amor alguma e lamentava muito que minha irmã atrevida, Jo, tomasse liberdades com nossos nomes. Ele foi muito gentil e respeitoso, mas pensem como está sendo terrível para mim!

Meg se recostou na mãe, transbordando desespero, e Jo perambulou pelo quarto, xingando Laurie. De repente ela parou, pegou os dois bilhetes e, depois de olhar de perto, disse, decididamente:

— Não acredito que Brooke tenha visto nenhuma dessas cartas. Teddy escreveu as duas e ainda mantém a sua porque não contei a ele meu segredo.

— Não esconda nada, Jo. Diga à mamãe e fique longe de problemas, como eu deveria ter feito — disse Meg, em um tom de aviso.

— Por Deus, menina! A mamãe me contou.

— Basta, Jo. Vou consolar a Meg enquanto você busca Laurie. Vou escarafunchar esse assunto até o fim e dar um basta nessas travessuras de uma vez por todas.

Jo saiu correndo, e a sra. March contou gentilmente à Meg os verdadeiros sentimentos do sr. Brooke.

— E você, querida, o que sente por ele? Você o ama o suficiente para esperar até que ele consiga prover um lar, ou vai se manter descompromissada por hora?

— Ando tão assustada e preocupada que não quero saber de pretendentes por muito tempo, talvez nunca — respondeu Meg, petulante. — Se John não sabe nada desse absurdo, não conte, e faça Jo e Laurie segurarem a língua. Não serei enganada, atormentada e feita de besta. É uma vergonha!

Vendo que o temperamento normalmente gentil de Meg estava perturbado e o orgulho, ferido por aquela piada de mau gosto, a sra. March a acalmou com promessas de que manteria o segredo e que seria discreta dali para frente. No instante em que os passos de Laurie foram ouvidos no corredor, Meg se refugiou no quarto, e a sra. March recebeu o culpado sozinha. Jo não havia contado o porquê daquele chamado, temendo que ele não fosse, mas o garoto soube no momento em que viu o rosto da sra. March e ficou rodando o chapéu nas mãos com um ar culpado que o condenou imediatamente. Jo foi dispensada, mas escolheu marchar para cima e para baixo no corredor como uma sentinela, temendo que o prisioneiro fugisse. O som das vozes na sala aumentou e diminuiu por meia hora, mas o que aconteceu durante aquela conversa as meninas nunca saberiam.

Quando foram chamadas, Laurie estava ao lado da sra. March com um rosto tão penitente que Jo o perdoou na hora, mas não achou prudente demonstrar. Meg recebeu seu humilde pedido de desculpas e ficou muito aliviada com a certeza de que Brooke nada sabia sobre a pegadinha.

— Não contarei nada a Brooke enquanto eu viver, e prometo que nada vai me arrancar esse segredo, para que você possa me perdoar, Meg. Farei qualquer coisa para mostrar o quanto estou arrependido — acrescentou, muito envergonhado.

— Eu vou tentar, mas foi muito rude o que você fez. Não achei que pudesse ser tão atrevido e malicioso, Laurie — respondeu Meg, tentando esconder o aborrecimento de garota sob um ar imponente de grande censura.

— Foi completamente abominável, e eu não mereço que fale comigo durante um mês, mas você não vai fazer isso, vai? — Enquanto falava naquele tom irresistivelmente persuasivo, Laurie implorou com as mãos de tal maneira que era impossível fazer cara feia para ele, mesmo diante daquele comportamento escandaloso.

Meg o perdoou, e a sra. March relaxou, apesar dos esforços para se manter séria quando ela o ouviu declarar que expiaria os pecados com todo tipo de penitências e se humilharia como um verme diante da donzela magoada.

Enquanto isso, Jo ficou distante, tentando endurecer o coração contra o amigo e conseguindo apenas adornar o rosto com uma expressão de desaprovação. Laurie olhou para ela uma ou duas vezes, mas, como a garota não mostrava sinais de ter cedido, ele se entristeceu e lhe virou as costas até que as outras terminassem de falar. Então, ele fez uma reverência e foi embora sem dizer mais nenhuma palavra.

Assim que o amigo partiu, Jo desejou ter sido mais clemente e, quando Meg e a mãe subiram as escadas, sentiu-se sozinha e com saudade de Teddy. Depois de resistir por algum tempo, ela cedeu ao impulso e, armada com um livro que precisava ser devolvido, foi até a casa ao lado.

— O sr. Laurence está? — perguntou Jo a uma criada que descia as escadas.

— Sim, senhorita, mas não acredito que ele esteja em condições de receber alguém.

— Por quê? Ele está doente?

— Não, senhorita, mas ele brigou com o sr. Laurie, que fez birra por causa de alguma coisa, e isso aborrece o velho cavalheiro. Evito chegar perto dele nesses casos.

— Onde está Laurie?

— Trancado no quarto, sem responder ninguém, e olha que eu bati à porta muitas vezes. Não sei o que será do almoço, porque está pronto, mas sem ninguém para comer.

— Vou ver o que se passa. Não tenho medo deles.

Jo subiu e bateu à porta do quarto de Laurie.

— Chega! Ou vou abrir essa porta e você vai ver só! — gritou o jovem cavalheiro em um tom ameaçador.

Jo bateu de novo no mesmo instante. A porta se escancarou, e a garota saltou para dentro antes que Laurie conseguisse se recuperar do susto. Vendo que ele realmente estava fora de si, Jo, que sabia como lidar com o amigo, assumiu uma expressão arrependida e, ficando de joelhos em um gesto teatral, disse com humildade:

— Por favor, me desculpe por ficar tão mal-humorada. Vim para me redimir e não vou embora até que me perdoe.

— Está tudo certo. Levante-se e pare de palhaçada, Jo — foi a resposta cruzada à súplica.

— Obrigada, farei isso. Posso perguntar qual é o problema? Você parece um tanto agitado.

— Fui sacudido, e eu não tolero esse tipo de coisa! — rosnou Laurie com indignação.

— Quem fez isso?!

— O vovô. Se tivesse sido qualquer outra pessoa, eu teria... — E o jovem magoado terminou a frase com um gesto agressivo.

— Mas isso não é nada. Eu sempre te dou umas sacudidas e você nem liga — disse Jo, tentando acalmá-lo.

— Por favor, você é uma menina! É engraçado. Mas não vou aceitar que nenhum homem faça isso!

— Não acho que alguém tentaria agora que está tão bravo. E por que seu avô fez isso?

— Só porque eu não contei o que a sra. March queria comigo. Prometi não contar, então é óbvio que não vou quebrar minha promessa.

— E não tinha como agradar seu avô de outra forma?

— Não, ele queria a verdade, toda a verdade, e nada mais que a verdade. Eu teria contado minha parte da travessura, se pudesse, sem mencionar a Meg. Como não é possível, segurei a língua e aguentei a repreensão até o velho me pegar pelo colarinho. Saí correndo, por medo de perder o controle.

— Bem, isso não foi nada correto, mas ele deve estar arrependido, sei que sim. Vamos descer e fazer as pazes. Eu posso ajudar.

— Prefiro a morte! Não vou deixar que todos me deem bronca e me destratem por uma besteira. Me arrependo pelo que fiz à Meg e pedi perdão como um homem, mas não vou pedir de novo, não quando estou certo.

— Mas ele não sabia.

— Ele devia confiar em mim, e não agir como se eu fosse um bebê. Não adianta, Jo, ele precisa aprender que sou capaz de tomar conta de mim e que não preciso da proteção de ninguém.

— Nossa, como você está com a cabeça quente! — suspirou Jo. — Como pretende resolver isso?

— Bem, ele deveria me pedir desculpas, e acreditar em mim quando digo que não posso contar para ele o motivo do alvoroço.

— Santo Deus! Ele não vai se desculpar.

— Pois eu não saio daqui até que ele se desculpe.

— Teddy, seja sensato. Esqueça isso, e eu explico da maneira que puder. Você não pode ficar aqui para sempre, então para que ser tão dramático?

— Não pretendo ficar aqui muito tempo, de qualquer forma. Vou fugir e viajar para algum lugar. Quando o vovô sentir minha falta, ele vai ceder rapidinho.

— Não acho que você deva partir e preocupá-lo assim.

— Não me dê sermão. Vou a Washington ver Brooke. É um lugar alegre, onde posso esquecer os problemas e me divertir.

— Ah, e você realmente se divertiria muito! Quem me dera poder fugir também... — disse Jo, esquecendo-se do papel de mentora ao pensar na vida agitada da capital.

— Vamos, então! Que mal tem? Vá e surpreenda seu pai, e eu animarei o bom e velho Brooke. Seria uma aventura e tanto! Vamos, Jo! Deixamos uma carta dizendo que estamos bem e em seguida partimos. Tenho dinheiro suficiente. Não vai fazer mal algum, pelo contrário, estará indo ver seu pai.

Por um momento pareceu que Jo iria concordar, porque, por mais insano que fosse o plano, era muito conveniente. Ela estava cansada de cuidar dos outros e do confinamento, ansiava por mudanças, e pensar em encontrar o pai era uma tentação que se misturava com os encantos novos que descobririam. Seus olhos brilhavam sonhadoramente em direção à janela, mas recaíram sobre a velha casa ao lado, e ela balançou a cabeça com uma decisão dolorosa.

— Se eu fosse menino, fugiríamos juntos e faríamos a viagem de nossas vidas, mas, como sou uma maldita garota, tenho que me comportar e ficar em casa. Não me tente, Teddy, é um plano maluco.

— Mas é aí que está a diversão — começou a argumentar Laurie, que estava em meio a um surto de obstinação, disposto a romper quaisquer limites.

— Fique quieto! — gritou Jo, cobrindo os ouvidos. — Vestidos de renda e outras bobeiras são o destino ao qual estou condenada, e só resta me resignar. Eu vim aqui para te dar uma lição de moral, não para ouvir coisas que me coloquem caraminholas na cabeça.

— Sei bem que Meg ignoraria uma proposta como essa, mas você... pensei que fosse mais corajosa — retrucou Laurie, provocando.

– Moleque insolente, cale a boca! Fique aí sentado pensando nos próprios pecados e não me faça aumentar os meus. Se eu fizer com que seu avô se desculpe, você vai largar mão dessa ideia? – perguntou Jo, séria.

– Sim, mas você não vai conseguir – respondeu Laurie, que desejava fazer as pazes, mas sentia que sua dignidade ferida vinha em primeiro lugar.

– Se consigo lidar com a versão mais nova, também posso com a versão mais velha – murmurou Jo, enquanto se afastava, deixando Laurie debruçado sobre um mapa ferroviário com a cabeça apoiada nas mãos.

– Entre! – A voz rouca do sr. Laurence soou mais rouca do que nunca, enquanto Jo batia à porta.

– Sou eu, senhor, vim para devolver um livro – disse ela, sem rodeios, ao entrar.

– Quer mais algum? – perguntou o velho cavalheiro, com um ar sério e irritado, mas tentando não demonstrar.

– Sim, por favor. Gosto tanto do velho Sam que acho que vou ler o segundo volume – respondeu Jo, esperando ganhar vantagem ao aceitar uma segunda dose de *A vida de Samuel Johnson*, de Boswell, já que o velho havia recomendado a obra com muita vivacidade.

As sobrancelhas volumosas desarquearam um pouco conforme o cavalheiro rolava a escada em direção à prateleira na qual estavam as obras de Johnson. Jo subiu os degraus e se sentou no último, fingindo procurar pelo livro, quando na verdade pensava na melhor maneira de começar o perigoso assunto objetivo de sua visita. O sr. Laurence pareceu suspeitar que algo fervilhava na mente da garota, e depois de dar várias voltas agitadas pela sala, ele se virou para ela, falando tão abruptamente que *Rasselas* caiu de cara no chão.

– O que aquele moleque está aprontando? Não tente protegê-lo. Sei bem que ele se meteu em uma enrascada pela forma como agiu quando voltou para casa. Não consigo arrancar uma palavra dele e, quando ameacei conseguir a verdade à força, o pestinha correu lá para cima e se trancou no quarto.

— Ele agiu mal, mas nós o perdoamos e prometemos não dizer uma palavra a ninguém sobre o ocorrido — começou Jo, relutante.

— Isso não basta. Ele não vai se esconder atrás de promessas de garotinhas de coração mole. Se ele fez algo errado, tem de confessar, pedir perdão e ser punido. Chega disso, Jo, não vou ser mantido no escuro.

O sr. Laurence estava tão perturbado e foi tão rude que Jo teria de bom grado fugido se pudesse, mas estava empoleirada nos degraus, ao passo que ele estava no pé da escada, ou seja, era como um leão no caminho da presa. Assim, teria de ficar e ser corajosa.

— De verdade, senhor, não posso contar. A mamãe proibiu. Laurie confessou, pediu perdão e foi punido o suficiente. Nós não guardamos silêncio para protegê-lo, mas sim outra pessoa, e, se o senhor interferir, só vai causar mais problemas. Por favor, não interfira. Em parte, foi culpa minha, mas agora está tudo bem. Então vamos esquecer isso e falar sobre *The Rambler* ou algo agradável.

— Que vá para o inferno tudo isso! Desça já e me dê sua palavra de que meu neto desajuizado não fez nada de rude ou impertinente. Se ele fez, depois de toda a bondade com que lhe trataram, eu mesmo darei uma coça no atrevido com minhas próprias mãos.

A ameaça soou horrível, mas não alarmou Jo, pois ela sabia que o velho cavalheiro irascível nunca levantaria um dedo contra o neto, mesmo que dissesse o contrário. Ela desceu obedientemente e contou a travessura da forma mais branda possível, sem mencionar Meg ou se afastar da verdade.

— Hum... é... bem, se o rapaz segurou a língua porque prometeu, e não por teimosia, eu o perdoo. É um sujeito teimoso e difícil de se lidar — disse o sr. Laurence, passando a mão nos cabelos até parecer que havia estado em um vendaval e suavizando o franzido da testa com um ar de alívio.

— Eu também sou, mas palavras gentis podem me dobrar quando nem mesmo todos os cavalos e homens do rei conseguiriam — disse Jo, tentando ser a pessoa que transmite uma palavra gentil para o amigo, que parecia sair de um problema para cair em outro.

— Então acha que não sou gentil com ele? — foi a resposta direta.

— Ah, minha nossa, não. O senhor é muito gentil às vezes, mas um tanto impetuoso quando ele testa sua paciência. Não acha?

Jo estava determinada a ser honesta e tentou parecer tranquila, embora tenha gaguejado um pouco ao proferir tais palavras ousadas. Para seu grande alívio e surpresa, o velho cavalheiro só jogou os óculos na mesa com um grunhido e exclamou com sinceridade:

— Você está certa, garota, eu sou mesmo! Amo aquele menino, mas ele testa minha paciência, e sei como isso vai acabar, se continuarmos assim.

— Eu te digo como: ele vai fugir.

Jo se arrependeu de ter dito aquilo na mesma hora. Ela queria avisá-lo que Laurie não suportaria mais tanta repreensão e esperava que o cavalheiro fosse mais paciente com o neto. O rosto grosseiro do sr. Laurence mudou de repente e ele se sentou, dando um olhar preocupado para o retrato de um homem bonito, pendurado acima da mesa. Era o pai de Laurie, que fugira na juventude e se casara contra a vontade do velho mandão. Jo imaginou que ele estava se lembrando daquilo, arrependido do passado, e desejava ter segurado a língua.

— Ele não vai fugir, a menos que esteja muito aborrecido, e só ameaça às vezes, quando se cansa de estudar. Com frequência, eu mesma penso em fazer isso, principalmente depois de cortar o cabelo. Por isso, se eventualmente der pela nossa falta, pode soltar um comunicado sobre dois rapazes desaparecidos e procurar por nós nos navios com destino à Índia.

Ela riu enquanto falava, e o sr. Laurence pareceu aliviado, evidentemente levando tudo como uma piada.

— Muito espertinha! Como se atreve a falar essas coisas? Onde está seu respeito por mim e sua boa criação? Deus me livre dos jovens! Que tormento são, mas não vivemos sem eles — disse o velho cavalheiro, beliscando as bochechas de Jo, bem-humorado. — Vá e traga aquele menino para almoçar, diga-lhe que está tudo bem e o aconselhe a não fazer drama comigo. Não suporto isso.

— Ele não vai descer, senhor. Está chateado porque não acreditou nele quando disse que não poderia contar. Acho que a sacudida o magoou bastante.

Jo tentou parecer triste, mas não deu muito certo, pois o sr. Laurence começou a rir, e ela sabia que vencera aquela batalha.

— Lamento por isso, e acho que preciso agradecê-lo por não me devolver a sacudida. E que diabos o moleque espera que eu faça? — perguntou o velho, que parecia um tanto envergonhado de sua rispidez.

— Se eu fosse o senhor, escreveria um pedido de desculpas. Ele disse que não desce até que receba um, fala sobre Washington e um monte de besteiras de uma forma absurda. Um pedido formal de desculpas vai fazer com que ele veja como é tolo e venha de forma bastante amigável. Vamos, tente. Ele gosta de brincadeiras, e assim é melhor do que falar. Eu mesma levo o bilhete e o coloco em seu lugar.

O sr. Laurence lhe dirigiu um olhar aguçado e pôs os óculos, dizendo lentamente:

— Você é uma garotinha astuta, mas não me importo de ser subjugado por você e pela Beth. Vamos, me arranje um pedaço de papel para colocarmos um ponto-final nesta bobagem.

O bilhete foi escrito nos termos que um cavalheiro usaria depois de insultar profundamente outro. Jo deu um beijo no topo da careca do sr. Laurence e correu para passar o pedido de desculpas debaixo da porta de Laurie, aconselhando-o através da fechadura a ser humilde, educado e algumas outras impossibilidades agradáveis.

Vendo que a porta estava trancada novamente, ela deixou que o bilhete fizesse seu trabalho e se virou para ir embora calmamente, quando o jovem cavalheiro passou por ela e deslizou pelo corrimão para esperá-la no andar debaixo, dizendo, com a expressão mais virtuosa no rosto:

– Mas que amiga maravilhosa você é, Jo! Tomou uma bronca?

– Não, no geral correu tudo muito bem.

– Ah! Entendi! Você me escorraçou lá, e eu já estava prestes a ir para os diabos.

– Não fale assim. Vire a página e recomece, Teddy, meu filho.

– Continuo virando páginas e arruinando-as, do mesmo modo como arruinava meus cadernos, e recomeço tanto que nunca haverá um fim – disse ele, entristecido.

– Vá almoçar, vai te fazer bem. Os homens sempre reclamam quando estão com fome. – Depois disso, Jo saiu pela porta da frente.

– Está aí uma "prática" da minha "seita" – respondeu Laurie, citando Amy, enquanto se dirigia para estender um gesto de humildade ao avô, que se comportou como um santo e foi extremamente respeitoso durante todo o resto do dia.

Todos pensaram que o assunto havia morrido e que a tempestade havia passado, mas o mal estava feito, pois, embora outros tenham esquecido, Meg se lembrava. Ela nunca mencionava certo indivíduo, mas pensava nele com frequência e sonhava mais do que nunca. Jo, certa vez, fuçando na escrivaninha da irmã em busca de selos, encontrou um pedaço de papel rabiscado com as palavras "sra. John Brooke", momento em que gemeu dramaticamente e o jogou no fogo, sentindo que a brincadeira de Laurie antecipara o dia amaldiçoado para ela.

CAPÍTULO VINTE E DOIS

Aprazíveis prados

Como um raio de sol que surge depois de uma tempestade, assim se seguiram as semanas de paz. Os adoentados melhoraram rapidamente, e o sr. March mencionou que voltaria para casa no início do novo ano. Beth àquela altura já conseguia se deitar no sofá do escritório o dia todo, divertindo-se com os amados gatinhos a princípio e, no tempo certo, com o conserto de bonecas, que até então havia sido deixado de lado. Seus membros, outrora ligeiros, estavam tão rígidos e fracos que Jo a levava, apoiando-a com seus braços fortes, para um passeio diário pela casa. Meg alegremente queimava as mãos delicadas cozinhando guloseimas para "a nossa querida", enquanto Amy, uma leal serva do anel turquesa, celebrava seu retorno doando o máximo de seus tesouros que conseguiu fazer as irmãs aceitarem.

Com a aproximação do Natal, os mistérios habituais começaram a assombrar a casa, e Jo frequentemente atordoava a família propondo cerimônias impossíveis ou muito absurdas, em homenagem àquele Natal excepcionalmente feliz. Laurie propunha coisas igualmente impraticáveis, e teria arranjado fogueiras, fogos de artifício e arcos triunfantes se as coisas fossem à sua maneira. Depois de muitas brigas e desentendimentos, a ambiciosa dupla foi vencida e passou a andar pelos cantos com olhares e semblantes tristes, que eram prontamente desmascarados pelas explosões de risos que os dois davam quando se juntavam.

Vários dias de clima ameno e incomum levaram a uma esplêndida manhã de Natal. Hannah disse que podia sentir que aquele seria um dia excepcionalmente bom e provou ser uma verdadeira profetisa, porque tudo parecia caminhar para o sucesso. Para começar, o sr. March escreveu que logo estaria com eles; em seguida, Beth acordou se sentindo muito bem naquela manhã e, vestida com o presente da mãe – uma delicada capa de merino carmesim –, foi carregada triunfantemente até a janela para contemplar a oferenda de Jo e Laurie. O dueto, apelidado de "Os Imbatíveis", fez o melhor para merecer a alcunha, pois, tal como duendes, haviam trabalhado à noite e conjurado uma surpresa cômica. No jardim, havia uma donzela de neve majestosa, coroada com azevinho, levando uma cesta de frutas e flores em uma mão, um grande rolo de partitura na outra, um arco-íris perfeito de lã em torno dos ombros gelados e um cântico de Natal que partia dos lábios em uma serpentina de papel rosa.

Jungfrau para Beth

Deus a abençoe, Rainha Bess, querida!
Torço para que nada jamais a desanime,
E que neste Natal recaia sobre sua vida
Saúde e paz, e que os anjos a iluminem.

Eis as frutas para alimentar nossa abelha-operária,
E as flores para que sinta o perfume.

Eis a partitura para tocar em seu piano a ária,
E uma manta para aquecê-la, como de costume.

Da princesa Joanna trazemos um retrato
Feito com dedicação pelo nosso Rafael,
Que trabalhou muito empenhado
Para torná-lo bonito, digno e fiel.

Aceite esta fita vermelha que ofereço,
Para enfeitar o rabo da gatinha,
E o sorvete feito por Peg com apreço,
Um Mont Blanc numa colherinha.

Meus criadores colocaram em meu coração
O mais terno e puro amor.
Aceite-o desta donzela de neve, com devoção,
Um presente de Laurie e Jo.

Beth riu muito quando viu aquilo. Laurie correu para cima e para baixo para trazer os presentes, e Jo fez os discursos mais ridículos enquanto os distribuía!

— Estou transbordando tanta felicidade que, se o papai estivesse aqui, não conseguiria segurar nem mais uma gota — disse Beth, suspirando de alegria enquanto Jo a levava para o quarto, para descansar depois da exaltação e para se refrescar com algumas das deliciosas uvas que a *jungfrau* lhe enviara.

— Eu também — acrescentou Jo, batendo no bolso em que estava o há muito desejado *Ondina*.

— Eu mais ainda — ecoou Amy, segurando a cópia de "Madona e o menino", que a mãe lhe dera em uma moldura bonita.

— Estejam certas de que eu também! — exclamou Meg, alisando as pregas prateadas de seu primeiro vestido de seda, o qual o sr. Laurence insistira em dar de presente.

— E como eu poderia me sentir diferente? — disse a sra. March com gratidão, enquanto seus olhos passavam da carta do marido para o rosto sorridente de Beth e, com a mão, acariciava o broche que carregava mechas de diferentes cores dos cabelos das meninas.

De vez em quando, neste mundo de trabalho árduo e diário, os eventos se desenrolam à moda deliciosa dos livros de histórias, e quão agradável é quando isso acontece! Meia hora depois de todos terem dito que estavam tão felizes que não podiam segurar mais uma gota, o copo transbordou. Laurie abriu a porta da sala de estar e espiou muito silenciosamente. Ele poderia muito bem ter dado uma cambalhota e proferido um grito de guerra indígena, pois seu rosto estava tão repleto de êxtase reprimido e sua voz tão traiçoeiramente alegre que todos pularam, embora ele só tenha dito, com uma voz esquisita e sem fôlego:

— Aqui está outro presente de Natal para a família March.

Antes que as palavras saíssem por completo de sua boca, ele foi empurrado para o lado, e em seu lugar apareceu um homem alto, agasalhado até os olhos, apoiado no braço de outro homem alto, que tentou dizer algo e não conseguiu. É claro que houve um alvoroço geral e, durante vários minutos, todos pareceram perder a cabeça, pois o fato mais impossível tinha acontecido e ninguém conseguia dizer uma palavra.

O sr. March sumiu em meio ao enlace dos quatro pares de braços amorosos. Jo teve um acesso, quase desmaiou e teve de ser cuidada por Laurie na despensa. O sr. Brooke beijou Meg por um completo engano, conforme explicou posteriormente. E Amy, a mais emproada, tropeçou sobre um banquinho e caiu, mas não se levantou, abraçou as botas do pai e chorou de maneira muito tocante. A sra. March foi a primeira a se recuperar e levantou a mão com um aviso:

– Silêncio! Lembrem-se de Beth.

Mas era tarde demais. A porta do quarto se escancarou, o embrulhinho vermelho de gente apareceu na soleira, a alegria fortaleceu o corpo debilitado, e Beth correu diretamente para os braços do pai. Não importa o que aconteceu depois disso, pois os corações cheios transbordaram, lavando a amargura do passado e deixando apenas a doçura do presente.

Uma gargalhada genuína trouxe todos de volta à realidade. Acharam Hannah atrás da porta, soluçando sobre o enorme peru, que ela havia esquecido de pôr para assar, depois de ter saído correndo da cozinha. Enquanto o riso diminuía, a sra. March começou a agradecer ao sr. Brooke pelos leais cuidados com o marido, fazendo com que John subitamente se lembrasse de que o sr. March precisava descansar e, agarrando Laurie, ele se retirou precipitadamente. Assim, os dois enfermos receberam ordens para descansar, o que fizeram, ambos sentados em uma grande cadeira, conversando muito.

O sr. March contou como desejava surpreendê-los; como, quando o bom clima deu as caras, o médico lhe dera permissão para tirar proveito disso; e como Brooke era um jovem dedicado, estimado e íntegro. O motivo pelo qual o sr. March se interrompeu na última parte e, depois de olhar para Meg, que estava violentamente cutucando o fogo, olhou para a esposa com um arquear inquisitivo de sobrancelhas, deixo para que o leitor imagine. A sra. March gentilmente acenou com a cabeça e perguntou, de forma bastante abrupta, se o marido não gostaria de comer alguma coisa. Jo entendeu os olhares trocados entre os pais, saindo de fininho para buscar vinho, murmurando para si mesma enquanto batia a porta: "Odeio jovens benquistos de olhos castanhos!"

Nunca houve um jantar de Natal como naquele dia. O peru gordo foi um deleite aos olhos quando Hannah o trouxe, recheado, dourado e decorado. O pudim de ameixa também estava um primor e derretia na boca, sem mencionar as geleias, sobre as quais Amy pairava como uma abelha em um pote de mel. Tudo acabou bem, o que era um verdadeiro bálsamo para a família, como disse Hannah:

— Eu estava com as ideias tão perturbadas, senhora, que é um tremendo de um milagre eu não ter temperado o pudim, recheado o peru de uvas-passas e tentado coá-lo num pano.

O sr. Laurence e o neto participaram do banquete, além do sr. Brooke, a quem Jo encarava de forma sombria, para divertimento infinito de Laurie. Duas poltronas estavam lado a lado à cabeceira da mesa, em que Beth e o pai se sentavam, deliciando-se modestamente com o frango e algumas frutas. Brindaram à saúde, contaram histórias, cantaram canções, mergulharam no passado e se divertiram muito. Um passeio de trenó fora planejado, mas as meninas não queriam deixar o pai, então os convidados partiram cedo e, quando o crepúsculo se fez presente, a feliz família se sentou ao redor da lareira.

— Há apenas um ano, estávamos reclamando por causa do Natal horrível que esperávamos ter. Vocês se lembram? — perguntou Jo, quebrando uma breve pausa que se seguiu à longa conversa sobre muitas coisas que tinham tido até ali.

— Foi um ano bastante agradável no geral! — disse Meg, sorrindo para o fogo e se parabenizando por ter tratado o sr. Brooke com dignidade.

— Acho que foi muito duro — observou Amy, pensativa, fitando a luz cintilar no anel turquesa.

— Ainda bem que acabou, porque temos você de volta — sussurrou Beth, sentada no joelho do pai.

— Foi um caminho bastante difícil de se percorrer, minhas pequenas peregrinas, especialmente a última parte. Mas vocês seguiram corajosas, e acho que os fardos estão prestes a se desfazer — disse o sr. March, olhando com satisfação paterna para os quatro rostinhos jovens reunidos à sua volta.

— Como você sabe? A mamãe lhe disse? — perguntou Jo.

— Não necessariamente. As árvores mostram para que lado o vento sopra, e eu descobri muitas coisas hoje.

— Então nos conte! — exclamou Meg, sentada ao lado dele.

— Aqui vai uma — respondeu, levantando a mão da própria Meg e mostrando os dedos ásperos, uma queimadura nas costas e duas ou três pequenas manchas duras na palma. — Lembro-me dos tempos em que esta mão era branca e macia, e sua maior preocupação era mantê-la assim. Era muito bonita naquela época, mas para mim é muito mais bonita agora, pois nestas manchinhas vejo história. Uma queimadura foi feita ao sacrifício da vaidade, esta palma endurecida ganhou algo além do que bolhas, e tenho certeza de que a costura feita por estes dedos cortados vai durar muito tempo, porque a boa vontade cura mais do que os pontos. Meg, minha querida, valorizo mais as habilidades femininas que mantêm a casa feliz do que mãos macias. Tenho orgulho em apertar esta mãozinha boa e trabalhadora e espero que ninguém a peça para mim tão cedo.

Se Meg queria uma recompensa por horas de trabalho paciente, ela a recebeu no caloroso aperto da mão de seu pai e no sorriso de aprovação que ele lhe deu.

— E a Jo? Por favor, diga algo bonito, ela tem se esforçado tanto e tem sido muito, muito boa para mim — disse Beth ao ouvido do pai.

Ele riu e olhou para a garota alta que se sentava em frente, com uma expressão suave no rosto que não lhe era comum.

— Apesar dos cachinhos curtos, não vejo mais o "filho Jo" que deixei há um ano — disse o sr. March. — Vejo uma jovem dama que usa roupas passadas, amarra bem as botas e não assobia, não fala gírias, nem se deita espalhada no tapete como costumava fazer. Seu rosto está um pouco magro e pálido agora, com olhos atentos e ansiosos, mas me agrada, pois ficou mais gentil, e sua voz está mais baixa. Ela não saltita por aí, e sim se move calmamente e cuida de certa pessoa de uma maneira maternal, e isso me encanta. Sinto falta da minha menina selvagem, mas, se eu receber uma mulher forte, prestativa e carinhosa no lugar, ficarei bastante satisfeito. Não sei se esse corte deixou nossa ovelhinha negra mais séria, mas sei que em toda Washington não consegui encontrar nada bonito o suficiente para comprar com os 25 dólares que minha boa garota me enviou.

Os olhos afiados de Jo ficaram turvos por um instante, e seu rosto magro ficou rosado à luz do fogo quando recebeu os elogios do pai, sentindo que ela merecia parte deles.

– Agora a Beth – disse Amy, ansiosa por sua vez, mas disposta a esperar.

– Ela está tão abatida que tenho medo de dizer muito. Receio que ela tente escapar, embora não seja mais tão tímida como era – respondeu o pai alegremente, mas, lembrando como quase a perdera, ele a segurou perto, dizendo ternamente, com a bochecha contra a dela: – Você está a salvo, minha Beth, e assim peço que Deus a mantenha.

Depois de um minuto de silêncio, ele olhou para Amy, sentada no banquinho a seus pés, e disse, com um afago no cabelo sedoso:

– Notei que Amy ficou com as coxas do peru no jantar, fez serviços para a mamãe toda a tarde, deu seu lugar à Meg esta noite e esperou com paciência e bom humor que eu falasse de cada uma. Também observei que não se preocupa muito nem se olha no espelho, e nem sequer mencionou um anel muito bonito que usa, então imagino que ela aprendeu a pensar mais nas outras pessoas e menos em si mesma, e decidiu tentar moldar seu caráter tão cuidadosamente quanto molda suas pequenas figuras de barro. Estou contente com isso. Embora eu esteja muito orgulhoso de uma graciosa estátua feita por ela, fico infinitamente mais feliz por ter uma filha adorável com talento para tornar a vida bela para si mesma e para os outros.

— Você está pensando em quê, Beth? — perguntou Jo, quando Amy agradeceu ao pai e contou sobre o anel.

— Li hoje n'O *peregrino* como, após muitos problemas, o Cristão e o Esperançoso chegaram a um agradável prado verde onde os lírios floresceram o ano inteiro, e lá descansam felizes, como nós descansamos agora, antes de prosseguirem para o fim da viagem — respondeu Beth, acrescentando, enquanto escorregava dos braços de seu pai para o instrumento: — É hora de cantar, e quero estar no meu lugar de costume. Vou tentar cantar a canção do menino pastor que os Peregrinos ouviram. Eu fiz a música para o papai, porque ele gosta dos versos.

Então, sentada ao querido piano, Beth tocou suavemente as teclas e, na voz doce que pensaram que nunca mais ouviriam, cantou uma inesperada canção, singularmente adequada para ela.

A queda não precisa temer
Aquele que abre mão da rebeldia;
Aquele que é humilde sempre há de ter
O bom Deus como seu guia.

Sou feliz de qualquer jeito,
Seja com pouco ou com muito.
Ó, Senhor! Seguir o Teu caminho anseio,
Porque confio nos Teus intuitos.

Para quem segue em peregrinação
A plenitude é feita de fardos.
Agora, são leves; no futuro, serão bênção.
Pelo arrebatamento eu aguardo.

CAPÍTULO VINTE E TRÊS

Tia March resolve a questão

Como as abelhas que escoltam sua rainha, mãe e filhas rodeavam o sr. March no dia seguinte, negligenciando tudo para olhar, esperar e ouvir o novo enfermo, que estava prestes a se afogar em bondade. Enquanto ele se sentava em uma grande cadeira junto ao sofá de Beth, com as outras três por perto e Hannah, de vez em quando, "espiando o bom homem", nada parecia necessário para completar sua felicidade. Mas havia algo a ser resolvido, e os mais velhos sabiam, embora ninguém confessasse o fato. O sr. e a sra. March olhavam um para o outro com uma expressão ansiosa, enquanto seus olhos seguiam Meg. Jo tinha ataques repentinos de sobriedade e era vista sacudindo o punho para o guarda-chuva do sr. Brooke, esquecido no corredor. Meg andava distraída, tímida e silenciosa; assustava-se quando a campainha tocava e enrubescia quando o nome de John era mencionado. Amy dizia:

— Todos parecem estar à espera de algo e não conseguem sossegar, mesmo com o papai seguro em casa, e isso é esquisito. — Beth se perguntava inocentemente por que seus vizinhos não apareciam mais como de costume.

Laurie passou por lá à tarde e, vendo Meg na janela, parecia de repente tomado por um ataque melodramático, pois caiu de joelhos na neve, bateu no peito, puxou o cabelo e apertou as mãos, como se estivesse implorando por algum milagre. Quando Meg lhe disse para se comportar e ir embora, ele secou as lágrimas imaginárias com o lenço e cambaleou como se estivesse em total desespero.

— O que esse palhaço quer dizer? — disse Meg, rindo e tentando parecer inocente.

— Ele está imitando o modo como o seu John vai agir mais cedo ou mais tarde. Comovente, não é? — respondeu Jo com desdém.

— Não diga que ele é "meu John", não é apropriado ou verdade — mas a voz de Meg saboreou as palavras como se lhe soassem agradáveis. — Por favor, não me atormente, Jo, já disse que não ligo para ele, e não há nada a se dizer, somente que devemos ser amigáveis e continuar como antes.

— Impossível, pois algo já foi dito, e a traquinagem de Laurie arruinou você. Eu percebo, e a mamãe também. Você não é mais como antes e parece estar sempre distante de mim. Não quero atormentá-la e vou suportar tudo como um homem, mas queria que tudo estivesse resolvido. Odeio esperar, então, se esse é seu desejo, ande logo e acabe com esse sofrimento agora — disse Jo, irritada.

— Não posso dizer nada até que ele fale, e ele não vai, porque o papai disse que eu era muito jovem — respondeu Meg com um sorrisinho estranho que sugeria que ela não concordava muito com o pai nesse ponto.

— Se Brooke se declarasse, você não saberia o que dizer, apenas choraria ou coraria, ou o deixaria decidir como quisesse, em vez de dar um belo e decidido "não".

— Não sou tão tola e fraca como pensa. Sei exatamente o que dizer, e já planejei tudo, então não serei pega de surpresa. Não há como saber o que vai acontecer, e eu quero estar preparada.

Jo não pôde deixar de sorrir para o ar altivo que Meg transparecia inconscientemente e que era tão atraente quanto o rubor em suas bochechas.

– E você se importa em me contar o que diria? – perguntou Jo, com mais respeito.

– De forma alguma. Você tem 16 anos, idade suficiente para ser minha confidente, e minha experiência será útil, talvez, em seus próprios casos amorosos.

– Não pretendo ter nenhum. É divertido observar as pessoas flertarem, mas eu me sentiria muito besta fazendo isso – disse Jo, assustada com a ideia.

– Acho que não, se gostar de alguém, e esse alguém gostar de você – respondeu Meg, como se estivesse sozinha, e olhou para a vereda onde muitas vezes havia visto namorados caminhando juntos no crepúsculo de verão.

– Pensei que me contaria o que vai falar para aquele sujeito – disse Jo, cortando grosseiramente o pequeno devaneio da irmã.

– Ah, eu apenas diria, com calma e resolução, "Obrigada, sr. Brooke, é muito gentil, mas concordo com o papai que sou muito jovem para ficar noiva no momento, então, por favor, não diga mais nada, e vamos continuar amigos como antes".

– Hum, é frio e calculista o suficiente! Duvido muito que alguma vez você vá falar assim, e sei que ele não vai gostar se o fizer. Se ele se comportar como os apaixonados rejeitados nos livros, você vai ceder, para não magoar os sentimentos dele.

– Não, não vou. Vou dizer que minha decisão está tomada e sairei da sala com dignidade.

Meg se levantou enquanto falava e ia apenas ensaiar a saída digna quando um passo se aproximando a fez correr de volta para o lugar e começar a costurar tão rápido como se a vida dependesse de terminar aquele trabalho em determinado prazo. Jo sufocou uma gargalhada com a mudança repentina e, quando alguém deu uma batida sutil, ela abriu a porta com um semblante sombrio que era tudo, menos hospitaleiro.

— Boa tarde. Vim buscar meu guarda-chuva e perguntar como seu pai está hoje — disse o sr. Brooke, um pouco confuso enquanto seus olhos passavam de um rosto revelador para o outro.

— Está muito bem, está lá dentro. Vou buscá-lo e dizer que o senhor está aqui. — Tendo misturado bem o pai e o guarda-chuva na resposta, Jo saiu da sala para dar à Meg a oportunidade de falar e demonstrar sua dignidade. Mas, no instante em que desapareceu, Meg começou a se esquivar para a porta, murmurando:

— A mamãe vai gostar de ver o senhor. Por favor, sente-se, vou chamá-la.

— Não vá. Está com medo de mim, Margaret? — O sr. Brooke parecia tão magoado que Meg pensou ter feito algo muito rude. Ela corou até os cachinhos na testa, pois ele nunca a havia chamado de Margaret antes, e ficou surpresa ao descobrir o quão natural e amável era ouvi-lo dizer isso. Ansiosa para ser amigável e tranquila, estendeu a mão com um gesto de confiança e disse com gratidão:

— Como posso ter medo quando o senhor tem sido tão gentil com o papai? Eu queria poder retribuir.

— E quer que eu diga como pode fazer isso? — perguntou o sr. Brooke, segurando a mãozinha dela e olhando para Meg com tanto amor nos olhos castanhos que o coração dela começou a vibrar, e ela quis ao mesmo tempo fugir e ficar ali para ouvi-lo.

— Oh, não, por favor, não. É melhor não — respondeu, tentando retirar a mão e parecendo assustada.

— Não quero incomodá-la, só saber se você gosta um pouquinho de mim, Meg. Eu te amo tanto, minha querida — acrescentou o sr. Brooke, com ternura.

Aquele era o momento para o discurso calmo e adequado, mas Meg não conseguiu. Ela esqueceu cada palavra, baixou a cabeça e respondeu "não sei" tão baixinho que John teve que se curvar para entender a resposta boba.

O sr. Brooke sentiu que valera a pena se declarar e sorriu para si mesmo, como se estivesse bastante satisfeito. Apertando a mão dela com gratidão, ele disse em seu tom mais persuasivo:

– Se não sabe, gostaria de tentar descobrir? Preciso mesmo saber, porque não consigo me dedicar ao trabalho até saber se terei minha recompensa no final ou não.

– Sou muito jovem – gaguejou Meg, perguntando-se por que estava tão agitada e por que estava gostando tanto de tudo aquilo.

– Eu espero. No meio-tempo, você poderia tentar gostar de mim. Seria uma tarefa muito difícil, minha querida?

– Não se essa for minha escolha, mas...

– Por favor, Meg, tente. Eu amo ensinar, e essa tarefa é mais fácil que alemão – interrompeu John, pegando a outra mão da jovem, de modo que ela não conseguiu esconder o rosto quando ele se inclinou para fitá-la.

O tom dele era devidamente suplicante, mas, fitando-o com timidez, Meg viu que seu olhar era alegre e terno, e que ele sorria satisfeito como quem não tinha dúvidas do sucesso. Aquilo a deixou irritada. As lições tolas de Annie Moffat sobre flerte vieram à sua mente, e o amor pelo poder, que repousa no coração das melhores damas, acordou de repente e tomou conta dela. Meg se sentiu agitada e estranha e, sem saber o que fazer, seguiu um impulso caprichoso, retirou as mãos e disse, petulante:

– Eu não quero. Por favor, vá embora e me deixe em paz.

Era como se o adorável castelo no céu do pobre sr. Brooke tivesse ruído diante de seus olhos, pois ele nunca tinha visto Meg agir daquela maneira antes, e isso o desconcertou.

– Está falando sério? Mesmo? – perguntou ansioso, seguindo-a enquanto ela se afastava.

— Sim, estou. Não quero me preocupar com essas coisas. O papai diz que não tem necessidade, é muito cedo, e prefiro não me comprometer.

— Será que posso esperar que mude de ideia, cedo ou tarde? Eu vou esperar, e também não vou mais tocar no assunto até que tenha passado mais tempo. Não brinque comigo, Meg. Nunca pensei que agiria assim.

— Não pense em mim de jeito nenhum. Seria melhor que não pensasse — disse Meg, saboreando uma sensação perversa ao testar a paciência do pretendente e o próprio poder.

John estava sério e pálido e parecia bastante com os heróis dos romances que ela admirava, mas sem bater em si mesmo ou perambular pela sala. Ele apenas a olhou com melancolia e ternura, e ela sentiu arrependimento, mesmo contra a vontade. O que teria acontecido depois, se a tia March não tivesse aparecido naquele instante, não sei dizer.

A velha não conseguiu resistir ao desejo de ver o sobrinho, pois encontrara com Laurie enquanto dava uma voltinha e, ao ouvir falar da chegada do sr. March, foi correndo vê-lo. A família estava toda ocupada na parte de trás da casa, e ela entrara em silêncio, na esperança de surpreendê-los. Ao menos dois deles de fato foram surpreendidos: Meg deu um pulo como se tivesse visto um fantasma, e o sr. Brooke saiu correndo.

— Meu Deus do céu! Mas o que é isso? — exclamou a velha, batendo com a bengala no chão conforme corria o olhar do jovem cavalheiro pálido para a dama vermelha de vergonha.

— Este é um amigo do papai. Estou tão surpresa em vê-la, titia! — gaguejou Meg, sentindo que levaria um tremendo sermão.

— Isso é óbvio — devolveu a tia March, sentando-se. — Mas o que o amigo do seu pai fez para que você ficasse parecendo um tomate? Há algo de ruim acontecendo aqui e eu exijo saber o que é! — Outra batida com a bengala.

— Estávamos apenas conversando. O sr. Brooke veio buscar o guarda-chuva — começou Meg, desejando que o sr. Brooke e o guarda-chuva estivessem em segurança longe da casa naquele momento.

— Brooke? Tutor daquele rapaz? Ah! Agora, compreendo. Sei de tudo. Jo se embananou toda com as cartas e bilhetes esses dias, e fiz com que ela me contasse. Você ainda não aceitou o pedido, menina?! — gritou tia March, escandalizada.

— Silêncio! Ele vai ouvir. Não é melhor que eu chame a mamãe? — disse Meg, muito perturbada.

— Ainda não. Tenho uma coisa para falar e preciso fazer isso logo. Diga, você pretende se casar com esse tal Cook? Se sim, não vou deixar nem um tostão do meu dinheiro para você. Lembre-se disso e seja uma garota sensata — disse a velha, de forma imponente.

Tia March tinha a habilidade inata de despertar o espírito da rebeldia nas pessoas mais amáveis, e ela gostava disso. As melhores pessoas têm um pouco de malícia no coração, especialmente quando são jovens e estão apaixonadas. Se tia March tivesse implorado que Meg se casasse com John Brooke, ela provavelmente teria declarado que não poderia, mas, como foi categoricamente ordenada a não gostar dele, ela de imediato decidiu que o faria. Tanto a inclinação quanto a malícia facilitaram a decisão e, já muito alterada, Meg se opôs à velha senhora com ânimos exaltados.

— Me casarei com quem eu bem quiser, tia March, e a senhora pode deixar seu dinheiro para qualquer outra pessoa — disse ela, balançando a cabeça com um ar decidido.

— Sua insolente! É assim mesmo que vai encarar meu conselho, senhorita? Vai se arrepender, cedo ou tarde, quando tiver que morar com seu grande amor numa cabaninha e ver que fracassou miseravelmente na vida.

— Não pode ser pior do que morar em uma mansão sem amor — retorquiu Meg.

Tia March colocou os óculos e deu uma olhada na menina, pois não a reconhecia com aquela postura. A própria Meg mal se reconhecia; sentia-se muito corajosa e independente, e muito feliz por defender John e afirmar seu direito de amá-lo, se assim quisesse. Tia March percebeu que começara mal e, depois de uma pequena pausa, tentou de novo, sendo o mais gentil possível:

– Agora, Meg, minha querida, seja sensata e siga meu conselho. Falo sério e não quero que estrague sua vida cometendo um erro logo no início. Deve se casar com um bom pretendente e ajudar sua família. É sua obrigação arranjar um marido rico e conquistá-lo.

– O papai e a mamãe não pensam assim e eles gostam do John, mesmo ele sendo pobre.

– Os seus pais, minha querida, sabem tanto do mundo quanto dois bebês recém-nascidos.

– E fico contente por isso! – exclamou Meg, firme.

Tia March não deu ouvidos e continuou a lição de moral:

– Esse tal Rook é pobre e não tem contatos ricos, então?

– Não, mas ele tem muitos amigos amorosos.

– Não se vive de amigos. Vá em frente e veja em quanto tempo se esfria uma amizade. Ele não tem nenhum negócio, tem?

– Ainda não. O sr. Laurence vai ajudá-lo.

– Não vai durar muito. James Laurence é um velho ranzinza, e não se deve depender dele. Então, você pretende se casar com um homem sem dinheiro, posição ou negócios e continuar trabalhando mais que agora, quando poderia arrumar meios de ficar confortável durante o restante de seus dias se me desse ouvidos e esperasse um pretendente à altura? Pensei que tinha mais juízo, Meg.

– Nem que eu esperasse metade da minha vida eu me sairia melhor! John é gentil e inteligente, tem muitos talentos, está disposto a trabalhar e com certeza vai prosperar. Ele é tão prestativo e corajoso. Todos gostam dele e o respeitam, e tenho orgulho de pensar que ele se importa comigo, embora eu seja tão pobre, jovem e tola – disse Meg, mais bonita do que nunca em sua sinceridade.

– Ele sabe que você tem contatos ricos, criança. Está aí o motivo de ele gostar de você, suspeito.

– Tia March, como se atreve a dizer uma coisa dessas? John está acima de tanta mesquinhez, e não vou ouvi-la nem mais um minuto se continuar falando assim! – gritou Meg, indignada, esquecendo de tudo menos a injustiça das suspeitas da velha senhora. – O meu John não se casaria por dinheiro, assim como eu não me casaria. Nós estamos dispostos a trabalhar e queremos esperar. Não tenho medo de ser pobre, pois fui feliz até agora e sei que estarei com ele porque ele me ama, e eu...

Meg parou, lembrando de repente que não havia se decidido, que dissera ao "seu John" para ir embora, e que ele poderia estar ouvindo aqueles comentários inconsistentes.

Tia March estava muito zangada, porque havia decidido muito tempo antes (por conta própria) casar a linda sobrinha com alguém honrável, e algo na expressão feliz da garota fez a velha se sentir triste e amarga.

– Bem, eu lavo minhas mãos por completo! Você é uma criança vaidosa e perdeu mais do que imagina por essa birra. Não, eu não vou parar. Estou desapontada com você e não tenho ânimo algum para ver seu pai agora. Não espere nada de mim quando estiver casada. Os amigos do seu sr. Brooke que se encarreguem. Não quero mais saber de você.

Batendo a porta na cara de Meg, tia March saiu indignada. Parecia que toda a coragem da garota havia sigo levada junto com a velha, pois, sozinha, Meg ficou de pé por um momento, indecisa se deveria rir ou chorar. Antes que pudesse se decidir, foi interpelada pelo sr. Brooke, que disse tudo de uma só vez:

— Não pude deixar de ouvir, Meg. Obrigado por me defender, mas também agradeço à tia March por fazê-la demonstrar que gosta um pouco de mim.

— Eu não tinha ideia do quanto até ela começar a ofendê-lo daquele jeito — respondeu Meg.

— Não preciso ir embora, então? Posso ficar e ser feliz, minha querida?

Ali estava outra bela chance de fazer o discurso arrasador e a saída majestosa, mas Meg nem pensou nisso e se desonrou para sempre aos olhos de Jo ao sussurrar meigamente "Sim, John" e esconder o rosto no colete do sr. Brooke.

Quinze minutos após a partida da tia March, Jo desceu de mansinho as escadas, parou um instante na porta da sala e não ouviu nenhum som por lá, o que a fez sorrir com uma expressão de satisfação e dizer para si mesma: "Ela o mandou embora como planejamos, e esse caso está resolvido. Agora vou saber os detalhes divertidos e dar boas gargalhadas por conta disso."

Mas a pobre Jo não conseguiu dar as gargalhadas que pretendia, pois ficou paralisada no limiar da porta ao se deparar com o espetáculo à frente, olhando com a boca quase tão aberta quanto os olhos. Ao entrar ali para comemorar a queda do inimigo e louvar a mente forte de sua irmã, que banira tal pretendente censurável, foi certamente um choque ver o referido inimigo serenamente sentado no sofá, com a irmã de mente forte deitada em seu colo com uma expressão da mais desprezível submissão. Jo soltou um grunhido, como se um balde de água fria tivesse sido jogado em seu corpo, pois uma reviravolta tão inesperada realmente lhe tirou o fôlego. Ao ouvir o som estranho, os apaixonados se viraram. Meg deu um pulo, parecendo orgulhosa e envergonhada ao mesmo tempo, mas "aquele sujeito", como Jo o chamava, na verdade riu e disse francamente, enquanto abraçava a perplexa recém-chegada:

— Jo, minha cunhada, venha nos dar os parabéns!

Aquilo foi como acrescentar insulto à injúria. Era demais e, gesticulando insanamente com as mãos, Jo desapareceu sem uma palavra. Subindo as escadas, ela assustou os enfermos, exclamando com um ar trágico enquanto irrompia no quarto:

– Pelo amor de Deus, alguém desça rápido! John Brooke está agindo como louco, e Meg está gostando!

O sr. e a sra. March saíram do quarto correndo. Lançando-se na cama, Jo chorava e xingava impetuosamente enquanto contava a terrível notícia à Beth e à Amy. As meninas, no entanto, consideraram o evento muito agradável e interessante, de modo que foram de pouco consolo para Jo. Ela então se dirigiu para seu refúgio no sótão e confidenciou seus problemas aos ratos.

Ninguém nunca soube o que se passou na sala naquela tarde, mas houve muita conversa, e o silencioso sr. Brooke surpreendeu os amigos pela eloquência e determinação com os quais defendeu seus objetivos, contou seus planos e os persuadiu a organizar tudo exatamente como queria.

O aviso para o chá soou antes de ele terminar de descrever o paraíso que pretendia construir para Meg, e, com muito orgulho, ele a acompanhou no jantar, ambos parecendo tão felizes que Jo não tinha estômago para ciúmes ou tristeza. Amy ficou muito impressionada com a devoção de John e a dignidade de Meg, Beth sorria para o casal à distância, enquanto o sr. e a sra. March interrogavam os jovens com tanta ternura e satisfação que ficou perfeitamente evidente que a tia March estava certa ao dizer que "sabiam tanto do mundo quanto dois bebês recém-nascidos". Ninguém comeu muito, mas todos pareciam muito felizes, e a sala antiga brilhava de forma surpreendente ao testemunhar o começo do primeiro romance da família.

– Agora você não pode dizer que nada agradável acontece, não é, Meg? – disse Amy, tentando decidir como agruparia os apaixonados em um esboço que planejava fazer.

— Não, certamente que não. Quantas coisas aconteceram desde o dia que eu falei isso! Parece que foi há um ano — respondeu Meg, vivendo um sonho feliz muito acima das coisas mundanas.

— As alegrias superaram as tristezas, e acho que as mudanças já começaram — disse a sra. March. — Vez ou outra, na maioria das famílias, um ano repleto de acontecimentos se destaca. Este tem sido um ano assim, mas acabou bem, no fim das contas.

— Espero que o próximo acabe melhor — murmurou Jo, que achou muito difícil ver Meg absorta por um estranho bem diante de si, pois a menina amava muito algumas poucas pessoas e temia ter o afeto delas perdido ou diminuído de alguma forma.

— Espero que o terceiro ano a partir deste acabe melhor. Quero dizer, acabará melhor, se eu viver para colocar meus planos em prática — disse o sr. Brooke, sorrindo para Meg, como se tudo fosse possível para ele naquele momento.

— Mas isso não é tempo demais? — perguntou Amy, com pressa para o casamento.

— Preciso aprender tanta coisa antes de estar pronta que parece pouco tempo — respondeu Meg, com uma seriedade amável nunca antes vista em seu rosto.

— Você só tem que esperar, o trabalho duro é comigo — disse John, colocando a mão na massa ao pegar o guardanapo de Meg que caíra no chão, com uma expressão que fez Jo balançar a cabeça e pensar com alívio, enquanto a porta da frente batia, "Aí vem Laurie. Agora teremos alguma conversa sensata".

Estava, porém, equivocada, pois Laurie apareceu saltitando, transbordando bom humor, carregando um grande buquê de aparência nupcial para a "sra. John Brooke", evidentemente sob a ilusão de que todo o caso se desenrolara por sua excelente interferência.

— Eu sabia que as coisas correriam do jeito que Brooke queria, isso sempre acontece quando ele mete alguma coisa na cabeça. O sujeito corre atrás e alcança suas metas nem que o céu venha abaixo – disse Laurie, quando entregou as flores e as felicitações.

– Muito obrigado por esse elogio. Levo isso como um bom presságio e o convido para o meu casamento agora mesmo – respondeu o sr. Brooke, sentindo-se em paz com toda a humanidade, até mesmo com aquele pupilo travesso.

– Eu irei a esse casamento mesmo se estiver nos confins da Terra, pois só de ver a cara da Jo nessa ocasião a longa jornada valeria a pena. Você não parece animada, senhorita, qual é o problema? – perguntou Laurie, seguindo-a até um canto da sala, enquanto todos se dirigiram para cumprimentar o sr. Laurence, que acabara de chegar.

– Eu não aprovo o casamento, mas já tomei a decisão de não falar nada contra – disse Jo solenemente. – Você não sabe como é difícil para mim desistir de Meg – continuou, com a voz um pouco trêmula.

– Mas você não está desistindo dela, é apenas uma partilha – respondeu Laurie, tentando consolar a amiga.

– Não vai ser a mesma coisa. Eu perdi minha melhor amiga – suspirou Jo.

– Bem, você tem a mim, de uma forma ou de outra. Não presto para muita coisa, eu sei, mas vou ficar do seu lado, Jo, pelo resto da minha vida. Prometo! – Laurie estava sendo sincero.

– Eu sei disso, e minha gratidão é eterna. Você é sempre um grande amigo para mim, Teddy – respondeu Jo, apertando a mão dele, agradecida.

– Ora, vamos, não fique desanimada, ele é um bom sujeito. Está tudo bem. Meg está feliz, Brooke vai se esforçar e logo vai se ajeitar, com a ajuda do vovô, e será uma alegria ver Meg instalada na própria casinha. Viveremos grandes momentos depois que ela se for. Entrarei na faculdade em breve, e então iremos para o exterior em uma ou outra viagem agradável. Isso não seria de algum consolo?

— Acho que sim, mas não há como saber o que pode acontecer em três anos — disse Jo, pensativa.

— Isso é verdade. Você não gostaria de ter a chance de ver um pouco do futuro para saber onde todos estaremos? Eu sim — refletiu Laurie.

— Acho que não, vai que vejo algo triste? E todos estão tão felizes agora que não acredito que possa ser melhor. — Os olhos de Jo perambularam pela sala, cintilantes, pois a cena era realmente agradável.

O pai e a mãe se sentavam juntos, revivendo em silêncio o primeiro capítulo do romance que para eles começara havia cerca de vinte anos. Amy desenhava os apaixonados, que estavam sentados isoladamente, em seu belo mundo próprio, cuja luz irradiava em seus rostos com uma delicadeza que a pequena artista não podia copiar. Beth estava no sofá, deitada, conversando alegremente com o sr. Laurence, que segurava sua mãozinha como se sentisse que a garota tinha o poder de conduzi-lo pelo caminho pacífico que ela própria percorria. Jo relaxava em sua cadeira favorita, com a expressão séria e silenciosa que melhor lhe cabia no momento, e Laurie, apoiado nas costas da cadeira, com o queixo no nível da cabeça encaracolada da amiga, sorriu, com seu semblante mais amigável, e acenou para ela no longo espelho que refletia os dois.